U0113656

共品香茗

与历史碎片对话

吴春荣◎编著

中国文史出版社

"云间松江"与松江的"云"

（序一）

陈歆耕

　　真的是孤陋寡闻，过去只知"上有天堂，下有苏杭"之说，却不闻此"说"尚遗漏一句："中有云间松江"，补上这一句，才是对"天堂"美景的完整描述。

　　其实，以"云间"指代松江是自古有之的。最早可上溯至西晋，文学家陆云在京城自称"云间陆士龙"；元末明初大文人陶宗仪在文中写道："至正丙申间，避地云间……"；现代史学大家陈寅恪在《柳如是别传》中，屡屡出现"云间柳如是"字样……

　　但为何"云间松江"在口头流传中像一个词的"后缀"，却被"天堂"说甩没了？我想这也许与上海开埠后崛起渐成国际大都市，而松江仅成为包裹在其中的一个区有关。无论是"上海""松江"似都不适合成为与苏杭并列的一处标志性区域。不过，这是我的揣测，并无可靠史料依据。

　　为我补上这一常识课的是，集特级语文教师、作家、学者于一身的"云间名士"吴春荣先生。在他的历史随笔新著《共品香茗》中，笔者读到了此"说"。说"云间"，道"云间"，不仅指松江有媲美苏杭的地域优势，更指其有着一样深厚的历史人文底蕴。

记得数年前读《龚自珍全集》，曾读到一篇与松江有关的精彩文章《松江两京官》。记叙松江两位京官在朝中发生的趣闻逸事，虽不加评点，却又如寓意深刻的杂文，从中可窥清代官场之怪象。

吴先生的这部新著，是描述、解读松江历史掌故的随笔集，内容主要涉及松江历代著名文士的文论、创作、形迹、人格、风情，旁涉松江地域的沿革、民俗风物等。品读其著，如品香茗，缕缕幽香会从历史深处沁入心扉。事涉松江历史文化，其意旨是超越地域之限，具有普遍的人文价值和意义的。如书中写到——

陶宗仪在《南村辍耕录》中载有姚燧举贤荐能的故事。燧任中台监察御史，因未有片言言及兴利除害，受到质疑，而燧认为，自己向皇上举荐了"百有余人"，皆为栋梁之材，"某之报效亦勤矣"。燧所为，受到大夫们赞赏，称其"真宰相器也"。

——关于人才问题，岂止是一朝一地的问题。

明代大儒方孝孺因拒绝为新皇朱棣登基起草诏书，并斥骂其为篡臣贼子，被处以极刑并株连"十族"。这在中国历史上，大概也是绝无仅有的惩处了。在这一惊天酷刑中，松江士人甘冒被诛杀的风险，想方设法，护卫其子，使得方家有一子幸存于世。

——此种侠肝义胆、人间大爱，读来要让人涕泪滂沱的。以此掌故为蓝本，是可以创作《赵氏孤儿》那样的戏曲或可拍成电影的。

书中有一些趣事，读来令人喷饭：明代冯时可曾养一鹦鹉。婢女们为讨好小妾，教其鸟称小妾为"夫人"，时可觉得不妥，让鸟改口，鸟终被小妾所害。

——鹦鹉何罪，遭此劫难？小小逸事，折射出的是人性中难以根绝的痼疾。

……

用不着多举例，有兴趣的读者可捧读其著，以窥全豹。

先生崇尚"文章实自不当多"的理念，认为"文章的高下、优劣，决定的因素是文、质，而非长、短"，"为文求达意，意尽，文当止"。诚哉斯言。长文章写好固不易，短文章写好更难。看看范仲淹的《岳阳楼记》、苏轼的《赤壁赋》、龚自珍的《病梅馆记》，都只有寥寥数百字，却被千古传诵。在作文多以繁腻为美、绮靡为美、浮华为美、煽情为美的当下，先生秉持以简朴为美、短而意赅为美、短而纯粹为美、意尽则止为美的文风，令我格外钦敬！

如果说松江之美如在"云间"需仰观，先生则如松江上空的一片"云"：时而浓，为耕耘者遮挡烈阳；时而雨，滋润桃李花卉绽放结实；时而如虹，让更多读者品赏其文质兼具的文字……

先生嘱我为其新著写"序"，于我是万难应承的。理由是愚生也晚，绝不是写序的合适人选。先生已至耄耋之年，长我近两轮。1959年从上海师范学院毕业，其后任松江二中语文教师多年，再其后成为上海市政府授予的"特级教师"、上海市中学语文教材编撰专家，在教学、编撰教材之余，从事文学创作、古典文学研究，在十年前即已有煌煌10卷本《吴春荣文稿》面世。尤其令人难以企及的是，80高龄时生病动了大手术后仍勤耕不辍，几乎每年有新书面世。我曾在电话中劝先生以休闲养生为要，不必再在故纸文字堆里煎熬劳神，先生称其阅读、写作为人生至乐，放弃则更无益养生。我理解了，先生视阅读写作为其生命的一部分，岂能轻易割舍？读本著"后记"，看他如何痴迷于购书读书，便知阅读写作在他心目中的地位。先生无疑是我老师辈的学人，只是我读中学时无缘就读松江二中，面聆其教诲。老师给学生布置"作业"，理当遵命完成。只是这份"作业"太特殊，不适合学生来做。勉为其难涂抹一点"读后感"，恭请先生斧正并由此获得一次求教机会。

壬寅初秋于耕乐堂

（作者为《文学报》原社长、主编，著名作家、评论家）

亦师亦友亦书生

（序二）

刘一君

转眼来京已经有好多年头了，期间曾亲聆不少前辈宗师的谆谆教诲、豪门贵人的指点迷津，可京城的皇家瑞气始终没有将我打磨成别人眼中的"座上宾"，旷远博大的北国之都给我牢牢地烙上了"北漂"的印记。尽管是千年古城、天子脚下、皇城根儿，于我内心深处而言竟然没有太多留恋！然而，当鲁院学业结束之后，我却又找到了各种借口拒绝返乡留下来工作。期间耳闻目睹，许多有趣无聊的见闻皆如过眼烟云，随风而逝。倒是夜深人静之时，一些故人旧事时不时挤进脑海，让我久久不能平静。

记得那年因为需要开拓业务，我创办了一份文学小报《作家交流》（内刊）。这份报纸正应了"麻雀虽小五脏俱全"那句俗话，一个人一张报，编稿、写稿、版式设计全包，每期印刷五千份免费赠送给全国各地的作家朋友。那个时候，因为刚从鲁院学习出来，我还是相信文学的，相信文学可以改变自己的生活，总以为文学是通向诗与远方的金光大道，从来就没有更深一点地想过，诗与远方许多时候其实就是遥遥无方啊！每期五千份报纸，不说别的，光是抄写信封就累得手腕酸痛，令我至今感到遗憾的不是我当年白白投入了多少人民币，而是抄了那么多的信封居然没有抄成一位书法家，想起启功老先生讲演时调侃自己是抄大字报抄成了书法家的掌故，我就觉得当年的做法真是不可思议。好在因为这张报纸的鸿雁频传，让我有了许多天南海北的作家朋友。比如，吴春荣先生就是在此期间结识的一位忘年交。

先生是上海市松江区人，上海市中学语文特级教师、上海市中学语文教材专职编撰、中国作家协会会员，集教学、编辑、作家于一身，教书育人之余，笔耕不辍，出版、主编各类作品百十部，可谓著作等身，桃李满天下。

第一次见先生是2001年的秋天，那时候我漂在北京通州的某处公寓，对北京城区的地形非常陌生，出门见人谈事都得查地图坐公交，常常在公交车上一颠簸就几个小时，实在是很不方便的。有一天，突然一个手机号打进来了，接通电话才知道是先生，他告诉我和同事去内蒙古旅游，准备从北京转乘飞机回上海，落地之后在京会有几个小时的空当，问我有没有可能见上一面？其实当时我和先生之间并没有业务来往，就是平时电话里聊天彼此觉得很是投缘，我立马说进城请他吃午饭然后面聊，先生有点迟疑，说不是一个人，同行有十几个人，吃饭还是免了。我爽快地告诉先生不用顾忌，必须大家一起过来吃饭，我来尽地主之谊，尽管我心里明白，自己只是北京城里的一名过客，还真不敢以"地主"自居。

或许因为我不顾盛夏酷热来回几个小时坐公交只为接待未曾谋面的远方朋友却没有丝毫陌生感，或许是因为我宴请先生及同行友人让先生在他们面前颇有面子，或许就是缘分已到。佛说，今生一切的相见都是前世种下的因缘，我和先生到了该见面的时候。总之，此后交往日益密切起来，二十多年的时光里，我给先生及先生的友人、弟子出版了不少文学作品及学术专著，字里行间读先生，特别是先生给友人及弟子所作序跋常常让我感动莫名：为什么早年的我没有遇见先生这般谆谆教诲的前辈师长呢？如斯，或许我会做得比现在要好一些吧？换句话说，或许会比现在更有出息一些吧！

作为师者，先生在松江二中长期任教，后调至松江进修学院任教，深得学生喜爱，先生重在教书育人，为门下弟子传道受业；作为编撰，先生不但对现代汉语知识应用及语法滚瓜烂熟，而且国学功底深厚，特别是对古诗词的点校丝毫不逊色于大学中文系专门从事研究的教授们；作为作家，各种文体均有涉猎，小说、散文、随笔、诗词、报告文学、文学评论等文体写作均质量上乘且数量不菲；作为忘年交，二十多年来，先生从不以前辈自居，与我平等相待，始终如一，特别是电话交流时，真的是无所不谈，天南海北、人情世故、师生情谊、文坛逸事、创作交流、学术争鸣乃至各种八卦事件，少则几十分钟，多达一两小时，许多趣闻知识就是从电话交流中得以知晓，大大拉近了我们之间的情感距离与时空距离，其中有几件事情是值得记上一笔的。

诚信为本，做事先做人。记得那是 2002 年年底的时候，我因工作南下广州，一周后准备绕道上海拜访先生再回京，订好车票后，我先给一位上海作家打电话，接通后我说明天会到上海拜访吴先生，有没有时间一起见面聊聊……话未说完，电话那头断线了，我再打过去对方已经关机。当时我的心就一沉，先生会不会也这样呢？是不是退票直接从广州回北京呢？毕竟只在北京见过先生一面，不像挂我电话的这位作家认识在先，经我推荐过的作品还获过一笔奖金，去北京出差时也到过我的单位，享受着我们提供的专车接送待遇，万一先生也不接我的电话，我的上海之行岂不是白白绕了个大弯吗？迟疑一会儿后，我还是拨通了先生的电话，没想到电话那头先生非常热情，问我到站的时间，让我在火车要注意安全，并说要到上海火车站接我！

刚刚还忐忑不安的心终于放下来了，第二天我准时到达上海火车站，但先生提前一个小时就到了，不巧的是上海还飘起了小雪花，时年六十六岁的先生在雪花飘飞的寒冷日子为我接站，这份感动一直记在心里，仿佛就在昨天。晚上我们相聚在松江的一家餐厅，先生拿起电话给那位作家打过去，电话通了，我在一旁装作不知情地听着，先生告诉对方北京的刘先生到上海了，能不能过来见一见，对方说自己不方便，先生略显遗憾地告诉我，说作家朋友不能过来。我这才把前一天在广州打电话碰壁的事情从头至尾说与先生听，先生顿时激动起来，说怎么会这样子？若干年以后，先生有一部书稿出我手里出版，我一眼就看到彩页里有先生与几位作家的合影，其中挂我电话的作家小鸟依人般地靠在先生身边，我一笑而过，不料书下厂印刷前夕，先生电话通知我，务必把那位作家的影像消除。其实此时此刻我早已忘了这件事，可先生的态度让我很是吃惊，做事得先做好人的道理先生没有直接跟我提及，但先生嫉恶如仇的书生意气让我怦然心动。

为人师表，奖掖后辈。先生是个热心人，门下弟子众多，遍布松江、上海乃至全国各地的各行各业，先生为了帮扶松江域内的弟子，或与他们合作著书，或推荐他们出版个人专著，在出版过程中，先生总要帮他们的文字把关，或亲自编排书稿，为他们修改文字，润色语句，几乎每本新书出版先生都要给他们作序推介，字里行间常常褒奖有嘉，让许多原本文字功底不太扎实的弟子得以迅速成长起来：他们当中有的因为专著出版被单位提拔重用，有的成了单位的骨干人才得以另眼相待，有的直接加入上海作家协会，成了名符其实的作家。一时间，成了松江文坛新世纪初以来引人瞩目的一支生力军，为松江区作家队伍的不断壮大奠定了坚实的基础，而先生的种种参与都是义务劳动不计分文报酬的。如果文坛有"志愿者"一说，我以为，先生是松江文坛最早、持续时间最长的志愿者之一。

勤奋笔耕，敢与古人较真。先生曾先后创作历史长篇小说《夏完淳》《黄道婆》《云间柳如是》，这些古人形象的塑造离不开搜寻资料的艰辛过程，特别是面对正史野史均少得可怜的黄道婆，无疑是一个不小的挑战。可先生却一头扎入故纸堆中，搜罗爬梳，硬是替这几位松江古代人物造像且栩栩如生，令人过目难忘。步入八旬高龄后，我曾多次在电话里要求他每天工作不得超过五小时，要多休息，少劳作，可事实上八旬高龄的先生却老当益壮，数年间接连推出《松江人物》（166 万字，顾静华主编，尹军为副主编，吴春荣作为副主编负责全稿编撰业务）、《散步思絮》（30 万字）《〈南村诗集〉笺注》（51 万字，与俞仁良合作）、《松江历代作家作品选注》（33万字）等专著，这些古人古诗的搜集整理校注，其工作量之大之多真可用"浩如烟海"一词来形容，如果不是亲眼所见，真不敢相信这些成果竟出自一位八旬高龄的老作家之手。

观往知来，博学审问。在字里行间熟读深思，在藏书册页里反复推敲，从不人云亦云，有着求真求实的强烈愿望，凡是认准的事情必定要探个究竟尽心尽力去做好，是先生数十年如一日坚持不辍的治学态度。《共品香茗：

与历史碎片对话》就是先生在八五高龄以后着手编著的一部类似于笔记体小说的集子，全书三十多万字，共分六大部分，涵盖了松江千年以来的人文历史、名人逸事及各种典故、传说，可谓精彩纷呈，琳琅满目。除附录里篇幅较大的少数序跋及前言，篇章都很精短简炼，真正做到有话则长，无话则短，特别是先生对其中某些传说掌故进行详尽考证并指出其中的错讹之处，逻辑严密，思路清晰，治学精神令人叹服，叫人不敢相信这是一位年过八五的老者所为。

比如，《松江鲈鱼，四鳃？》一文，从《三国演义》中左慈掷杯戏曹操的故事入手，考证左慈庭前钓鱼的神话传说，"操因被册立'魏王'而大宴群臣。行酒间，左慈表示愿为曹操取筵席上所缺之佳味。他当场拿起钓竿，于堂下鱼池中顷刻钓出数十尾鲈鱼。操曰：'吾池中原有此鱼。'慈曰："大王何相欺耶？天下鲈鱼只有两鳃，惟松江鲈鱼有四鳃；此可辨也。"众官视之，果是四鳃。进而引出《本草纲目》一书的记载："鲈出吴中，淞江尤盛。四五月方出，长仅数寸，状微似鳜而色白，有黑点，巨口细鳞，有四鳃。"先生对此质疑，并引用《汉语大词典》的注释，又以松江大学问家施蛰存之语加以佐证，最后得出了"不管是否四鳃，松江鲈鱼的名贵则是毋庸置疑的。隋炀帝也云，'金齑玉脍，东南佳味'也"之结论。全文到此戛然而止，余味无穷，真的是旁征博引，妙趣横生。

比如，《关于"上海之根"》《关于沪上之巅（颠）》《关于"浦江之源"》等文，全文思辨滔滔，不容置疑地指出其中疏漏不当之处，行文思维缜密，史料翔实，读后令人信服，将历史遗留下来的一些疑难问题逐一辨证考析，于庞杂零碎之史料书海当中独辟蹊径，此等专注于做学问的人生态度，使得先生晚年之作功力愈显深厚、笔力愈发老到，当是先生《共品香茗》一书蕴藏其中的锦绣亮点，倘若读者能反复咀嚼，徜徉其中，定会如获益匪浅。

吁噫，有师友忘年如斯，不亦悦乎？

2023.2.18 晚于京华海淀

（刘一君，江西修水人。作家、资深编辑、书评人，现供职京城某出版社）

目 录
CONTENTS

卷　二

卷　三

附　录

前　言

一

岁月不居，时节如流。我今年已八十有五，在最后一站工作的学院的退休教师中还健在的，大概进入前五名了。八十岁那年患肝癌经手术后，许多往年的学生和与我有交往的领导干部，都告诫我健康第一，劝说我保重身体。年高情脆，每每这样的时刻，我总是很感动，很感激。

但怎么来度过我的余生呢？很想去旅游，无奈两膝关节退行性病变严重，不能多走动。那么含饴弄孙？但血糖较高，不能再"含饴"了；孙还在就读，学业负担重，岂忍心"弄"之！莳花赏玩？虽也喜欢，也有个小院，但体力不济，似也无可奈何，而搞些吊兰、绿萝之类，也花不了多少时间。看影视剧？似没有多少让我喜欢的，有些电视剧，编导胡编乱造，一些正剧，内容大同小异；一些演唱类节目，娘炮文化倾向严重。而今许多人热衷玩手机，甚至为玩手机，人被撞，孩子也被人拐走，我用手机，只有小学低段水平，玩不来，也不想进一步学。如此，整天时间如何打发？像冬日里农村老人那样在场角墙前笼袖曝日，抑或老是躺着、坐着"静养"，但这与"坐以待毙"何异？

再说，我一直固执地持有一个理念，养生应该是积极的，人的生活，得有一定的质量。年轻时读《钢铁是怎样炼成的》，作者奥斯特洛夫斯基有段名言："人，最宝贵的是生命。生命对每个人只有一次。这仅有的一次生命应该怎样度过呢？每当回忆往事的时候，能够不为虚度年华而悔恨，不因碌碌无为而羞耻；在临死的时候，他能够说：'我的整个生命和全部精力，都已经献给了世界上最壮丽的事业——为人类的解放而进行的斗争。'"我一介草民，没有这样的境界。但我一直铭记着这段话。我只要求自己，在告别这个世界、告别我的家乡及亲友的时候，如某作家写的，能够说"我够了"。

二

我决定继续我的读写。读写是我长期形成的爱好与生活方式。近几年来，我自勉"从此重当下，杜门多读书"，而所读之书，与以前不同，多为关乎松江的；陆游有"勿言牛老行苦迟，我今八十耕有力"诗句，我于是自勉"此生既属牛，岂可辍耕耘"，在力所能及的情况下，我得留下一些有益于社会、有益于家乡的文字。

为此，在年逾八旬后，我先后出版了四本书——

《松江人物》(166万字，上海古籍出版社2016年5月，顾静华为主编，尹军为副主编，本人作为副主编负责全稿编撰业务)。

《散步思絮》(30万字，中国文史出版社2017年6月)。

《〈南村诗集〉笺注》(与俞仁良合作，51万字，上海教育出版社2019年11月)。

《松江历代作家作品选注》(33万字，上海教育出版社2020年11月)。

在编撰《松江人物》、笺注《南村诗集》及著作《松江历代作家作品选注》过程中，我搜集到了不少关于松江的资料，有些已用于上述书稿，还有不少留存着，大多数是细节、个例，或简短而很有情致的书札、小语，觉得很有意思。这些资料，常萦绕于怀，感到丢了可惜，于是选了一部分，做了些解读，成为我八十岁后的第五本书。稿成，曾填词一首。

忆江南

多少事，

过往阅读中。

总是传神于耳目，

何堪弃掷水流东？

整理正春风。

三

地域文化，在一段时间里没有引起学界应有的重视，社会的商业化与世俗化，不仅冲击了文化，自然也使地域文化受到极大影响，致出现被嘲"文化古城没文化"的现象。直到近十年来才逐渐引起重视。其实，地域文化是中国传统文化的重要组成部分，也是中国传统文化的坚固基础。

当代著名学者、大师施蛰存说过，过去的上海是松江府的一个县，现在松江却成为上海市的一个区，而上海又发展成为国际大都市。

"铁马秋风塞北，杏花春雨江南。"清代江苏布政使曾司八大府。这八大府，不仅是个地理概念，更是个文化概念。作为八大府之一的松江，与苏州、江宁、杭州等一样，同样有着深厚的文化底蕴。元代，赵孟頫、杨维桢、陶宗仪、贝琼、谢应芳、倪瓒、王逢、孙作等大家迁居与占籍松江，有的还终老松江，除了别的因素，松江悠久的历史、深厚的文化积淀、发达的经济、相对安定的社会环境以及优美的自然风光，绝对是重要因素。

在我看来，纵观整个松江古典文学，有三个时期，其繁荣、辉煌的程度令全国瞩目。这三个时期，一是西晋，一是元代，一是明末。西晋陆机、陆云等到洛阳后，声震中原，影响与引领了中原的文学风尚；元代松江文学，一时成为江南文化的渊薮；尤其是明末，有"天下文章在云间"之誉，云间派文学的出现，使松江成为著名的文化大邦。

其实，岂止是文学？属松江管辖的青龙镇，自唐开始，凭其所具有的江海地域优势，与日本、新罗等国就有商品交易。至元代，松江下沙瞿霆发负责上海市舶，由以漕运为主改为漕运与海运并举而以海运为重，与海外的贸易往来更为频繁。元元贞年间（1295年始，凡3年），松江乌泥泾人黄道婆大面积推广植棉，改革纺织机具与技术，教乡民纺纱织布，影响所及，江南经济得以迅速发展。后之丁娘子，又称飞花布，深受民众喜爱与宫廷青睐。到明、清，松江成为全国棉纺织业的中心。明初，朝廷征赋，松江重居全国之最。清代松江王氏一族，历顺治、康熙、雍正及乾隆四朝，王广心与其三子，一家父子四登科，三入士林，"或文章华国，或风节矫然，出入承明而极一时之盛"（宋荦《兰雪堂诗稿》序）。圣上两次南巡，均住其松江宅第。

列举这些，无非是想说明，松江虽为江南一地区，但对江南甚至是全国的影响，是怎么也不能小觑的。明陆深曾云："松，天下之雄郡也，朝廷必择士大夫之贤且才者守之。"（《俨山续集》）王鏊（明成化间廷试第三，官至户部尚书、文渊阁大学士）也说："今天下名郡称苏松。"（弘治《上海志》序）清人甚至认为松江"雄襟大海，险扼三江，引闽越之梯航，控江淮之关键。盖风帆出入，瞬息千里。而钱塘灌输于南，长淮、扬子灌输于北，与淞江之口皆辐列海滨，互为引援。津渡不越数百里间，而利害所关且半天下"（顾祖禹《读史方舆纪要》）。由此也可见松江在江南乃至全国的地位。

所以，研究松江，挖掘松江，花一番钩沉揖佚、爬罗剔抉、刮垢磨光的工夫，提炼松江精神，为新时代所用，为助推松江文化经济的建设与发展，为大上海的进一步繁荣，为构筑强固宏伟的中国大厦添砖加瓦，是一个很有意义的课题。

收在这本书稿里的文字，都与松江有关（有些文字写的是他乡人，但作者是松江人，而且多为历史上有全国影响的大家）。大致为六类（第六类为附录，为上述四部著作的序、前言、后记等）。

一是对松江历史上文人的立论、故事与事件的议论。这类文字大多收入卷一。

二是对松江历史上一些学士诗文、书札（都较简约）的解读。这类文字集中在卷二。

三是我所收藏的松江前贤著作中部分著作（多近现代）的推介。这类文字收入卷三。

四是关于松江地域、沿革与风物的记述。这类文字收入卷四。

五是《松江人物》补正、补遗。这类文字收入卷五。《松江人物》据正德、崇祯、嘉庆《松江府志》及光绪《松江府续志》编撰，其补正及补遗，实际上是以上《府志》的补正、补遗。

五类文字，遵晋陆云"文章实自不当多"的教诲，尽可能做到短小。而无论是人还是事与物，在历史的长河中，都已成"碎片"，所以全书稿可以"历史碎片"概括之。

四

从这些文字中，我们可以看到——

一是在漫长的封建社会中，尤其在易代鼎革之际，新政权的残暴与苛政，令人发指，可以说充满了血腥味。

松江历史上曾发生过几件大案。其中的"钱鹤皋事件"，发生于元至正（1341年始，凡28年）年间，进了《明太祖实录》。大将徐达令征砖砌城，鹤皋率众抗拒，被镇压后，徐达麾下将领甚至要进行屠城，本为鹤皋囚禁的华亭县令冯荣极力劝阻，华亭才"赖以安"。还有一件"江南奏销案"，震惊全国。松江府如周茂源（顺治六年进士）、顾大申（顺治九年进士）、张有光（顺治十二年进士）、董其昌孙董含（顺治十八年进士）、宋庆远（顺治十八年进士）等都被卷入。叶梦珠《阅世编》言，奏销一案，"黜革绅衿一万三千余人"，而"致怀才抱璞之士，沦落无光；家弦户诵之风，忽焉中辍。一方文运，顿觉索然"，使"江南英俊，销铄殆尽"。

二是中国古代一些要员大臣的襟怀、智慧。

明徐阶督学浙中时，有秀才参加考试，在结题时秀才用了"颜苦孔子卓"一语，徐阶批云"杜撰"，然后将试卷"置四等"（相当于不及格）。秀才前对曰：此语出《扬子法言》。《扬子法言》，汉扬雄作，在该书第一篇"学行篇"最后，确有"颜苦孔子卓也"（意为孔子太卓越了，颜回为学不到而感到苦恼）。徐阶知后立即认错，说"承教了"，并当场改为一等。陶宗仪《南村辍耕录》有一姚燧荐举贤能的记载。姚燧任中台监察御史时，因未有片言言及兴利除害而受到质疑，姚燧则认为，自己向皇上荐举了一百多人，他们都是"经史之才"，在地方或中央，对治理国家都大有裨益。朝臣才认为他有宰相之气度。

春秋时齐国晏子是著名外交家。他讽齐王纳谏及使楚的故事，脍炙人口，千古流传。陶宗仪《说郛》也记有一事。齐王所爱之马暴死。公怒，令刀解养马者。晏子觉得不妥，就对齐王说，请允许我列数他的罪状。晏子对养马人说："公令你养马，你却让马死了，这是你的第一条罪状，凭这一条，就当死；今死的又是王的爱马，这是你的第二条罪状，更当死；你犯了死罪，王不得不杀你，而为一匹马，王杀掉一个人，百姓会认为王残忍而怨恨吾王，诸侯也因此轻视吾国，尤其当死。"这最后一条，尤其显示了晏子的才智。齐王听了，"喟然曰"：放了他吧。宗仪还有一则记载。其事发生在元朝。蒙古一大臣出使交趾（古地名，后独立建国，即今之越南），学士明善作为副使一起前往。临回国时，交趾国伪主以重金贿赠。蒙古大臣接受了，明善则坚决不受。伪主说："正使都接受了，公为何拒绝？"明善说："他接受，是为照顾你的脸面，让你们安心，他要是不接受，你晚上就睡不稳觉了。我之所以拒绝，是由于我们是大国，大国有大国的脸面。"明善这番话，既保全了正使的脸面，又体现出作为大国的脸面。

晏子与明善，在这种一般人难以应对的突发情况下，不为强势威慑或世俗的诱惑所动，能居高临下、放眼远方，及时而机智地用一种能让人满意或接受的方式，处理与解决问题，以达到预期的效果，这就是一种智慧。

三是松江历史上文人学士的情怀、学养。

明夏完淳的《细林野哭》是中国文学史上的名篇。诗人回忆了与恩师陈子龙的亲密交往及共赴国难的战斗经历，其情至真，其辞至苦，字字由心血凝成，感人至深。明陆树声的《嘉树林小序》，受到现当代著名学者施蛰存的青睐，将其编入《晚明二十家小品》。序云嘉树林山麓有两棵垂丝桧，虬枝峻拔，霜皮剥落，"凡郡中学士大夫、流寓墨客，类经品赏"，步入此山，"见山篠蓊郁，群木森拱而二木挺特"。序文题为"嘉树林"，而突出的是"二木"即两棵垂丝桧，垂丝桧成就了嘉树林，使"山之胜，几压九峰"。还有宋子正的曲、陈继儒的《花史》题词、张弼等的诗，更有一些书札等，都是文质兼美的佳作，或饶有情趣，或深含哲理。书稿中所选的费龙丁的那篇，虽是春愁秋怨词的小序，但寄意香草芳芷，虽与"绿波春水无干"，但"白露秋葭，伊人宛在"，反映出文人的情怀，可谓委婉曲折，情浓意深，文采斐然。

北大教授浦江清的弟子程毅中在江清《中国文学史讲义（宋元部分）》题记中说："先生精通西洋文学，在清华作陈寅恪先生助手后又潜心研究东方学，因此他在讲戏剧的起源和发展时，是把中国戏曲放在世界范围内来考察的。……先生对诗词散文有许多精彩深刻的论述。对欧阳修、苏轼、李清照、陆游的评论，都有独到的见解，极富新意。例如讲到苏轼与欧阳修的异同时说：'欧阳修是深受儒家哲学影响的文学家，同时也是一位史学家。苏轼不同，他把文学与道统分开，而与艺术结合，他抱有爱好艺术享受以解脱政治苦闷的态度，不宣扬王化，并不处处表现他的士大夫的身份，接近于一般人民的思想。'"江清女儿浦汉明在浦江清《中国文学史（明清部分）》后记中说："1956年3月，（我父亲）十二指肠溃疡穿孔，并发腹膜炎住院。因身体虚弱，不宜手术，用保守疗法。出院后按医嘱应休息两月，他怕耽误功课，只休息了二十天，就上课赶进度。……每次上课前，都要在床上躺很久，积攒体力。看着他憔悴瘦弱的样子，我难以想象他还能去上课。但到了课堂上，他便不顾病痛，又使出浑身解数，讲得兴起，有时忘了下课。父亲的生命，真像燃烧的蜡烛，是一点一滴地融化在他许以终生的事业里了。"第二年他就永远地告别了讲台，告别了他的事业，与世长辞。他的这种为教育而忘我、事业重于生命的精神与情怀，为我们后辈树立了标杆。

四是松江的沿革与物华天宝。

古时有由拳县，至秦，改长水县。汉末（一说秦），县城沉没为泖。每天色晴明，湖面无风，湖底井栏阶砌屋脊，宛然分明。唐天宝十年（751年）置华亭县。之前其地，在秦时属会稽郡，之后，或属吴郡，或属嘉兴，或属秀州。元至正十四年（1277年）置华亭府，复置华亭县，属嘉兴路，次年改为松江府，只辖华亭县。所谓"一府一县"。元至元二十九年（1292年），上海县立（县治在今上海市区中华路、人民路环线内）。松江府开始辖华亭、上海两县。此后，不断分析，不断建置。清嘉庆十年（1805年），松江府辖华亭、上海、青浦、娄、奉贤、金山、南汇七县及川沙厅。1912年1月，江苏省裁府州厅，撤销松江府建置。

松江为文化之邦，风光之地（《历代松江作家作品选注》中许多作者、作品可证）。其风光中之白龙潭尤胜，至明时，尚广多顷，花晨月夕，犹有游人，箫鼓画舫，岁时不绝；端午集龙舟水戏，士女喧腾，自一日延续至五日。松江物产也甚丰饶，有松江鲈鱼、松江蟹、华亭鹤、菰、丁娘子等，都曾享誉四海。其中之松江鲈鱼，被隋炀帝称之为"金齑玉脍，东南佳味"。而松江蟹，有对联云"八足二螯，横行天下九州"，那气势，罕有其匹，由此也可见其影响。华亭鹤，被沈括描为"其体高俊，绿足龟文，翔薄云汉，一举千里，诚羽族之家长，仙人之骐骥"。而关于菰，施蛰存说："此物虽贫民小户，秋间无日不登盘馔，富家以为贱品，雅人视同俗物，又孰知其尝动人千里乡心、与蓴鲈等价哉！"施先生甚至认为，菰菜一味，摈不入典，是千古冤案。至于对丁娘子，施蛰存引娄县令葛厚卿诗曰："紫花花如金，白花花如银。抱布献天子，曾为皇家珍。"惜乎其中有些已不复存在。

五

列宁在《青年团的任务》的演讲中提到马克思。列宁说，凡是人类思想所建树的一切，"他都重新探讨过，批判过"，强调必须"用一番极认真、极艰苦而浩繁的工夫，理解他必须用批判的态度来对待的事物"。我国宋代的张载也认为，一切学问都从疑问中求得，疑问越多，进步越速。（《理窟》）

这些论述启示我们，对历史上的一切，必须持有分析、批判的态度。对待史料，也当如此。书稿中的有些文字，就是本着这种理念写下的。

胡适之曾说过，"史料的来源不拘一格……大要以'无意于伪造史料'一语为标准。杂记与小说皆无意于伪造史料，故其言最有史料的价值，远胜于官书"（见陈东原《中国妇女生活史》）。即便如此，古代的笔记小说，也不是全都是符合史实的。吴履震《五茸志逸》是一本有价值的笔记小说，但其中错误也不少。如"一蓑一笠一鱼钩，一个渔翁一个舟。一橹一帆兼一桨，一人独钓一江秋"一诗，认为是钱福"手题"的。但查《钱太史鹤滩稿》，未见有此诗。此诗其实是清陈沆所作。"手题"一词，可解为自己创作，也可解为书写他人之作。即便是后者，明代的钱福也"题"不出清人的作品。《五茸志逸》跋就已云"取吾乡故老传闻"，"传闻"只是传闻，岂可全信乎！

正德《松江府志》、崇祯《松江府志》等所收人物，在我看来，一是重官员，对他们大都记载较详，而对文学艺术方面的人才，即使有很大成就的人才，也只是寥寥数语，甚至未载。二是忽视女子，对她们，绝大多数只是"××妻（室）"，而这些女子又大多数是官宦妻（室）。三是政治色彩浓，对史实与人物的记载，根据政治需要与编撰者的观点、好恶，会有所取舍，难免客观公正。如赵孟𫖯，文、书、画三绝，只是因为他是赵宋宗室之后而入仕元朝，被认为有违气节，仅数百言。

《松江府志》有些记载也值得商酌。朱元璋在审阅囚犯的罪状后，命袁凯（时为御史）让皇太子复审。太子对不少囚犯予以体恤。"（上）问：'朕与东宫孰是？'凯顿首曰：'陛下法之正，东宫心之慈。'上大喜，悉从之。"但《明史》载，"帝以凯老滑持两端，恶之"。究竟是"大喜"还是"恶之"？许多史料从《明史》说。从许多史料中"凯惧""佯狂免，告归"看，《府志》所载，似为不实。

还有"四腮鲈鱼"说，可见之于许多史料及文人创作。查《后汉书》左慈传，"（左慈）少有神道。尝在司空曹操坐，操从容顾众宾曰：'今日高会，珍馐略备，所少吴淞江鲈鱼耳。'放（左慈字元放）于下座曰：'此可得也。'因求铜盘贮水，以竹竿饵钓于盘中，须臾引一鲈鱼出。操拊掌大笑，会者皆惊。操曰：'一鱼不周坐席，可更得乎？'放乃更饵钩沈之，须臾复引出，皆长三尺余，生鲜可爱。"铜盘中本什么都没有，"贮水"后竟钓出鱼，显然具有神话色彩。传中也有左慈"少有神道"语。志书原来也可以这样写！《三国演义》据此敷衍成：正行酒间，左慈足穿木屐，立于筵前曰："大王今日水陆俱备，大宴群臣，四方异物极多，内中欠少何物，贫道愿取之。"少刻，庖人进鱼脍。慈曰："脍必松江鲈鱼者方美。"操曰："千里之隔，安能取之？"慈曰："此亦何难取！"教把钓竿来，于堂下鱼池中钓之。顷刻钓出数十尾大鲈鱼。操曰："吾池中原有此鱼。"慈曰："天下鲈鱼只有两腮，惟松江鲈鱼有四腮，此可辨也。"众官视之，果是四腮。《后汉书》

只云"松江鲈鱼",且"皆三尺余";《三国演义》云"松江鲈鱼有四腮",但该书为小说。查《汉语大词典》(汉语大词典出版社1993年11月版),在"鲈"词目下云:"(松江鲈鱼)鳃膜上各有两条橙黄的斜纹,古人误为四鳃,故又称'四鳃鲈'。"施蛰存也云:"四鳃鲈之名,不知起于何时,实则此乃吐哺鱼之别族。吐哺鱼,俗称荡里鱼,盖泖荡中所产耳。"(《云间语小录》,文汇出版社2000年5月版)看来,松江鲈鱼是否有四腮,还有待再考。

对松江坊间的一些流传,我在书稿中也有质疑。如"松江是沪上之巅"说。据说是基于天马山在上海为最高者。此说始于何时,何人所创,已无从知晓。或许被往昔某领导认可,于是广为流传。而今几乎家喻户晓,老少皆知。其实此说是不实的。松江九峰,最高者为天马山,海拔九十八点二米,次为西佘山,九十七点二米;而金山区之大金山比天马山高六点八三米。松江区、金山区今同属"沪上"。如此误传,还有一些。

二〇二一年九月十日

卷 一

文章实自不当多。

——陆　云

文章实自不当多

文章的高下、优劣，决定的因素应是文、质，而非长、短，这似乎已形成共识。但就我所读，有些人的文章，有越写越长之趋势。长而又能文质兼美，自然为优；但刻意求长，不管好菜烂菜，都要放到篮里，就不可取了。

近翻阅到陆云写给其兄陆机的信，其中说：

> 有作文唯尚多……作《蝉赋》二千余言，《隐士赋》三千余言，既无藻伟体，都自不似事。文章实自不当多。

陆云不满那些以长为胜的作文者，认为他们的文章，无藻伟体（没有文采，内容空而篇幅长），简直不像回事。这样的文章实在不应该写这么长。

为文为达意，意尽，文当止。计有功《唐诗纪事》里有则短文：

> 有司试《终南山望余雪》诗，咏（即祖咏，诗人，唐开元进士——引者注，下同）赋云："终南阴岭秀（意终南山的北面十分秀丽），积雪浮云端（意远望山上积雪，似浮云端）。林表明霁色（意雪后天晴，阳光照亮了树林上空），城中增暮寒（意天晴雪融，又是傍晚，城中更加寒冷）。"四句即纳于有司。或诘之，咏曰："意尽。"

按唐代规矩，应试诗当为五言六韵十二句（或八韵十六句），祖咏仅写四句就交卷。有人问他为何不按规矩，他答曰"意尽"。

祖咏的诗虽为四句，但写得真好。首句突出"秀"，次句写出"高"，第三句扣住了题中的"余"，末句强调了"寒"。意已尽，再写就是画蛇添足。

为诗如此，为文也当如此。苏轼为文，也是"常行于所当行，常止于所不可不止"（《东坡题跋》）。

就文字表达而言，准确、简约、明净、生动，当是最高境界。

"夫国史之美者，以叙事为工；而叙事之工者，以简为主。"（刘知己《史通》）国史如此，为文者，大抵也如此。

就一般阅读而言，文短而精者，更受到读者欢迎。

说"第一联"

松江有人说中国第一联出自陆云。

陆云为西晋吴郡吴人，吴亡，与兄陆机退居今松江小昆山闭门读书。有人据此认为机、云为松江小昆山人。但"以籍贯说"，他们"还是吴郡吴人"（杨明《陆机集校笺》，上海古籍出版社 2016 年 7 月第 1 版）。

陆云与兄陆机后赴洛阳。一次在张华家，与荀隐相遇。张华说："今日你们俩相遇，介绍自己时，勿作常语。"陆云先举手说："云间陆士龙。"荀隐说："日下荀鸣鹤。"陆云字士龙，《易经》中有"云从龙"说，所以姓名前冠以"云间"。所谓的"第一联"，指的就是陆云与荀隐的自我介绍。

众所周知，对联讲究对仗工整贴切，上句末字声调必仄，下句末字声调必平。仅按此，"云间陆士龙，日下荀鸣鹤"就不符此要求。有人为圆其说，言此联实为"日下荀鸣鹤，云间陆士龙"。但史料明明记载陆云介绍在先。

《汉语大词典》在"楹联"目下云："挂或贴于楹柱的对联……相传始于五代后蜀主孟昶在寝门桃符板上的题词'新年纳余庆，佳节贺长春'。宋时更用于楹柱，故名。"宋赵鸥波为扬州巨室，曾书春题于江楼，云："春风阆苑三千客，明月扬州第一楼。"历来脍炙人口。

对联根据位置与性质的不同，可分为门联、楹联、寿联、春联、挽联等。曾寓居今松江泗泾几十年的陶宗仪，在其《南村辍耕录》中，曾载俞俊一联云："清梦断柳营风月，菲仪表梓里葭莩。"俊其先为嘉兴人，后占籍松江。其长兄卒，俊据其长嫂为妻；次兄卒，俊又据其次嫂为妻。联语中之"柳营"暗藏"亚夫"两字。"柳营"，汉周亚夫曾驻军细柳，号细柳营。这里的"亚夫"意为次夫。"菲仪"谓非人，"表梓"为婊子，"葭莩"，喻轻薄。陶宗仪曰："郡人莫不多其才而讥其轻薄如此。"有学者认为，此联是挽联之创始。

松江常有人（其中有新松江人）或出自其爱家乡之情，或显其学识、发现，喜作似是而非之语。此可视为一斑。

周处改过自新

《晋书》和《世说新语》等，都载有周处改过自新的故事，内容大同小异，而《世说新语》所载，比较简洁、生动，且重点突出，兹录如下。括号内文字为笔者所注。

　　周处年少时，凶强侠气，为乡里所患（句意为被乡里人认为是祸害）。又义兴水中有蛟，山中有白额虎，并（指蛟与虎）皆暴犯百姓。义兴人谓为"三横"（横，祸害），而处尤剧（剧，意为厉害）。或说（说，读 shuì，这里为劝说）处杀虎斩蛟，实冀三横唯余其一。处即刺杀虎，又入水击蛟。蛟或浮或没，行数十里，处与之俱（句意为与蛟一起沉浮）。经三日三夜，乡里皆谓已死，更相庆（相庆，互相庆贺）。竟杀蛟而出，闻里人相庆，始知为人情所患，有自改意。乃入吴寻二陆（二陆，即指陆机、陆云，陆机曾任平原内史，陆云曾任清河内史）。平原不在，正见清河，具以情告，并云欲自修改而年已蹉跎（句中，修改，改正错误；年已蹉跎，意年龄太大），终无所成。清河曰："古人贵朝闻夕死（朝闻夕死，意早晨明白圣贤之道，即使当晚死去，也算不虚度此生了。语本《论语·里仁》），况君前途尚可。且人患志之不立，何忧令名不彰（令名不彰，意为好的名声不传扬）邪？"处遂改励，终为忠臣孝子（周处出征时，孙秀说处家有老母，但处仍坚持领兵出征，并力战至矢尽弦绝而死）。

陆云（262—303），字士龙。在当时文坛领袖张华家与荀隐相遇而作自我介绍后，还有一段对话。云曰："既开青云，睹白雉，何不张尔弓，布尔矢？"（句意为：既然已拨开青云，看见白雉，为何不拉开你的弓，放上你的箭）荀答曰："本谓云龙騤騤，定是山麓野麋。兽弱弩强，是以发迟。"（句意为：本以为云中之龙，矫健非凡，却只是山野之麋鹿，兽弱弓强，所以才迟迟发射）陆云被认为文章不及机，而所持见识超过机。后与机同时遇害。

《世说新语》中松江人的故事

《世说新语》是一部志人小说，所志之人，都是真实的；而所志之事，多为遗闻逸事。因此，这里所谓的小说，与"五四"以后作为一种文学样式的小说，是有区别的。

胡适之曾说过，"杂记与小说皆无意于造史料，故其言最有史料的价值，远胜于官书"（见陈东原《中国妇女生活史》）。这里所谓的小说，即历史上的笔记小说。《世说新语》当属于这类文字；正为此，笔记小说向为史家所重视，唐修《晋书》，就采用了许多《世说新语》中的资料。

鲁迅在《中国小说史略》中曾评述过《世说新语》，说其"记言则玄远冷俊，记行则高简瑰奇"。古今学者都非常重视《世说新语》这部著作。"我们研究这一时代的社会情况，这部书是不可多得的好材料；也是中国古小说中一部不可多得的名著"（徐震堮语）。

《世说新语》，由南朝宋刘义庆主持编撰，南朝梁刘峻作注。书中，记载了许多松江士子的言行。有些松江士子，已引入我过去撰写的文字，这里再补荐若干，略作解读，汇成一辑，与有兴趣者共飨。

一

> 顾荣在洛阳，尝应人请。觉行炙人有欲炙之色，因辍己施焉。同坐嗤之。荣曰："岂有终日执之，而不知其味者乎？"后遭乱过江，每经危难，常有一人左右己，问其所以，乃受炙人也。

这则故事大意是——

顾荣在洛阳时，曾答应某人的邀请，前去赴宴。在宴席上，顾荣发觉端送烤肉的人流露出想尝尝烤肉的神情，于是把自己的一份烤肉割了一块给他。同席的人讥笑顾荣。顾荣说："哪有整天端着烤肉而不知其味的人！"后来遭遇战乱，顾荣过江避祸，每经危难时，常有个人随从他左右帮助他，问其缘由，才知那个人就是当年吃顾荣烤肉的人。

同席者为何要讥笑顾荣？同席者也许以为，整天端送烤肉者难道不知其味？顾荣显然多此一举。而顾荣用反问回答，他当然知道，言外之意是，他之所以给"行炙人"吃，是因为他发觉其有"欲炙之色"，想必不是整天之端送烤肉者。《文士传》记："（荣）曾在省与同僚共饮，见行炙者有异于常仆，乃割炙以啖之。"文中还记，顾荣后来被逮捕，面临被害，有个人救了他，这个人是当年那个接受顾荣烤肉的人。顾荣为之感叹："一餐之惠，恩今不忘！"

顾荣，字彦光，祖父顾雍为吴国丞相。吴亡，顾荣与陆机、陆云进入洛阳，当时号称"三俊"。顾雍、顾荣，《松江府志》均有传，详见《松江人物》。

二

> 陆太尉诣王丞相咨事，过后辄翻异。王公怪其如此。后以问陆，陆曰："公长民短，临时不知所言，既后觉其不可耳。"

这个故事的大意是——

太尉陆玩到丞相王导处汇报公事，过后就更改之前说的。王公对此感到奇怪。后问陆玩何以如此，陆玩答："丞相位尊，小民位卑，临事时自己也不知道说了些什么，事后觉得不可，如此而已。"

这故事透示出当时官场的某种状况，也表现出陆玩的政治智慧及坚持己见的秉性。

晋时对本地区的长官，虽官也称民。王导时领扬州刺史，玩为其部下，故称民。

陆玩，字士瑶，陆晔弟。陆家为望族，王导初到江左时，为结交以求得援助，想把自己女嫁给陆玩，陆玩说："小土丘上长不成松柏，香草薰与臭草莸（yóu）不可同器而藏。玩不才，不能开门第不当而结为婚姻的先例。"委婉而机智地拒绝了这门婚事。陆玩后德高望重，官至侍中、司空，上公辅之位。为人器重弘雅，谦若布衣。《松江府志》有其传，详见《松江人物》。

三

> 谢太傅问主簿陆退："张凭何以作母诔、而不作父诔？"退答曰："故当是丈夫之德，表于事行；妇人之美，非诔不显。"

这个故事的大意是——

太傅谢安问主簿陆退："张凭为什么为母亲写诔文而不为父亲写诔文？"陆退答道："或许男子的品德表现在他的事业中，已为人知；妇人的美德，只有家人才知，所以不写诔文就不能显扬，不为他人所知。"

张凭，字长宗，吴郡人。官至御史中丞。陆退为张凭婿。

诔（lěi），一种文体，用以记述死者生平德行以示哀悼。

陆退，字黎民，吴丞相陆凯从孙。祖父陆仰，官吏部郎，父陆伊，任州主簿。陆退为谢安主簿，后官至光禄大夫。

四

张季鹰辟齐王东曹掾，在洛，见秋风起，因思吴中菰菜羹、鲈鱼脍，曰："人生贵得适意尔，何能羁宦数千里以要名爵？"遂命驾便归。俄而齐王败，时人皆谓为见机。

这个故事的大意是——

张季鹰被征召为齐王司马冏的东曹掾，在洛阳，到秋风起时，就思念起家乡的菰菜羹、鲈鱼脍来，说："人生贵在心情舒畅、惬意，怎么能远离家乡数千里做官以求取功名爵位？"于是命仆人驾车立即回到家乡。不久，齐王败亡，当时人都说张季鹰能辨情势发展变化。

东曹掾，大司马下设的东署的辅助官吏，大司马，掌军权的高官。曹，古代分科办事的官署。

菰菜，即茭白。鲈鱼脍，鲈鱼片。这里的"鲈鱼"，当是指生活在吴淞江中的鲈鱼，即《后汉书》中所记的左慈钓出的"三尺余"的鲈鱼，不是《三国演义》中所写的"松江鲈鱼"。

张翰，字季鹰，父俨，吴国大鸿胪。张翰有清才美望，但不拘礼教，不拘小节，人称"江东步兵"。步兵，步兵校尉的简称，晋阮籍曾任此职，世称阮步兵；时人就将张翰比作阮籍。

《文士传》曰："翰谓同郡顾荣曰：'天下纷纷未已，夫有四海之名者，求退良难。吾本山林间人，无望于时久矣。子善以明防前，以智虑后。'荣捉其手，怆然曰：'吾亦与子采南山蕨，饮三江水尔。'"

张翰博学善属文，造次立成，辞义清新。有《思吴江歌》："秋风起兮佳景时，吴江水兮鲈鱼肥。三千里兮家未归，恨难得兮仰天悲。"

张翰，《松江府志》有传，详见《松江人物》。

五

> 蔡司徒在洛，见陆机兄弟住参佐廨中，三间瓦屋，士龙住东头，士衡住西头。士龙为人文弱可爱，士衡长七尺余，声作钟声，言多忼慨。

这个故事大意是——

蔡司徒在洛阳时，看到陆机、陆云兄弟住在僚属的官署中，三间瓦屋，陆云住东边一间，陆机住西边一间。陆云为人，文雅柔弱，让人觉得可爱。陆机身高七尺有余，声如洪钟，说话慷慨激昂。

蔡司徒即蔡谟（281—356），字道明，东晋陈留考城（今属河南）人。本为吴国内史，穆帝时召为司徒。

这则故事着重对陆机、陆云分别作了赏誉。《文士传》曰："云性弘静，怡怡然为士友所宗。机清厉有风格，为乡党所惮。"

六

> 孙皓问丞相陆凯曰："卿一宗在朝有几人？"陆曰："二相、五侯、将军十余人。"皓曰："盛哉！"陆曰："君贤臣忠，国之盛也；父慈子孝，家之盛也。今政荒民弊，覆亡是惧，臣何敢言盛！"

这个故事的大意是——

孙皓问丞相陆凯说："您家族在朝做官的有几人？"陆凯说："两个丞相、五个侯王、十多个将军。"孙皓说："真昌盛啊！"陆凯说："君贤明，臣忠诚，是国家昌盛的表现；父慈爱，子孝顺，是家庭昌盛的表现。当今朝政荒废，民生凋敝，我担忧国家覆亡，怎敢说昌盛！"

陆凯（198－269），字敬风，吴丞相陆逊族子。忠鲠有大节，笃志好学。初为建武都尉，虽有军事，仍手不释卷。累官左丞相。当时孙皓暴虐，但因陆凯宗族强盛，不敢加诛。这个故事正反映了陆凯的忠鲠，敢于规箴。

陆凯，《松江府志》有传，详见《松江人物》。

七

　　陆玩拜司空，有人诣之，索美酒，得，便自起，泻著梁柱间地，祝曰："当今乏才，以尔为柱石之用，莫倾人栋梁。"玩笑曰："戢卿良箴。"

这个故事的大意是——

陆玩被授司空之职，有人去拜访他，讨酒喝，在得到酒后，却把酒洒在梁柱处的地上，祝祷说："当今缺乏人才，把你作为柱石用，可不能让人家的栋梁倾倒了。"陆玩笑着说："我牢记您的良好规诫。"

司空，三公之一，东晋时官属一品。时王导、郗鉴、庾亮相继去世，朝野忧惧，以陆玩德望，拜司空。玩辞让，叹息着对宾客说："以我为三公，是天下无人矣。"时人以为知言。戢（jí），收藏，这里为牢记的意思。箴（zhēn），规劝，告诫。

这"莫倾人栋梁"中的"人"，自然是个比喻，喻的是国家。"有人"希望陆玩成为国家栋梁的"柱石"。

八

　　顾彦先平生好琴，及丧，家人常以琴置灵床上。张季鹰往哭之，不胜其恸，遂径上床鼓琴，作数曲，竟，抚琴曰："顾彦先颇复赏此不？"因又大恸，遂不执孝子手而出。

这个故事的大意是——

顾彦先平生爱琴，去世以后，家人常把琴放在他的灵床上。张季鹰前往哭祭时，悲痛得不能自持，就径直上灵床弹琴。弹了几曲，弹毕，他抚摸着琴说："顾彦先可再能欣赏这琴曲否？"刚说完又大为悲伤，就未按常礼握一下顾彦先孝子的手便出去了。

"不胜其恸"，竟"上床鼓琴"，抚琴问"顾彦先颇复赏此不"后，"又大恸"，竟不按常礼而离去，层层加深，表现出张翰与顾荣的感情之深，张翰对顾荣之死的悲伤之深。

《世说新语》所记述的这些松江人的故事，说明他们都为栋梁之材，国之柱石。他们或犯颜直谏，或仁爱至深，或襟怀宽广、谦若布衣，或桑梓情浓，或才华横溢……体现了松江的优秀文化传统与深厚历史底蕴。

陆龟蒙的几项第一

陆龟蒙，被崇祯《松江府志》列入"贤达"，又为光绪《松江府续志》"补遗人物"。其家有田百亩。《迎潮送潮序》云："余耕稼所在松江南，即郡境也。"

龟蒙著有《笠泽丛书》，这"丛书"，原意为个人的"杂著"，后来成为许多书的汇编。南宋俞鼎孙编的《儒学警悟》，大概是中国也是世界第一部丛书。但"丛书"一词，为龟蒙首创。

初唐时已出现君臣唱和，后有元稹、白居易的唱和。但都是一人首唱，一人奉和，题同，诗各人各做。到皮日休、陆龟蒙时，出现了次韵唱和（即和作须依次用首唱诗的韵）。次韵和诗，皮、陆是首创。

又，皮、陆有《松陵唱和集》。之前，未见有唱和诗集。而杨忆、刘筠、钱惟演等人的《西崑酬唱集》，则是宋初的集子了。

洗其坐具

《松江人物》"赵孟頫"一目中，写到其族兄赵孟坚（1199—1264），因其入仕元朝，背叛赵宋宗室，在孟頫离去后竟洗其坐具。有人问此说依据。

我在编撰赵孟頫生平事迹及云其文采风流冠绝当时、诗文书画开一代之风气的贡献时，确提及孟坚洗孟頫坐具事，虽云"据传"，但绝非杜撰。元姚桐寿《乐郊私语》云：

> 孟坚入元不仕进，隐居避客。从弟孟頫来访，坐定，问："弁山、笠泽佳否？"孟頫云："佳。"孟坚曰："弟奈山泽佳何！"既退，使人濯其坐具。

赵孟頫，宋太祖子秦王赵德芳（戏曲中之八贤王）之后。时行台御史程钜夫奉元世祖之命去江南搜访隐居人才，找到孟頫，带他觐见世祖，世祖见他才气横溢，神采焕发，有神人风骨，很是高兴。孟頫于是入仕。历世祖、成宗、武宗、仁宗及英宗五朝。孟頫虽仕元，但时怀故国之思，他的《岳鄂王墓》诗（见《松江历代作家作品选注》），可见一斑。

当我国的某一少数民族入主中原、执掌国政时，汉族中的部分官员入仕新朝，会有多种情况。洪承畴投降清帝后，曾成为钦命招抚江南各省地方总督军务兼理粮饷内院大学士，杀了不少"抗清"者，这是一种情况；赵孟頫在仕元时，又是一种情况。因为属于另一个议题，这里不展开议论。又，我国少数民族执掌国政，与日本等帝国主义国家侵略中国，犹有本质区别。

宋代华亭卫宗武家族

　　卫宗武，字淇父，自号九山，别号水北。淳祐（1241—1252）间任尚书郎，出知常州，罢归。闲居三十余年，以诗文自误。宋亡入元不仕，匿迹穷居。著《秋声集》，文及翁为之作序。《四库全书》馆臣自《永乐大典》中辑其诗词四卷，序记、志铭一卷，杂著一卷，卷首有自序及元张之翰序。

　　宗武之先为渤海人。宗武五世祖文中为宋朝散大夫兼侍讲，始居钱塘。高祖为卫仲达，又自钱塘徙华亭。仲达，初名上达，字达可。大观三年（1109年）进士。宋徽宗为其改为今名。靖康初为礼部尚书，即缘"太上皇"幸亳州，乞假携家逃遁（见《三朝北盟会编》）。

　　仲达从叔卫肤敏，字商彦。以上舍生登进士第。官拜秘书省校书郎。后受命出使金国，途中闻金将大举入侵，肤敏不忘使命，仍前往金。在金人面前，坚贞不屈。被拘留，至靖康初才返回。任吏部员外郎，进任卫尉少卿，又升为起居舍人（君王的近侍官员），复拜为右谏议大夫，兼侍读。卒于礼部侍郎任上。肤敏亦居华亭。

　　肤敏从兄弟季敏任镇江府道判。季敏子卫泾，字清叔，初号拙斋居士，改号西园居士，又号后乐居士。淳熙十一年（1184年），举进士第一（即状元）。

康熙《松江府志》：“华亭鼎甲自泾始。”卫泾以金紫光禄大夫的身份退休，朝廷追封他为吴郡开国公，又追封秦国公爵位，谥号“文节”。卫泾历仕三朝，出入内外四十余年。卫泾又以文学知名，有《后乐集》七十卷。

卫泾弟卫湜，字正叔。曾被授太府寺丞，没有赴任。曾集《礼记》诸家传注，凡一百六十卷，名《礼记集说》。卫湜官至朝散大夫，宝谟阁直学士、袁州知府。被称为“栎斋先生”。

以上为卫宗武上辈。

宗武子卫谦，字有山，一字山甫，号山斋。登宋进士第。元师入境。被授漳州龙溪尹、温州治中，皆辞。与邓文原、赵孟頫、张之翰为文字交。远近之人，无论认识与否，都称他为“卫山斋”。

卫谦有三子。长子卫德嘉，字立礼，号尚绚翁。德嘉孝顺双亲，忠厚诚实，以风骨节操自持。失俪二十八年，不二娶。闭户读书，辟举皆不就。常告诫其子：“你不亲自耕种，靠佃户而得以生存，应当给佃户以恩惠。”临终时对儿子说：“父书都在，你读之则为君子，毋失德玷我世胄。”曾被授潮州路学正。卒后，杨维桢私谥之“尚绚先生”。

卫德嘉弟卫德辰，字立中，隐居未仕。素以才干著称。书学《舍利塔铭》。善散曲，明朱权《太和正音谱》将他列入“词林英杰”一百五十人中。《太府乐府》收《双调·殿前欢》小令两首（其一为《碧云深词》，其二为《和阿里西瑛懒云窝词》）。

德嘉子、德辰侄卫仁近，字叔刚，一字子刚。所居曰“敬聚斋”，杨维桢曾为之作记。好学，经子百家，无不览阅；尤工书法，学《黄庭经》，自有一种风流蕴藉，侠子才气；又善诗，有“江水深深碧，梨花淡淡明”之句，有《秋夜曲》等，为时人所重，杨维桢称其诗音节、兴象皆可追盛唐。与王逢友善，王逢有《卫子刚诗录序》，极称之。著有《敬聚斋诗稿》。

自卫宗武至卫近仁，四世皆以节行著。

吕良佐的"应奎文会"

　　文人交往，多宴饮，多酬唱，多游览，人们称之为雅聚。阮籍等七人常宴集于竹林，时人号为"竹林七贤"。王羲之与谢安等四十一人在兰亭"修禊"，人各作诗，成集后由羲之作序，名《兰亭集序》，唐太宗李世民死，以羲之法帖真迹殉葬。历史上，类似的雅集，还有"西园雅集"，参与者有苏轼、米芾、黄庭坚等，地点在附马都尉王诜家。又有"玉山雅集"，主人为顾瑛，雅集多达七十多次，平均每年约六次。这类雅集，多为爱好相同、意趣投合所致。

　　元季，这类雅聚，更为普遍。富户吕良佐，凭其优厚的经济实力，以独特的方式，在家中举办"应奎文会"，为时所瞩目。

　　吕良佐（1295－1359），字辅之，号璜溪处士，华亭璜溪人。至正间兵起，被授华亭尹（知县），良佐推辞；但召集民兵，保卫乡里，使数千人家得以存活。杨维桢认为，良佐"轻财好义，行若古人""得美誉湖海间"（《故义士吕公墓志铭》）。良佐去世后，后人改璜溪为吕巷，以资纪念。良佐又好学，有才气，与杨维桢等诸公交往甚密。

　　至正十年（1350年），良佐组建"应奎文会"，远近闻之，纷纷前来投递文卷书稿，计七百余卷。良佐出重金以评试，请杨铁崖为主考，第甲乙。中程（合乎要求）者四十卷。良佐为之刊印。"今所选高者，经正而文，赋奇而法，诏、诰、章、表，各通其体，策皆贯古今，而有经世之略，诚足为后代绳尺已。选中之文，因锓诸梓，以传不朽。"（《应奎文会·自序》）

　　历史上文人士子的雅聚，既是一种传统，又可能都有其特定背景。良佐的"应奎文会"的背景是：元代，一度废除科举，自至正初年始，才得以恢复。但汉族人被歧视,很难中举。而文人士子,总得要展示自己的才智,实现自己的人生价值。良佐的这个文会,既满足了文人士子的兴趣爱好,又为他们构建了一个平台。

"应奎文会"影响极大。何良俊认为,"一时文士毕至,倾动三吴"(《四友斋丛说》),谢应芳有诗赞,"只今海内文章伯,多忆宾筵礼数宽"(《挽华亭吕辅之》)。

松江之变

元末,群雄争逐,社会动荡。至正十一年(1351年)后,朱元璋、张士诚、陈友谅三足鼎立,形成与元抗衡的形势。

至正十六年(1356年)二三月间,松江两遭锋镝。

一次是王与敬(字可叔,淮西安丰人)部下万户戴列恩等,率引军卒,自西门放火,鼓噪而叛。陶宗仪《南村辍耕录》卷三十记:

> 官僚溃散,寺观民房,悉化焦土。检刮金银财物,塞满舟船。自与敬以下,人口辎重,皆出西门。

之后,张士诚攻松江,王与敬降。城内有民谣曰:

> 满城都是火,
> 官府四散躲;
> 城里无一人,
> 张军府上坐。

士诚陷松江后，元江浙行中书省左丞相达识贴睦迩（一译塔失帖木儿）命苗军参政杨完者下元帅萧谅破松江城。苗军在城内掠妇女，劫货财，残忍贪秽，种种作为，令人发指。宗仪《南村辍耕录》又记：

> 苗军恣肆检刮，截人耳鼻。城中妇女，多为淫污。房舍间有存者，皆为焚毁，靡有孑遗。居民两遭锋镝，死者填街塞巷，水为不流。

由此可见，至正十六年二三月间，荼毒松江生灵的，先是所谓守卫松江的王与敬部下，继之为元江浙行中书省派遣的苗军，而后者尤甚。

陶宗仪妻同胞姐妹费元珛（又谓朱夫人），因"义不辱于贼"，惨死于苗军刀下。杨维桢有《朱夫人传》，其中有"群獠刺之，未死，骂尤不绝口"的文字。袁凯也有《费夫人》诗："官军应贼著红巾，苗獠来时更不仁。若道南州无节妇，请看东海费夫人。"费夫人之节烈形象，如在目前。

在这两次兵变中，义门夏氏文彦、颐贞家庐被毁，藏书富户夏庭芝之书多被焚毁，他们后都迁居泗泾；府学训导胡存道为护学宫，惨遭杀害……

是年四月初十日，张士诚遣其将史文炳攻松江城，"自湖泖入左浦塘，舳舻相衔，旗帜蔽日，苗军一矢不交，竟溃散而去。"松江自此，稍有安定。

钱鹤皋事件

元至正（1341 年始，凡 28 年）年间，松江发生了一重大事件，虽然持续只有几日，但影响深远。这就是"钱鹤皋事件"。

钱鹤皋，上海古籍出版社 2011 年出版的标点本《松江府续志》中，不知何故，改名为"钱皋"。鹤皋为吴越王裔孙，华亭人，居小莱。通经史，习骑射，以义侠闻名乡里。晚年结茅屋（外形类似于蒙古包），名"纯白窝居"。杨维桢曾作《纯白窝记》，其中云："华亭县距六十里，其聚为小莱，其吴越裔孙为皋氏。先庐毁，皋复新作。又于堂右个（正堂右边的屋舍）辟窝一所……名之曰纯白。皋尝宿余于窝，且征纯白志""吾闻皋壮年通经、史及国语（即蒙古语），间胡矢骑，以义侠厕狐貉游徽间，名贵人争欲致门下"。另，毛祥麟《对山余墨》也有所记。其中说鹤皋系吴越王钱镠后代，祖名文，父名大伦，世居松江西南王湖桥。

"钱鹤皋事件"大致经过，《明太祖实录》记述如下：

> 吴元年夏四月丙午朔，上海民钱鹤皋作乱，据松江府。大将军徐达、骁骑卫指挥葛俊等，率兵讨之。
>
> 初，达攻苏州，遣元帅杨福、参谋费敬直，谕松江府守臣王立中以城降，达令立中就摄府事。既而，上命苟玉珍代之。未几，达檄各府验民田，征砖甓城，鹤皋不奉令，欲倡乱，因号于众曰："吾等力不能办，城不完即不免死，曷若求生路以取富贵？"众皆从之。遂结张士诚故元帅府副使韩复春、施仁济，聚众至三万余人，攻府治，开库庚，剽掠财物。通判赵傲仓卒不能敌，驱妻、子十八人赴水死。玉珍弃城走，盗追杀之。鹤皋自称"行省左丞"，署旗为"元"字，刻砖为印。伪署官属，以姚大章为统兵元帅，张思廉为参谋，施仁济、谷子盛为枢密院判。令其子遵义率小舟数千走苏州，欲归张士诚以求援。至是，达遣俊讨之。
>
> 兵至连湖荡，望见遵义所率众皆操农器，知其无能为也。乃于荡东西连发十余炮，盗皆惊溃，溺死者不可胜记。兵

及松江城，鹤皋闭门拒守，俊攻下之。获鹤皋，槛送大将军斩之。仁济等率余党遁去。

俊怒华亭人从乱，欲屠其城。华亭知县冯荣，初不屈于鹤皋，为贼缚至狱中。至是，始出，即争于俊曰："反者钱鹤皋耳！余皆良民，纵有从者，皆由迫胁，将军必欲加兵，荣请先死。有邑无民，何以为治？"俊从之，华亭赖以安。

从这段记录中，大概可知，朱元璋麾下大将徐达令征砖砌城，鹤皋率众抗拒，被徐达、葛俊镇压；葛俊要屠城，本为鹤皋囚禁之华亭知县冯荣，极力劝止，华亭"赖以安"。

《松江府续志》云"盗压境，皋召乡卒捍于松江之阴，乡人赖以安"，显然与史实不符：一是《松江府续志》总纂修博润（时为松江府知府）不可能将明军称为"盗"；二是乡人"赖以安"，靠的是冯荣。

嘉庆《松江府志》："冯荣，乌江人。洪武初，知华亭县。钱鹤皋据府叛，荣被执，不屈，缚置狱中。乱定，总兵葛俊怒从乱者，欲尽杀之。荣力争，得止，脱死者数万户。"

钱鹤皋事件，作为一个案，让人闻到了易代鼎革之际的血腥味，感受到了朱明新政权的残酷。朱元璋曾言：寰中士大夫不为君用，诛其身而没其家，不为之过（见《明史·刑法志》）。

王逢有诗云："三江月黯血波夜，千室烟回阴谷春。试问玄都看花客，几多芳草不归人。"诗反映了朱元璋军对钱氏反抗的镇压程度及由此造成的惨景。

钱鹤皋事件，不少史料及笔记小说均有记载或演义。董含《三冈识略》：钱鹤皋起兵反叛，官军讨之。鹤皋就擒，押至京师。临刑，白血喷注。太祖异之，以为厉鬼首，命天下祭厉，称无祀鬼魂钱鹤皋等。范濂《云间据目抄》也云："每年清明、十月朔，府例，以鼓乐送城隍神主。出北郊壤，祭无祀鬼神钱鹤皋等，此有司公务也！"瞿佑《剪灯新话》中有《华亭逢故人记》，谓有全、贾两子，皆富有文才，豪放自得，每以游侠自任。吴元年，钱鹤皋起兵，两子杖策登门，参其谋议。洪武四年，华亭士人石若虚，出近郊路上，忽遇两子，气象宛如平昔。两人放论纵议，吟诗长啸，酒罄，告别而去。行及十数步，阒无所见，若虚大惊，始悟二子早已赴水而死。诸如以上文字，说明了"钱鹤皋事件"之影响。

义门夏氏

——兼议"停云子"是谁

元末明初，夏门有几位大家，他们是夏文彦、夏颐贞、夏大有等。

夏门为何冠以"义"？这得从夏文彦的曾祖父夏椿说起。

夏椿，字寿之，祖先是湖州长兴人。其兄夏杞，景定年间（1260—1264）为华亭典押，因占籍华亭。逢灾年饥荒，椿总救济民众。至元二十七年（1290年），椿曾贱价粜粮给受灾民众，又在寺庙煮粥供应饥民；大德十一年（1307年），又遭灾荒，邻境饥民扶老携幼归附夏门。椿开家舍，准备米粥药物，供其食用。生者如回家，送以路费；死者则给以殓葬。府城距海百里，凡其间的桥梁、道路、孤儿及孤老的房屋，椿都尽力修筑。时官府在他门前立碑表彰，称他为义士。门风由此延续了下来。

夏文彦，字士良，号兰渚生。其曾祖父即夏椿。文彦精图画，善鉴赏，富收藏。家有"文竹轩"。杨维桢《文竹轩记》："云间义门夏士良氏，博雅好古，蓄书万卷外，古名流迹墨舍金购之弗恪。于文人才士图写，尤所珍重。"至正十六年（1356年），松江城毁于兵，文彦迁居泗泾。与陶宗仪、孙道明等交往甚密。文彦的《图画宝鉴》（至正二十五年即1365年著并自序），是一部在明清时影响很大的绘画史著。

夏颐贞，夏文彦侄。颐贞祖父夏浚。颐贞曾命名其轩为"停云"。郑元祐《停云轩记》云："松江夏颐贞，名其轩曰停云……颐贞自其上世已称善人，曾大父谦斋尝为杭州司狱，多所平反。未五十悬车杜门，人称长者。大父爱闲，尤好学急义；尊父士贤能，世济其美。朝廷旌以义门，用励薄俗（励薄俗，意使不好的风俗、风气好转）。丙申兵变，颐贞以道义名阀（名阀，意名门巨族）而室庐亦尽毁。幸而家人获仅完（获仅完，意幸免于难，仅存），以城北之泗泾有旧田庐也，徙家居之。虽兵后牢落（牢落，意犹寥落），而奉亲延师，朋旧过从，靡闲一日。至其读书绩学，则收功倍于昔时。"颐贞又筑西畴草堂。宗仪《南村诗集》收赠颐贞之诗四首，即卷一《折杨柳送夏西畴谪居大梁》，卷二《次夏西畴韵》，卷三《秋怀次夏停云韵》《送夏西畴还宁夏》。由此可见，颐贞与宗仪过从甚密。

研究陶宗仪学者昌彼得在《陶南村先生年谱初稿》中云："又卷四有《南浦曲》一阕，乃与夏氏泛舟泗上时作。"昌氏这里所说的"夏氏"，从上下文看，显然指的是夏颐贞。其实，与宗仪共同泛舟的，是"一舟曰'水光山色'"之"主人"，即孙道明。

孙道明，字明叔，号停云子，又号清隐处士。曾筑"映雪斋"，藏书数万卷，延请四方名士，阅其藏书为乐。

夏颐贞"名其轩曰'停云'"，孙道明号"停云子"，那么，《南浦》词序中"隐者停云子居焉"之"停云子"究竟是谁？各种《松江府志》均注明是孙道明。如嘉庆《松江府志》云：道明"尝与宗仪共泛，宗仪制词，道明即谱入调中，倚洞箫吹之，与櫂歌相答，极鸥波缥缈之思"。

张雨《乐苦斋记》："华亭孙炼师，字明叔者，早以颖敏得乡里名称，乡大姓义门夏氏所知遇。如其家老综理，以益其富者将三十年。至正乙未（十五年）主人者亡，师喟然叹曰：'知己者死矣，安用屑屑久羁尘鞅耶？'遂去为黄冠（道士）。"这里的"孙炼师"即孙道明，因为孙道明后来"为黄冠"。

原来，孙道明曾被义门夏氏所知遇，到夏门做过总管，且"益其富者将三十年"，如此，自号为"停云子"就可以理解了。松江兵变后，夏颐贞迁居泗泾，道明"僦地其傍，为屋三楹以止息，曰吾不忍与义门子孙相忘也"（见张雨《乐苦斋记》）。由此可见，孙道明与夏门的感情之深沉，关系之密切。

再从宗仪《南浦》词序看。序先写会波村（即泗泾）风貌，"殊有武陵风概"，隐者停云子居住于此；次写一舟"水光山色"，常放乎中流，钓、弹、酌、咏，一时忘却功名，从"或呼酒独酌"看，当是写舟主人平时所为；三写宗仪被邀，与舟主人于舟中品茗，宗仪因襟抱清旷而作词，主人即将之谱入曲调，当场命洞箫吹之，"极鸥波缥缈之思"。前述，"水光山色"系道明所造，而史料未见顾贞造过此舟，如此，舟主人为道明无疑。而与宗仪共泛者如为顾贞，序中未有交代，且文气因此而不顺。

再回到夏门。还有一人，叫夏大有。大有字原威，号采芝生，夏文彦之子。洪武九年（1376年）闰九月九日，郑真（字于之，鄞县人，洪武三年举人，曾任凤阳临淮县学教谕，广信府教授）曾作《采芝生赞》（见《荥阳外史集》）。大有为陶宗仪门生，曾酿资刊雕宗仪《书史会要》，又请郑真为《书史会要》撰序。

笔者曾在《松江的优秀文化传统》中写过，松江的士大夫由于重视家教、家学、家风，又薪火相传，因而积累了深厚的家学文化，形成了不少文化名门世家。夏门以"义"为核心，成了松江的大族盛门。

演员顾山山

关于顾山山，《松江人物》中有简略介绍。现补述如下。

顾山山，收《青楼集》，又见《青楼小名录》。《青楼集》，夏庭芝著。夏字伯和（一作百合），号雪蓑，别署雪蓑钓隐，松江人。长期居泗泾之北。

《青楼集》中之"顾山山"条，全文如下：

> 行第四，人以"顾四姐"呼之。本良家子，因父俎而失身。资性明慧，技巧绝伦。始嫁乐人李小大。李没，华亭县县

长哈剌不花，置于侧室，凡十二年。后复居乐籍，至今老于松江，而花旦杂剧，犹少年时体态。后辈且蒙其指教。人多称赏之。

从"至今老于松江"，参以夏庭芝生平，大致可知顾山山为元至正（1341年始，凡28年）间人。元戏曲演员多出身于艺人世家，也有少数出身于世族"旧家"。从"本良家子"，可知她出身于后者。良家子，与所谓"娼优"子弟相对。"因父殂而失身"，多误作"因父而俱失身"。她的父亲是亡故（殂cú，亡故）的。"至今老于松江"，《说集》本于此句下有"年逾六十"四字。

《青楼集》中的"顾山山"，简单介绍了顾山山生平与技艺。年老"而花旦杂剧，犹少年时体态"，自然"人多称赏之"。

连枝秀被迫离松

《青楼集》中还记另一演员连枝秀。全文如下。

姓孙氏。京师角妓也。逸人风高老点化之，遂为女道士，浪游湖海间。尝至松江，引一鬌髻（鬌髻，梳在头顶两旁或脑后的发髻。既"引一"，或指脑后的发髻。鬌，zhuā，梳在头两旁的发髻），曰闽童，亦能歌舞。有招饮者，酒酣则自起舞，唱《青天歌》，女童亦舞而和之，真仙音也。欲于东门外化缘造庵，陆宅之为造疏，语多寓讥谑。其中有"不比寻常钩子，曾经老大钳槌，百炼不回，万夫难敌"之句。孙于是飘然入吴，遇医人李恕斋，乃都下旧好，遂从俗嫁之。后不知所终。

从上引文字中可知，这连枝秀本为京师色艺出众的娼妓，经一隐士风高（《说集》作"峰高老"）教化，成了一女道士。她曾游松江，"爱其风物秀丽，将结数椽，为栖息所"（陶宗仪《南村辍耕录》），想通过化缘在东门外造一庵，请陆宅子作募缘疏。

陆竟在疏中"语多寓讥谑"，甚至有"不比寻常钩子，曾经老大钳槌，百炼不回，万夫难敌"之句。此"疏文一出，远迩传诵，以资笑谈"（《南村辍耕录》），给连枝秀造成很大的压力。

陆何以如此，据《青楼集》笺注者说，"因想玩弄连枝秀不成而对她进行报复……对连枝秀加以讽刺、挖苦、丑化和诋毁"。"因想玩弄连枝秀不成而对她进行报复"，未见其所据（《南村辍耕录》中有"郡人陆宅之居仁尝往访焉，秀颇不以礼貌"句，连枝秀为何"颇不以礼貌"，是连枝秀因拒绝被玩弄，还是由于其他，宗仪未作进一步说明。《青楼集》笺注者或以此事说陆"玩弄连枝秀不成"）；但细读《南村辍耕录》所引陆疏全文，确实"语多寓讥谑"。

陆宅子，即陆居仁，华亭人。泰定（元泰定帝年号，1324年始，凡5年）举人。隐居不仕，教授以终。工诗，与杨维桢、钱惟善相唱和；卒后又与杨、钱同葬于竿山，人目之为"三高士墓"。（详见《松江人物》）

既为隐者，当淡泊、隐忍，宅心宽厚。连枝秀既经"点化"而出家成女道士，又请"造疏"，再说，因"招饮"而赴之舞之，在元代被视为平常（即使视为不妥，也当宽容之），陆宅之借造疏如此嘲谑，又有让人不堪之句，这就有点不厚道了。为此，陶宗仪也认为：陆"文虽新奇，固近于徘，视厚德君子有间（间，意距离、差别）矣"。连枝秀后因之离开松江，"飘然入吴"。

杨维桢自称"铁笛道人"

杨维桢（1296—1370），字廉夫，号东维子等，元诸暨（今浙江诸暨）人。

曾筑楼铁崖山，植梅百株，聚书数万卷，去梯，辘轳传食，读书五年，贯穿经史百氏，因自号铁崖，后徙居松江，终老松江，又葬在松江。

杨维桢又自称"铁笛道人"。因何如此自称？康熙《松江府志》云：洞庭湖中冶人缑氏子掘地得古莫邪剑，将之熔为铁叶，再卷成二尺九寸长的筒状形，又在上面打了九个小孔，然后将其进献给杨维桢。他吹之，洞孔"皆应律"，"奇声绝人世"。他常歌曰："小江秋，大江秋，美人不来生远愁。吹笛海西流。"又歌曰："东飞乌，西飞乌，美人手弄双明珠，九见乌生雏。"城中贵富人闻道人名，多载酒至道人居所，希望听他吹笛。道人为一弄毕，便躺着打发客人，客人不离去，他躺着吹笛自如。

又有史料载：杨维桢移家松江后，在迎仙桥西筑草玄阁、拄颊楼；又在百花潭上建小蓬台（贾安宅有诗句："小蓬台西一管笔，著书今付铁春秋。"）。在建筑时，获一断剑，将之煅炼为笛，"吹之作《回波引》，遂号铁笛道人"。

洪武二年（1369年），杨维桢被召，聘至京师修纂礼乐书，维桢谢曰："岂有八十岁老妇，就木不远，而再理嫁者！"（顾嗣立《铁崖先生杨维桢》）。

杨维桢的"四方平定巾"

明洪武二年（1369年），朱元璋派翰林院侍读詹同持厚礼聘请杨维桢修礼乐书，维桢不乐仕，咏《买妾诗》云："买妾千黄金，许身不许心。使者自有妇，夜夜白头吟。"（康熙《松江府志》）谢辞。朱元璋特赐安车迎维桢入宫。

维桢在编纂期间，曾受朱元璋召见。朱见其戴着方巾，问这是什么巾，维桢答曰：四方平定巾。按，明代文人、处士戴的软帽，原称"方巾"。明沈德潜《野获编·礼服·仕宦谴归服饰》："故相谭谆安召还时，尚未复官，及诣阙……见朝及陛见，戴方巾，穿圆领，系丝绦。"维桢将方巾说成是"平

定四方巾"，显然为取悦皇上。"上喜其名，命以式颁行天下。"（张岱《越中三不朽图赞》）

维桢就职一百一十天，叙例略定，即乞骸骨，"帝成其志，仍给安车还山"。

宋濂为之饯行，并赠诗云："不受君王五色诏，白衣宣至白衣还。"

维桢还郡第二年去世，葬今松江天马山。

杨维桢卒后是谁安葬的

杨维桢寓居松江，为时松江文坛领袖。其诗名擅一时，号铁崖体。晚年卧起于小蓬阁，不复下。直榜于门曰：客至不下楼，恕老懒；见客不答礼，恕老病；客问事不答，恕老默；发言无所避，恕老迂；饮酒不撤乐，恕老狂。（见吴履震《五茸志逸》）明洪武三年（1370年）五月（一说六月），维桢因肺疾发而逝于松江。

维桢卒后，是谁安葬的？近翻阅《海叟集》，海叟（袁凯字景文，自号海叟，华亭人）有《追次林太守孟善韵，林乃某之举主》诗。查诗题中之林孟善，明洪武三年任松江府知府。正德《松江府志》："林庆，三年任。"按，林庆，即林孟善；"三年"，即洪武三年。又查贝琼（贝琼，明洪武初，被聘修撰《元史》，洪武三年即1370年，又以续修《元史》应召。洪武六年，任国子助教，改中都国子学教。学者称其为"清江先生"）《铁崖先生传》：杨维桢"洪武三年正月至京师，年已七十有六，有疾，得请归。夏六月卒，太守林孟善为买地葬之"。由此可知，维桢是由时松江知府林庆即林孟善安葬的。

杨瑀？杨谦？

——与昌彼得先生商榷

台湾地区研究陶宗仪的学者昌彼得，治学严谨，考证深入，所著《陶南村先生年谱初稿》，后之学者多有参照。但其中有一处，似需再斟酌。

昌彼得在至正十六年（1356年）条中云：

> 考是年中秋，先生尝偕孙华孙访杨瑀，题所藏马琬画，即署"南村陶九成"。而前举之十五年尾所题《杨竹西草堂图卷》，尚署"涿郡陶宗仪"，知先生之以南村为号，始于十六年，当为时年迁居南村也。

昌彼得在这段话中说了两件事。一件是元张渥所绘《杨竹西草堂图卷》上，有宗仪题诗（按，宗仪诗为："溪上人家多种竹，林西清意属诗翁。湘灵鼓瑟风来巽，凤鸟衔图月在东。一室萧闲淇澳似，此君贞节岁寒同。何当径造谈玄处，静日敲茶试小童。"），诗署"涿郡陶宗仪"（还钤有"陶九成"印），但未署何年。按，图卷上并有杨维桢、钱惟善等多人题记，都署乙未年，即至正十五年。昌彼得认为，"先生所题诗，当亦在是年"。第二件，即前引《年谱》所述"尝偕孙华孙访杨瑀"之事。访杨瑀事，在至正十六年，宗仪在图卷上署名为"南村陶九成"。陶九成，即宗仪。昌彼得以前后两年宗仪题名为据，证宗仪于至正十六年（1356年）迁居泗泾南村。

查，至正十六年宗仪所访者，并非杨瑀。

杨维桢有《元故中奉大夫浙东宣慰杨公神道碑》，其中云，"至正乙未，中书奏公旧劳，起公行宣政院判官"，"是年，行省承制已浙东师起公，辞去。居淞江之鹤砂"。按，至正乙未，即至正十五年；"是年"，为至正十七年。宗仪偕孙华孙访杨氏时，杨瑀尚在浙江（由判官改建德路总管），尚未致仕来松江。

又，杨瑀来松江后，几乎一贫如洗，生活无着，只能靠人救助。正德《松江府志》云："时避地者建德尹杨瑀、平江尹贡师泰、建德道守毛景贤，咸来依清。"按，"依清"之"清"，指叶以清。以清崇尚气节，有古义侠风。杨瑀等在松江时，均依附于以清。四年后，即至正二十一年，杨瑀卒后，《府志》说他"无一钱，清葬以礼"，就是说，还是由以清以礼安葬的。清贫如此，不可能藏有马琬之画。

马琬，字文璧，秦淮（今南京）人。至正间客居松江，隐居。洪武初，出任抚州（今属江西）知府。工诗、书、画，时称"三绝"。这次宗仪偕孙华孙访杨氏，杨氏留饮竟日，焚香啜茗，雅论清事。杨氏出示所藏之画为马琬所绘《秋江钓艇图》，是马琬为竹西处士画的。

其实，宗仪所访者，确姓杨，但是杨谦。谦是松江富户。崇祯《松江府志》载："杨谦，松江人，别号竹西。世居赤松溪上。本大族。早年脱去仕累，归讨幽事以自适。读书乐道外，无他嗜也。多海内高人胜士之交。尝筑小楼，登眺海中，大小金山俱翔舞于前，因题之曰'不碍云山楼'。杨维桢、贝琼俱为之歌咏。"杨谦号平山，又号竹西居士、清溪道士。好读书，不乐仕进。

陶宗仪名"解语杯"

陶宗仪，字九成，浙江黄岩人。元代曾应乡试，不中，即弃去。务古学，无所不窥。元末侨寓松江泗泾之南村，因此自号。他多次辞辟举，躬亲稼穑，教授生徒。永乐初卒，年约九十。

陶宗仪工诗文，富著述，所撷典故遗闻，都有益史学。有《南村辍耕录》等。《南村辍耕录》中记有一事，颇见风致。

> 七月九日，饮松江泗滨夏氏清樾堂上。酒半，折正开荷花，置小金卮于其中，命歌姬捧以行酒。客就姬取花，左手执枝，右手分开花瓣，以口就饮，其风致又过碧筩远甚，余因名为"解语杯"，坐客咸曰"然"。

其中的清樾堂，具体不详。嘉庆《松江府志》："在泗泾。……今马氏肯园有古榆、银杏各一株，轮囷离奇，相传犹夏氏故物也。""碧筩"，即指"碧筩杯"（也作"碧筒杯""碧桐杯"），一种用荷叶制成的饮酒器皿。唐段成式《酉阳杂俎·酒食》中有记述。"过碧筩远甚"，意远远超过用碧筩杯饮酒。

陶宗仪此记，当袭万柳堂故事。京师城外万柳堂，为一宴游处。廉希宪（元官至右丞相、中书平章政事）一日置酒，邀卢挚、赵孟頫同饮。时歌儿名解语花，左手折荷花，右手执杯，歌《小圣乐》。

陶宗仪所谓之"解语杯"，意指歌妓所捧莲花中的小酒杯。此名显然受"解语花"（意为会说话的花，后因用以比喻美女。歌妓中也有以此为名者）一词启发而拟。五代王仁裕《开元天宝遗事》记："明皇秋八月，太液池有千叶白莲数枝盛开，帝与贵戚宴赏焉。左右皆叹羡，久之，帝指贵妃示于左右曰：'争如我解语花？'"

缠　足

中国古代女子的缠足始于何时？

陶宗仪认为始于五代。

陶宗仪《南村辍耕录》中，有《缠足》一文，引《道山新闻》云：

> 李后主（李煜，南唐主）宫嫔窅（yǎo）娘，纤丽善舞，后主作金莲（指金制的莲花，后因以称美人步态之美；亦用以指女子纤足），高六尺（唐尺短，以今校之为小），饰以宝物细带璎珞（本指戴在颈项上的饰物，用珠玉串成，这里指穗状物）。莲中作品色（品种花色）瑞莲（象征吉祥之莲），令窅娘以帛绕脚，令纤小，屈上作新月状，素袜舞云中，回旋有凌云之态。唐镐诗曰："莲中花更好，云里月长新。"因窅娘作也。由是人皆效之，以纤弓（喻女子缠过的小脚）为妙。

这段文字，或可说明缠足陋习始于五代。李后主迷恋"纤弓"，让纤丽善舞的窅娘用长长的帛条缠裹而舞，让舞姿更为美妙。窅娘，就成为有史记载的第一位缠足的女性。上行下效，国人争相仿效，由此成风，直至元末，"人人相效，以不为者为耻"。

《杂事秘事》云：天子纳梁商女为后，其足首尾长八寸，说明汉时尚未有缠足现象。唐白居易有"小头鞋履窄衣裳，青黛点眉眉细长"句（《上阳发人》）。传唐崔简妻郭氏，以双履击滕王，致败面破额。有人据此事，认为白氏诗中"小头鞋履""殊非小脚鞋"，"其履必硕大如男履"。这似有点牵强，"小头履"也可致败面破额。但话又说回来，"小头履"未必就是缠足之履，今男士所穿之皮鞋中，也有尖头的。至于唐韩偓《香奁集·屧子》中"六寸肤圆光致致"诗句，"六寸"算不上是缠足，再说韩偓此诗句，又作"方寸肤圆光致致"。由此可见，唐代似仍未有缠足现象。

所以学界倾向于陶宗仪之说，缠足之事，始于五代，较为近是。

据传，在古代，缠足是一件大事。要择吉日，并举行一定的仪式。"在苏州，缠足通常开始于八月二十四日。这一天，小脚姑娘这一掌管缠足的女神，要来享用其信徒的祭品。在这一天，女孩用糯米和红豆做成米团，祈祷她们的骨头也一样柔软。向灶神进献贡品也同时进行……在一些地区，母女还要为观音这位万能的女性保护之神献上祭品。缠足开始前，母亲要缝、绣一双小鞋，并将它放在观音像（前）的一个香炉上。"（《闺塾师》，

高彦颐著，李志生译，江苏人民出版社 2022 年 5 月第 1 版）

缠足，是中国封建社会中女性受制与被害的明证。

荐举贤能

陶宗仪《南村辍耕录》有一篇关于姚燧荐举贤能的记载，文如下：

> 姚文公先生燧，为中台监察御史时，忽御史大夫谓曰：
> "我天子以汝贤，故擢居耳目之官。今且岁余，至如兴利
> 除害之事，未尝有片言及之，但唯以荐举为务，何邪？"
> 先生答曰："某所荐者已百有余人，皆经世之才，其在中外，
> 并能上裨圣治，则某之报效亦勤矣，又何待屑屑于兴利除
> 害然后为监察御史之职任乎？"大夫曰："真宰相器也！"
> 叹赏久之。

姚燧字端甫，号牧庵。伯父姚枢。燧之学，有得于许衡，由穷理致志，反躬实践，为世名儒。元朝三十年间之名臣世勋、显行盛德，皆燧所书。著有《牧庵文集》五十卷。

姚燧任中台监察御史一年有余，因未有片言言及兴利除害之事，受到御史大夫质疑，但姚燧认为，自己向皇上荐举了一百多人，他们都有"经世之才"，无论在中央及地方，对皇上治理国家都大有裨益，认为自己对皇上的"报效"可以说是尽了力。

荐举贤能，是一种器度的表现。荐举贤能，让其在朝廷或地方任职，以报效国家，是中国封建士大夫中之忠贞贤惠者的一个传统。作为监察御史，姚燧以为，荐举人才，比建言兴利除害更为重要。

华亭人卫泾淳熙十一年（1184年）举进士第一，康熙《松江府志》："华亭鼎甲自泾始。"卫泾历仕三朝，出入内外四十余年，忧国忘家，坚贞不渝。在朝廷上，他孤立自守，不畏强暴。以贤才为立国之基，举荐选拔人才，汲汲唯恐不及，李燔、辅广、倪思、陈尔等都为他所提携。他在潭州时，与朱熹有往来。韩侂胄曾言朱熹之学为伪学，他挺而斥之，并奏请召朱熹返回朝廷，惜时朱熹已去世，于是他刊刻传行朱熹集注的《四书》。

松江士人，不仅重视举荐人才，而且被举荐而得以任职的也不少。三国时，东吴大将吕蒙见孙权，孙权问："谁可代替你的职务去陆口领兵？"吕蒙举荐了陆逊，说："陆逊谋略深远，其才足可负重，可委以大任。"陆逊不负所望，屡战取胜，关羽也被其所害。此前，陆逊为官时，曾被时会稽太守淳于式指责"枉取民人，愁扰所在"（意对民众巧取豪夺，他所在之处，民众皆愁扰不堪）。后陆逊回京都时，在与吴王孙权言谈之间，称赞淳于式是一位好官。孙权说："式白君而君荐之，何也？"（意淳于式说你的坏话，而你竟荐举他，为什么？）陆逊回答："式意欲养民，是以白逊；若逊复毁式以乱圣听，不可长也。"（意淳于式意要让民众休养生息，所以上书指责我；如果我再诋毁淳于式以扰乱圣听，此风不可长。）陆逊后成为东吴名相。为东吴做出了很大贡献。

治理松江水流的历朝官吏

——元及之前各朝

正德《松江府志》云：府境诸水，自杭天目及苏之太湖而来，渟浸萦迴，由吴淞江、黄浦江而会归于海。土之沃以是，而害亦以是。

历代松江之为官者，为百姓生计，筹开凿之大计，谋蓄泄之方略。兹据史书、志乘，选若干以作简介。

伍员，字子胥，战国时楚国人。父奢，为楚平王太子建傅，以谗被害。

子胥奔吴，相吴王，以直谏被赐死。府治南四十里有胥浦塘，自长泖接界泾而东，分前冈塘、徐泾、驱塘、掘挞泾几段。此胥浦塘相传为子胥主持所凿。虽为"相传"，但已载入府志。

黄歇，楚人，为楚相，封春申君(与时赵之平原君、齐之孟尝君、魏之信陵君并称)。曾治松江，导流入海。此"松江"为水流，即今之黄浦江(以黄歇之姓名之)，亦曰春申浦。本人在20世纪曾主编《松江历代诗人诗词选析》，蒙施蛰存题"黄歇遗风"。

叶清臣，字道卿，长洲人。宋天圣二年(1024年)进士。从清臣开始，进士可直接授予太常奉礼部、集贤校理职。后为秀州知府。景祐四年(1037年)，参与修订起居注，在史馆当值。请求外任，为两浙转运副使。太湖地区，豪门大户占据上游，太湖水不能下泄浇灌民田。宝元元年(1038年)，清臣建言，疏浚盘龙汇、沪渎港，获准，民众因以获利。按，盘龙汇为盘龙浦(因以委蛇曲折如龙之盘得名，流经今之泗泾)入松江处，介华亭、崑山之间。

吴及，字几道，静海人。宋皇祐(自1049年始，凡6年)间知华亭县。任期内，教民众预修水利工程。第二年果然发大水，但由于预防在先，河堤坚固完整，沟洫通利，复稔如初。连续三年，全县家给人足。他离任时，父老攀留，整县人全都出来送行。当官如此得民心，诚可圈可点。

徐确，字居易，莆田人。历任宗正丞，提举两浙常平。时洪水泛滥，每年饥荒。徐确考查禹贡三江故道，查得吴淞古江由太湖东流入海，吴淞出其下，容易淤塞，于是请求疏浚封家渡至大通港直流海口，计长七十四里，需要动用民工二百二十余万。显然，这是一项大工程。徐确想方设法，以常平钱米十八万元充入雇佣等各费用之中。经如此修治，水道得以重新畅通。此事《上海志》有记载。

刘颖，字公实，衢州人。绍兴二十七年(1157年)进士。以宝谟阁直学士致仕，卒后赠"光禄大夫"。曾主持疏通淀山湖水以泄吴淞江水。禁止非法进入水源拦河筑坝，以使河道阻塞。民众因之赖以获利。此事《宋史》有载。

罗点，字春伯，抚州人。淳熙三年(1176年)榜眼。由校书郎升任浙西提举。在任期间，躬行田亩，规划荒政，实惠甚博。初，崑山、华亭之间有淀山湖可泄诸水道，但豪强之家占以为田，水流于是壅塞。罗点查得实情，奏请疏浚，且附上画纸。皇上采纳了他的建言，百姓也勇于出力。不久竣工，受益田亩达百万。罗点官至签书枢院事，卒赠"太保"，谥"文恭"。

姜诜，隆兴（宋孝宗年号，自1163年始，凡2年）中为两浙转运副使。浙西水溢，民大饥，姜诜因地制宜，在张泾堰旁增低为高，筑月河，置闸其上。又疏浚了从竿山至青龙江间二十七余里河道。此事许克昌曾作记，刻石颂之。按，许克昌，字上达，松江人。绍兴三十年（1160年）进士，名在第一，因有官职，改为第二（有人以其进士第一，认为其是状元，非）。此人于水利也有作为。时松江新泾塘被海潮冲毁，海水延及民田，为民众之患。克昌向朝廷请命，将堰移入运港，以避潮势，民众甚是感恩。

邱崇，字宗卿，江阴军人。宋隆兴元年（1163年）探花，授国子博士。乾道（宋孝宗年号，自1165年始，凡9年）中，知秀州。时华亭捍海堰废，每年都有咸潮流入，损坏海边田地。苏、湖州都遭受其害。邱崇上奏筑堤，三月成。苏、湖、秀三州盐碱田又成为良田。邱崇累官同知枢密院事，卒后谥"忠定"。其宦迹见《宋史》。

彻理，燕只吉台氏。大德（元成宗年号，自1297年始，凡11年）初，任江南诸道行御史大夫。七年（1303年），改任浙省平章政事。时转运京师的粮食主要来自东南，居天下十之六七。而淞江淤塞已久，富户从中渔利，填岸围田，民则不可种稻。彻理发动兵民数万疏决，打桩垒石作堤，导水入海。他亲自监督劳役，经过一个季度，终告竣工，民众得良田数万顷。九年（1305年），召入平章中书赞右丞相，随即去世，仅四十七岁。盖棺之日，纸币不满二百，而债券多至十万。清贫如此，当时大臣无与伦比。追赠"徐国公"，谥"忠肃"。

汪从善，字国良，婺源人。任松江知府期间，劝勉农事。松江滨海，统华亭、上海两县，田属下下等，而田赋要上上等。春夏水漫，田不能种植；秋季水涝，谷子不能饱满。从善命所属县署组织兵民筑堤防水，并亲授方略。从善后长居松江，以著书晦迹。有《通鉴地理志》等著作多部。

古代官吏重视治水，一为政绩，而为官一任，造福一方，正是政绩的重要内容。二为受儒学影响，以民为贵，视民如天；而水利为民生大事。在治水实践中，一是重考察与预防；二是汛情严重时，因地制宜，采取各种措施及时控制汛情，进而从根本上加以治理；三是治水以导为主。

二〇二〇年七月十五日

全国多地汛情险重，防汛形势严峻

元代松江富户

有元一代，松江之富户，何良俊在《四友斋丛说》中，开列过一份名单——

　　青龙任水监
　　小贞曹云西
　　下沙瞿霆发
　　张堰杨竹西
　　陶宅陶与权
　　吕巷吕横泽
　　祥泽张家
　　干巷侯家

名单中之吕横泽，即吕良佐，已有一文介绍（见《吕良佐的"应奎文会"》），兹再择其中四人略作介绍。

任水监，即任仁发（1254—1327），仁发字子明，一字子垚，号月山道人。世代居于青龙（青龙，唐天宝五年即746年建镇，时据吴淞江下游沪渎之口，东临海，具良港条件，唐时就十分繁盛）。宋咸淳三年（1267年）举人，时年十八。元兵南下，受到赏识、器重，委其招安海岛，后让其任青龙水陆巡警，官至贰都（贰都，犹陪都）水监。府境开江置闸等一应事宜，均由其主持。后以中宪大夫、浙东道宣慰副使致仕归居。长期究心水利，著《水利书》十卷刊行于世。仁发又工书法，长绘画。其绘画功夫足以与赵孟頫相敌。尤擅画马，曾奉旨入宫画《渥洼天马》及《熙春天马》两图,仁宗诏藏秘监。陶宗仪在《书史会要》中也云及其"以画马得名。中年后,方专意学李北海书,即得其法"。今故宫绘画藏馆有仁发所绘之马数幅。仁发家有来清楼、览晖楼。其墓志1953年1月于青浦重固出土。

曹云西,即曹知白(1272—1355),知白字又玄,又字贞素,别号云西,学者尊其为"贞素先生",华亭人。至元三十一年(1294年)诏命中书左丞疏浚吴淞江,知白持策从行。大德二年(1298年)政府治水时,知白又献"填淤成堤"之策,民众大受其益。平生不乐仕进,屡拒朝廷征召。知白家有藏书数千;善画山水,今有《寒林图》等留存;又长于造园,其园池花木甲于东南,惟常州倪云林、昆山顾瑛可相伯仲。陶宗仪有《曹氏园池行》记其园池。知白对文人士子甚为尊重,常邀他们在其园池觞咏酬和,风流文采,映照一时。其孙雪林曾"言乃祖盛时,尝筑台,以锡涂之,月夜携客痛饮,称瑶台云"(叶盛《水东日记》)。赵孟頫、虞集、王冕、倪瓒、黄公望等名流,均与知白有密切交往。

瞿霆发,字声父。祖先为汴人,作护驾人员随宋王朝南渡,居上海。自幼聪明有悟性,书过目能诵,才艺超群。元兵驻临安,游骑进入霆发所在之境时,他挺身兵间,率众归附,境兵民赖以保全,时年二十六岁。被选拔为进义校尉,同提举上海市舶;后授承务郎、两浙运司副使,复升任两浙都转运盐使,改任少中大夫,直拜运使。浙东饥荒,霆发乐于济施。西湖书院、上海县学,他都割田资助。乡邻借贷,从不记账,也不催讨。陶宗仪《南村辍耕录》:"浙西园苑之胜,惟松江下沙瞿氏为最古。宋秀卅守方岳亦有诗留题壁间。后紫阳虚谷翁来游,继题十绝,其一云'壁间墨客扫龙蛇,所写诗佳字亦佳。忽见题诗增感慨,吾家宗伯老秋厓'是也。"

杨竹西,即杨谦。谦号平山,又号竹西居士、清溪道士。世为大族,居松江张堰赤松溪上。早年脱去仕宦之累,归于幽雅之事以自适,读书乐道。"凤闻之诗礼,所以行修而文辞畅而醇"(郑元祐《杨竹西像赞》)。谦又好结交。海内高人名士多与之有往来。曾筑小楼,登楼远眺,海中大小金山,尽收眼底,翔舞于前,因而题名为"不碍云山楼"。何良俊曰:"杨竹西有不碍云山楼者是也。余尝见其像,吴绎写像,倪云林布置,元时诸名胜题赞皆满。"杨维桢《不碍云山楼记》云:"竹西宴于楼之上,窗户四辟,万顷之云、两鳌之岛，皆自献于眉睫之下，其所名也固宜""竹西脱去仕累，归讨幽事，稍为园池亭榭以自娱，以及其客之好事者""竹西风日佳时，岸巾楼上，手挥五弦之余，与一二解人（解人，见事高明、通解理趣的人）谈玄理，既以八窗不碍者辟于目，复以八荒不碍者洞于心，云山之观尽矣，备矣"。

以上四富户，除家资丰饶，有厚实的家底，并乐善好施，还有三个共同点。一是多不乐仕进，或曾为官，但早脱仕累，斋居田园；二是或以诗文或以书画或兼诗书画自娱，并或造园池或建楼斋迎客之好事者雅聚。三是乐善好施，尤以廷发为著。他们为松江构筑了一道亮丽的风景线，促进了当时松江文化的繁荣。

巨室富户，仅有优越的物质条件不够，只有提升文化品位，才能得到历史的认同。有元一代的富户，其实远不止以上几位，但只有如上述者，才得以流传至今，其余的，早已如泥沙被历史的流水带走了。

方孝孺之子获松江人救护

在中国漫长的封建社会中，凡犯重罪如谋逆者（其实不少是错案、冤案），要诛灭"九族"，明高祖朱元璋驾崩后，由其孙朱允炆即帝位，为惠帝，年号建文。方孝孺（1357—1402），深受皇恩，被召为翰林博士，进侍讲学士。"靖难之役"中，燕王朱棣兵入京师，败惠帝而称帝。方孝孺，因为惠帝而穿孝痛哭、拒绝为朱棣起草即位诏书，并辱骂朱棣为篡臣贼子，被朱棣处以割舌和寸割的极刑，并被诛灭"十族"，十族计共873人（一说847人）。

"九族"有两种说法，一指父宗一脉，即高祖、曾祖、祖父、父亲、己身、子、孙、曾孙、玄孙。一指父族四（包括出嫁的姑母及其儿子、出嫁的姐妹及外甥、出家的女儿及外孙）、母族三（指外祖父一家、外祖母的娘家、姨母及其儿子）、妻族二（指岳父一家、岳母娘家）。而"十族"，即指在上述"九族"之外，加上

"师族"（包括方孝孺的老师及门生）。诛灭"九族""十族"，目的是为"斩草除根"。

朱棣下令诛杀方孝孺"十族"，却未能"除根"。方孝孺的儿子方德宗被人保护了下来。而保护者中，有几个是松江人。

事情是这样的：

方孝孺被捕后，有一位叫魏泽（时为宁海典史）的，将方九岁的儿子方德宗藏匿起来。又有一位叫余学夔的，暗中获知此事，便衣衫褴褛，头发散乱，鞋破露趾，装疯卖傻，迎魏泽于城中，作狂歌暗示魏，魏泽于是秘密投书余，将方孝孺文稿及方德宗托付给余学夔，余学夔随后将方德宗悄然带至华亭青村。其时，任勉之（字近思，洪武二十七年即1394年进士，方孝孺门人）也得知此事，为救助余学夔，送金给余，余十分谨慎，不受其金。余学夔后潜入城里探访俞允（字嘉言，华亭人，洪武二十六年即1393年中举人第一，第二年登进士第。永乐初，明成祖诏命修撰《永乐大典》，俞允被入选，授礼部主事），因俞允也是方孝孺门人，又相信他不会出卖，于是学夔规划路线，串街走巷，过摊迎店，注目前后，悄然前行，来到俞允府第。俞允知情后大惊，随即将德宗藏匿于自己家中。十四年后，俞允将自己养女嫁给德宗，德宗改姓为俞，又改姓为余，迁往一个叫白沙里的地方。

德宗在这里，白天耕种，夜晚读书，寒暑不辍。德宗行为端方，待人谦和。至万历三十七年（1609年），提学御史杨廷筠查访此事，才得知真相，让德宗恢复方姓，并建祀堂祭祀方孝孺，而以俞允为配祀。时已与方孝孺被害相隔二百余年了。

收藏古董

陆树声说自己很少有嗜好，平生所收藏，除书史无好的东西。自任史官后，藏有一端砚。端砚与徽墨、湖笔、宣纸并称，号为文房四宝中之佳品。后又得一歙砚。歙砚是江西婺源所产的石砚，石质坚韧润密，不吸水，发墨不损毫，造型典雅浑朴，与端砚并称于世。树声前后得石，让工匠治理，共十砚。他说："收藏这些就足够了。"为此，自号"十砚主人"，放砚之室，题为"砚室"。有时将它们拿出来放几上，兀傲相对。一日出示时，有一行家慧眼审视，说："都不是佳品。"

由此想起曾看过的一文，说章乃器藏有古物三千，请文物收藏家、鉴赏家张伯驹鉴辨。张伯驹花了几天时间逐一仔细辨之，然后对章乃器说："您让我说真话还是假话？"章乃器说："请您来，就是要您鉴别真伪。"张伯驹于是说："都是赝品。"

此事因找不到原文，只凭记忆，可能有误。但宋云彬 1950 年 2 月 21日日记云：章乃器有铜器、瓷器、陶器三千件，"大抵皆赝品也"。

董桥引冯骥才说，在古物市场上，文物、古玩与古董是三个不同的概念。"文物是指那种堪称某一时代典型、珍罕稀有的古物；古玩不一定是某一时代的代表，却必须是艺术精美、制作精湛、材料贵重的古物；而古董则泛指一切旧时器物。"

由此可知，真正的"文物""古玩"，是十分稀罕珍贵的，价值连城的。一般的收藏家也是很难拥有的。董桥引古谚云"十辈子才能挂画"，说的是十辈子书香世家才能分辨出画之雅俗。

董桥先生说，老舍也喜欢收藏一些小骨董，瓶瓶碗碗，不管缺口裂缝，只要喜欢都买来摆。一次，郑振铎到老舍家，仔细看了看那些藏品之后，轻轻说了一句："全该扔。"老舍听了也轻轻回答一句："我看着舒服。"两人相顾大笑。

如果能如老舍，弄些"骨董"玩玩，自我欣赏，自娱自乐，怡情养性，倒也不无益处。春暖秋爽之日，嘉木异卉之间，约三五好友，品品香茗，说说"故事"，共同赏之，也称得上是一种雅聚。

但如果以此张扬炫耀，以博取声名，又设法通过媒体，欺上罔众，以"大家"自居，则不可取矣。

何良俊五易居所

《松江人物》所收的"何良俊"一条目中曾提及："（何良俊）致仕后，寓居南京、苏州近十年，隆庆三年（1569年）终归故里。"

何良俊曾五易居所。

何良俊始家东海上，因官南京翰林院孔目而离家，住青谿旁。三年后，因离职而离开青谿。当时海上之居所在战火中被毁，他游离了五年之后，徙于苏州，得玄觉寺故地而居之。在苏州住了一年后，回到家乡松江。先买得杨氏园。在南京与苏州时，刚入宅他就凿池种蔬，而这杨氏园虽离府治仅五十多步，但处一弯曲的小巷中，有数株乔木，而无空地，于是买城东一区（约五亩），凿池莳蔬，他这才有了稳定的居所。又，《松江县卷》载，何良俊（在府城庙西）筑"望洋楼"，因旧业在海上，故以"望洋"为名。

何良俊五易居所，宴息之处，都以"四友"为名。四友者，庄子、维摩诘（王维）、白太溥（白居易），与何子而四也。

曹定庵的《九峰补亡》诗

曹时中，号定庵，华亭广富林人。明代天顺三年（1459年）进士。先后任刑部郎、浙江按察司佥事、浙江海道副使。四十多岁时主动辞职归隐。

归隐期间，每当祭祀，则往水至清处，亲采蘋藻。

太守吴公高其义，特置一舟遗之，署曰"采蘋"。

定庵居广富林，不轻易入城，即使有事入城，只令两人操小舟，亲自掌舵。太守所遗"采蘋"，只在祭祀宗庙时驾之，平日则置之水滨。

钱福谓，定庵清臞飘逸，洒洒有出尘离俗之态。行若鹤步，止若鸾停。掩映于碧梧翠竹，间望而知为有道之士。

吴履震《五茸志逸》记：云间九峰，陆、宝为两峰，其土宜树，人争取之，终夷为平地。曹定庵为此拟以竿山补之，有《九峰补亡》诗，诗云：

> 山头日月长吞吐，山下乱石多难数。
> 小者卧伏如群羊，大者蹲踞如虓虎。
> 生材中矢因得名，十笏天留给孤土。
> 兹山合补九峰亡，后世视今应作古。

定庵九十多岁时，松江太守孔辅遣吏给他送去两石大米，定庵手书答曰："老夫已三日不食，所赠大米恐怕派不了用场了，谨辞退。"去世前一日，他书于几席间："明日午时，天地晦冥，风雷撼击，此吾逝世之期。"子孙以为其好怪。后来天气情形果然如他所言。他"乃肃衣冠，焚香拜天地祖宗，毕，端坐瞑目而逝"。（见《云间杂识》）

定庵兄弟三人，另俩，一为曹泰，一为曹时，分别为景泰五年（1454年）进士、成化五年（1469年）进士。

冯时可之叹

《南吴旧话录》记有冯时可的一则逸事。

冯时可，字敏卿，又字元成，号文所，华亭人。冯恩第八子。明隆庆四年（1570年）应天府乡试夺魁，次年中进士。累官至浙江按察使。陈田（《明诗纪事》编辑者）云：“元成博综，下笔千言，娓娓不能自休。谈史、谈艺，当时异闻轶事，往往散见集中。”他道貌古朴，疏淡端庄，下笔则有峻厉之气，不愿迎合他人，为乡里前后诗人之冠。

在黔（今贵州省）时，时可曾养一只鹦鹉。婢女们为讨好时可小妾，教鹦鹉喊时可小妾为“夫人”，小妾听后，心花怒放。按当时，妻是夫人，妾只是在妻之外另娶的女人，地位比妻低。时可听后，认为有违礼数，颇为不安，于是训练鹦鹉改口。婢女们又诱鹦鹉称“夫人”，鹦鹉始终不再改口。后迁居益阳，一日下大雪，妾因鹦鹉不再称其为“夫人”，心中不满，就不再照顾料理，鹦鹉竟被活活冻死。时可叹曰：“直如弦，死道边，鸟亦然。”于是将其葬于官舍区。

时可所叹之“直如弦，死道边”，是汉桓帝时的民谣。全句为：“直如弦，死道边。曲如钩，反封侯。”“直如弦”说的是李固等人，“曲如钩”说的是梁冀等人。按，梁冀（？—159），字伯卓，东汉安定乌氏人。为顺帝、桓帝皇后之兄。父大将军商死，冀继，骄横不法，残暴淫逸，专断朝政二十年。李固（94—147），字子坚，汉中南郑（今属陕西省）人。少好学，常步行寻师，不远千里。为东汉名臣，忠正耿直，与梁冀每每针锋相对。《后汉书》本传载，梁冀“畏固名德终为己害，乃更据奏前事，遂诛之，时年五十四”，“露固尸于四衢（四通八达处），令有敢临者加其罪”。

时可由鸟及人，感叹正直、耿介之人，常遭陷害。

附带提一下，时可这里只引了民谣的上半句，未提及下半句“曲如钩，反封侯”。一些小人、佞臣，他们的卑躬屈膝，其实是要看对象的，即有利于自己者或可利用者，而且一旦如愿，成了“侯”，“钩”的真相毕露，“钩”起人来可是够狠心的，就如梁冀之类。不过话又说回来，这些人也没有好下场，梁冀后被桓帝及诸正直大臣合谋被捕而自杀，就是一例。

二〇一九年二月五日（阴历大年初一）

草就，时能闻爆竹之声

徐三重反对有子纳妾

徐三重，字伯同，号鸿洲，华亭人。居七宝镇（1949 年 5 月，七宝镇时属松江县管辖，今属上海市闵行区）。三重天庭饱满，脸色白皙，仪态安详，文静如处子。

万历二年（1574 年）礼部会试中式，但未去参加廷试。万历五年（1577 年）登进士第，因母亲去世而归家。万历八年，拜官比部（刑部）主事，为父亲年寿已高而再次归家，并从此不愿入仕。四十余年中足迹不入公府。著有《夫真斋草》。

三重有八语识室中。一曰：室无美姬，堂无俊仆，家无戏具，门无杂宾。一曰：宅取安人，田取给食，书取明道，器取适用。

三重精研经典，手不释卷。著述甚多，《蒲溪小志》录其书目二十种。内《家则》四卷中云及纳妾之事。

明法律曾规定，平民男子如年过四十而无子，可纳一妾。

但这一规定，未见强制执行，致纳妾现象趋普遍而严重。为此，三重指出，无子置妾，定以年齿，"盖甚不得已也。若孕育已繁，更营姝丽，此则明示淫汰已耳"。淫汰，亦作淫汰，意为骄纵奢侈。三重以为，"若无礼义之维，难免乖离之衅"。

至明末，官员腐败，整个社会奢靡成风，色情泛滥，纳妾之举尤为蔓延而不能止，想当年三重的言行举止，还真是难能可贵。

宋氏家族部分人员

前面说过义门夏氏。其实，松江有不少名门世家。宋家又是一例。

宋尧俞，字叔然，华亭人。嘉靖三十一年（1552年）乡试中举。但独居别墅，不入城市，以气节侠义闻名。游学南雍（南京国子监）时，张居正为祭酒，经考核，尧俞被列为高第。张居正当了首辅，延请他为贵宾，并派徐阶备了行装接送，但他辞谢不赴。万历五年（1577年）进京参加会试，因遗失文引（参加考试的证明文书，相当于今"准考证"），不得参加。他于是日游京城，始终不入相府拜见请托。居正获悉，命几个儿子出去寻找并拜请，尧俞这才来到相府。居正说："老夫从前通过文章知道你的才华，现在该用你的才华教导老夫的孩儿，就请住在邸舍，明起给你俸粮。"尧俞不得已留住下来。居正原想让尧俞任紫薇舍人，尧俞一封奏书却违背了居正心意，于是默默不得志，后病死于京师。冯时可为之作传。著有《蓟门集》。

宋尧明，字宪卿，尧俞弟。少就有禀赋，七岁时嬉游门庭前，有客人吟咏《隔帘看镜》诗，尧明应声而道："秦岭望来云冉冉，楚台看去雨蒙蒙。"受到文徵明等叹赏，被视为神童。嘉靖四十三年（1564年）举人。任德化教谕，后升为归化知县，又改调远安令。所著时文数十万言，惜散佚殆尽。

宋尧武（1532—1596），尧俞弟（宋懋澄称尧武为叔父，著有《叔父参知季鹰公行状》，见宋懋澄《九籥集》），字季鹰。隆庆二年（1568年）进士。历官信阳州知府、惠州守、福州太守、滇南参知等，政绩不凡。后辞官回乡，在松江城北买地住下，自号"安蔬主人"。

宋懋澄（1569—1620），字幼清，号稚源，又作自源。尧俞之长子。

弱冠之年就以诗文著名，被赞为云间好儒。喜交游，慕古烈士风。平生做事果断，不人云亦云。当初父尧俞议论张居正不守礼制，上万言书。居正去世后，受多谤议，懋澄作《相公论》三首，白居正功勋。懋澄学问博杂，经史百家及数术、艺术、佛道之学，都有涉猎。所作诗文，雄奇独特，健伟卓荦。尤擅小说创作，所作《负情侬传》《珍珍衫记》《刘东山》等，都产生过较大影响。前两文被冯梦龙改编为《杜十娘怒沉百宝箱》《蒋兴哥重会珍珠衫》，第三篇被凌濛初改编为《刘东山夸技顺城门，十八兄弟奇踪村酒肆》。为明代著名小说家。著有《九籥集》《九籥续集》。

宋存标，字子建，号秋士，别署蒹葭秋士。宋尧武孙。明贡生，候补翰林院孔目。工诗文，善戏曲。诗尚华缛，然自有丰致。陈子龙誉其与徵璧、徵舆兄弟为"三宋"。甲申（崇祯十七年、顺治元年，即1644年）后隐居东田。生平以发扬风雅为事，刻印几社古文，参与编辑《壬申文选》。著有《棣萼新词》《国策本论》等。

宋徵璧，原名存楠，字尚木，号幽谷朽生，别署歇浦农。宋尧武孙。天启七年（1627年）举人，崇祯十六年（1643年）进士。历官秘书院撰文中书、礼部员外郎、广东潮州知府等。徵璧少负隽才，工诗古文词。陈子龙《宋尚木诗稿序》："尚木之为诗者凡三变矣。始则年少气盛，世方饶乐，盖多芳泽绮艳之词焉……既当先朝兵数起，无宁岁，慨然有经世之志，盖多感慨闵激之旨焉……今王气再见春陵，天下想望太平，故其为诗也，深婉和平，归于忠爱。"也善词及散曲。系云间派主要成员。著有《抱真堂诗稿》八卷（吴伟业为之作序），《三秋词》《歇浦偶和香词》等。

宋徵舆（1618—1667），字辕文，一字直方，号林屋，别号佩月主人等。宋徵璧从弟（一作与徵璧为同父异母兄弟）。明举人，顺治四年（1647年）进士。官刑部主事、刑部员外郎、都察院副都察御史。徵舆为诸生时，与陈子龙、李雯等倡立几社，为云间诗派主要成员。吴伟业曾言："往余在京师，与陈大樽（即陈子龙）游，休沐之暇，相与论诗，大樽必取直方为称首，且索余言为之序。当时大樽已成进士，负盛名，海内骚坛主盟。大樽睥睨其间无所让，而独推重直方，不惜以身下之。余乃以知直方之才，而大樽友道为不可及也。"（《宋直方林屋诗草序》）徵舆也工词，宗北宋诸家，新警而蕴藉。"李雯在给陈子龙的信中说：'春令之作，始于辕文，此少年之事。'在经历了国难的深悲沉恨以后，在无意之中，他们忽然间失而复得，找到了小词的那种意内言外的特质。"（叶嘉莹语）宋徵舆著有《林屋文稿》《林屋诗草》《海闾香词》等。

宋玉音，宋徵璧孙女，才女，著《红余草》。《国朝松江诗钞》引王苎东云："宋为虹桥巨族，其夫斜川，亦有诗名。"录以备考。玉音有《村居》诗："绿杨流水一溪寒，画船轻桡出小湾。燕子乍来如旧识，帘前飞去又飞还。"水"流"舫"出"燕"去"又"还"。写的是一幅动态的村居图。诗收录在《松江历代作家作品选注》中。

里中医案

重新翻阅路工的《访书见闻录》（上海古籍出版社 1985 年 8 月版），发现扉页上手书一段文字：

> 本书作者自 1957 年 5 月至"文革"，为文化部访书专员，足迹遍及山西、陕西、山东、安徽、江西、浙江、江苏、上海、福建等地，察访到许多罕见的秘籍孤本。本书颇受学人推重。

这段文字录自何书（文），或据何而写，已经记不起来了。这次重翻时，发现其中有《里中医案》一文，开头云："《里中医案》又名《李士材家藏医案》，是因为它既是李士材行医四十年临床经验的总结，又为李氏家藏。此书为明蓝格抄本，是李士材手写本，崇祯年间，原抄本'已成半残'。

他的曾孙李升庵补写了五页，并在书后写了跋语。"

李士材，即李中梓，"士材"是其号，松江府上海人。居南汇所城。李尚衮之子。中梓为诸生时，善诗文。因多病，自学医书，钻研医术。中年后，广泛、深入探究前辈名医的医术，传承费隐老人的医学。著述丰富，有《删补颐生微论》《雷公炮制药性解》等。

《访书见闻录》中录有中梓为陈眉公治疟医案一则，兹录其于下——

> 隐士陈眉公患三日疟，隔岁未瘥。素畏药饵，尤不喜人参。余诊其脉，浮之则濡，沉之则弱，营卫俱穷，故绵延不已，因固请曰："夫素不服参者，天畀之丰也；今不可缺者，病魔之久也。正气虚惫，脉如悬丝，而可拘以常乎？变通趋时，不得失也。"先服人参钱许，口有津生，腹无烦满。乃色喜云："素所胶而不化者，今日发吾复矣！敢以生命委重，惟兄所命耳！"遂以人参乙两，何首乌乙两，煎成膏，加姜汁乙钱，甫一剂而势减七八，再进而疟遂绝。

今购到《脉诀汇辨校释》一书（中国中医药出版社2012年1月版）。《脉诀汇辨》为李延昰著。延昰，字辰山，也据所城。大理评事李中立子。少负逸才，善谈论，熟于旧家典故。后以医学为业。有延其求疾者，虽远必往。临终前，将二千五百卷书籍赠朱彝尊，彝尊为其撰墓志铭。延昰著有医书多种。《脉诀汇释》一书中收有《疟疾案》，内容与路工所录者大同小异。首句"陈眉公"之前为"征君"。"隔岁"为"浃气"。"今日发吾复矣"为"今日发吾覆矣"。"煎成膏"为"煎成"。"加姜汁乙钱"为"入生姜一钟"。

医案中——

"瘥"，病愈。"浮之则濡，沉之则弱"，意为脉象浮而细，轻按可得，重按反不明显。浮，轻按；沉，重压。濡，指濡脉；弱，指弱脉。"营卫俱穷"，意为营养不良，免疫力差，中医指血气亏损，精气不足。"天畀之丰"，用松江话说，胎本好。畀，意为给予。"烦满"，也作"烦懑"，中医谓内热郁结之症。"敢以生命委重"，意为敢以生命委托。

委重，委以重任。

中梓的这则医案启示我们，医生治病，先要了解病人情况（不仅包含病情），然后对症下药；医生对病人病情，不仅要知其然，而且要知其所以然。这就不是庸医所能做到的。

认　错

乡贤陈继儒《见闻录》记有徐阶一事：

> 徐文贞督学浙中，有秀才结题用"颜苦孔之卓"语，徐公批云"杜撰"。后散卷时，秀才前对曰："此在出《扬子法言》上。"公即于堂上应声云："本道不幸科举早，未曾读得书。"遂揖秀才云："承教了！"众情大服。

徐阶（1503—1583，一作1494—1574），字子升，号少湖，又号存斋，谥"文贞"，华亭人。嘉靖二年（1523年），举进士一甲第三（探花），授翰林院编修。由于反对张孚敬（时为首辅）欲削去孔子王号，被贬为延平推官，后调任黄州同知，提升为浙江按察佥事，进江西按察副使，俱视学政。明世宗时任礼部尚书。徐阶政治生涯中的最大亮点是斗倒了权倾朝野的严嵩。他一度忍辱负重，曲意事严嵩，成为权谋术中的经典案例。徐阶后取代严嵩成为首辅。他在直庐朝内墙上写了三句话："以威福还主上，以政务还诸司，以用舍刑赏还公论（意将取舍奖罚请众臣论定）。"承教之事，就发生于浙江任上。

秀才结题所用之"颜苦孔子卓"语，确有所本。《扬子法言》（作者为汉代著名学者扬雄，在书首曾言"譔以为十三卷，像论语，号曰法言"）的第一篇《学行篇》的最后，云："颜苦孔之卓也。"（此据宋代吴秘本，晋代李轨本为"颜苦孔之卓之至也"）

颜，孔子门生颜回。孔子很赏识颜回，曾说："一箪食，一瓢饮，在陋巷，人不堪其忧，回也不改其乐。贤哉，回也！""颜苦孔之卓"句，大意为：孔子太卓越了，颜回为学不到而感到苦恼。

清周吉士（字蔼公，娄县人，雍正二年即1724年进士）也曾提到徐阶"承教"之事，内容与陈继儒所记大同小异。时年徐阶不到三十岁，任浙江省主考官，可谓年少气盛。阅卷时发现一生"颜苦孔之卓"语，批了"杜撰"，然后将之"置四等"。四等等于不及格。按当时规定，卷子凡有主考不佳批语者，考生要到堂上"领责"。此考生虽惶恐，但仍为自己申辩：此语出《扬子法言》，实非生员杜撰。（见《寄园所寄》）

这个故事至少告诉我们两点：一是学海无涯，谁都有不足之处，作为主考官的徐阶，不依势压人，敢于承认：本道侥幸科举太早，未尝学问，今承教多矣；并当场将试卷"改置一等"。诚难能可贵，以致"众情大服"。二是作为后生、考生，这个年轻人不畏权势，据理申辩，也属不易。无论为人还是为学，我们都得向其学习。

认错其实也是一种美德。刘海粟、黄胄等大师参加恽南田纪念馆开幕式。仪式之后，举行笔会。黄胄写《陶渊明赏菊图》，并请刘海粟题词。刘题"鼓素琴歌楚骚，对秋月霜月高"，当场即有人提醒："'秋月'应为'秋菊'。"有人表示惋惜，有人建议改。刘于是接着写："一九八三年十二月四日参加恽南田纪念馆开幕式，黄胄画，刘海粟题，年方八十八岁，秋菊误写秋月，吾真老矣。"在场爆发出一阵掌声。

才女兼旅游家王微

王微，字修微，原籍广陵。色艺双绝。善山水、花卉画。钱谦益曾云，谓天下风流佳丽，独王修微、杨宛与柳如是鼎足而三。后嫁华亭人许誉卿。誉卿万历四十四年（1616年）进士，官工科都给事中。王微曾对其从政多有建言。

有意思的是，王微的几部诗集名，如《远游篇》《期山草》《宛在篇》都与旅游有关。《闺塾师》的作者高彦颐说她是"翱翔的鸿鹰""是非常著名的旅行家"。她自己也认为"性耽山水"。

她曾编《名山记》一书，篇幅多达几百卷。在该书序中，她写道："尝浮江入楚礼佛，参山九华之间。登黄鹤晴川，江山胜极，至今在目。已入匡庐观瀑布，雪花万丈，萦绕襟带，思结室其下。病归湖上，西泠片水，复自依依。草野之性，长同鸿鹰，诚不意有今日也。"

王微曾有《起步》诗，其一云："众叶绘山色，日暮殊苍苍。山水既相得，其奇宁自藏。浮云出前岭，掩此残日光。耳目悦新赏，昔游堕渺茫。"从诗中，我们可感知到她从旅游中获得的兴致。

王凤娴的东归日记

王凤娴，字瑞卿，号文如子，华亭人。垂髫时就有文才。伯父以"秀眉新月小"命她试对，她即对以"鬓发片云浓"。

凤娴为张本嘉（字孟瑞，华亭人）妻。生有两女。初，张本嘉贫不能治生，灶突时生寒烟，凤娴身自操作，以奉晨昏。本嘉万历二十三年（1595年）中进士后，授宜春知县。凤娴淡然不为所动。闲暇时教授子女，吟咏自如。本嘉去世后，她持家政又兼课艺。两女皆工翰藻，母女时相唱和。著有《贯珠集》《焚余草》等。

近读《闺塾师》（高彦颐著，李志生译，江苏人民出版社2022年5月），得知她在随丈夫自江西返回江南老家时保留着一本日记，而"最使她感兴趣的既不是旅行的后勤所需，也不是沿途的著名风景，而是路上的瞬间快乐和意想不到的时刻"。

在叙及江西境内的最后一段艰难航程时，该书中引了她之所记："遇浅滩不得过，觅舟盘换就野宿焉。其舟止可容膝，伸立则发系于蓬，伸卧则足限于板，梳洗什艰，止以巾束发，盘屈于中，其苦非言可罄。幸余素性，不以劳逸所移，唯后长笑耳。"

一位不畏艰难、苦中犹乐的才女形象如在目前。

李渔传奇中的陈继儒

李渔（1611—1680，字笠翁，明末清初文学家，戏剧家）《意中缘》传奇中写到陈继儒的一则风流逸事。

继儒（1558—1639，字仲醇，号眉公，诗、书、画、文，均有造诣）为"名高致累"，被征诗征文、索书索画者缠绕，于是与董其昌（字思白，别号玄宰，华亭人）相约乘船前往杭州西湖，竹炉茶灶、药裹诗囊，一应俱全，着奚奴送至船中，其架势是要住一段时间。

剧中写了两人到西湖时的愉悦心情："全靠那淡妆浓抹西施面，掩映我逃越归湖船。"

杭州有两女子，其中一名林天素，为一穷秀才之女，因双亲弃早，无奈堕入青楼。

天素姿容绝世，生来貌不容妆，眉无可画（这两句原是形容杨云友的，凡美女大抵如此，故借以写天素），不但精通文艺，又画得一手好画。擅模作陈继儒的书画，甚是肖神，无笔墨之痕，有生动之趣，真是化工手笔，致乱真程度。

天素将其伪作置和尚是空的古董铺里寄卖。

一天，继儒发现天素的伪作，见风神不谋而合，知精神有感而通。于是见其人，惊异于她神如秋水，黛若春山，认为既有这一种清姿，自然有一管秀笔，对她甚是喜爱，并订百岁之盟。"交口吁穹苍，两情投，誓不忘，沧桑有变心无恙。但愿似和鸾叶凤，闲鸳睡鸯，安栖稳宿无风浪。"

《意中缘》中还写到董其昌与杨云友也结了婚。

该传奇，前有范骧、黄媛介（明末才女，浙江嘉兴人）序，后有徐林鸿跋。黄序云："平增院本家一段风流新话，使才子佳人良愿遂于身后。"

《意中缘》体现了李渔"休将怯弱笑裙钗"的女性观。

陈继儒为徐霞客游滇写介绍信

徐霞客与陈继儒，两人友谊深厚。

查《眉公府君年谱》（高明撰），天启四年（1624年），五月小暑日，眉公初识徐霞客，并为徐母撰八十寿文。天启五年，徐母卒，眉公为之撰祭文。崇祯元年（1628年）中秋，伴徐霞客访施绍莘，三人尽兴畅饮，时眉公已七十一岁。崇祯九年九月二十四日，徐霞客携静闻和尚自浙东来访眉公，第二天离去。

曾读《答徐霞客》一书，文中有"吾兄高瞰一世""兄徒步于豺嗥鼯啸、魑魅纵横之乡""惟恐骇渔樵而惊猿鸟"等语，又有"丽江木公书，遵命附往，并有诗扇一柄，集叙一通，以此微信"等句。崇祯十一年，徐霞客于云南寄书眉公，附《与丽江木公书》与信物、文集序。时年眉公已八十一岁，第二年就去世了。

崇祯十一年（1638年）九月，徐霞客离黔入滇。十月二十三日记：

> 余在家时，陈眉公即先寄以书云："良友徐霞客，足迹
> 遍天下。今来访鸡足并大来先生。此无求于平原君者，幸
> 善视之。"比之滇，余囊已罄，道路不前。初不知有唐大
> 来可告语也。忽一日，遇张石夫，谓余曰："此间名士唐大来，
> 不可不一晤。"余游高峣时，闻其在傅元献别墅。往觅之，
> 不值。还省，忽有揖余者曰："君岂徐霞客耶？唐君待先生
> 久矣！"其人即周恭先也。周与张石夫善，与张先晤唐，
> 唐即以眉公书诵之。始知眉公用情周挚，非世谊所及矣。
> 大来虽贫，能不负眉公厚意，因友及友。余之穷而获济，
> 出于望外如此。

按，唐大来（1593—1673），名泰，晋宁人。以诗、书、画三绝，闻名于世。

霞客在西行前，陈继儒除给唐大来作书（用现在的话说，这书即介绍信）。还给丽江土司木樽、鸡足山上的弘辨和安仁两僧作书，希望为徐霞客的游访提供方便。

夏允彝死事是谁料理的

夏允彝（1596—1645），字彝仲，号瑗公，松江府华亭人。万历四十六年

（1618年）举孝廉，崇祯十年（1637年）中进士，任福建长乐知县。为官清廉，被举为"天下廉卓第一"。七年后，李自成兵陷北京，福王在南京监国，任命他为吏部考功司主事，允彝接受女儿夏淑吉之劝，未赴。次年，清兵进攻北京，他与陈子龙等起兵抗清，兵败，于该年九月十七日投池殉节，其绝命辞曰："少受父训，长荷国恩。以身殉国，无愧忠贞。南都既没，犹望中兴。中兴望杳，安忍长存……人谁无死，不泯者心。修身俟命，敬励后人。"

允彝自沉后，为之营葬者，是盛符升。

盛符升（1615—1700），字珍示，号诚斋，江苏昆山人。康熙三年进士，历任内阁中书、礼部主事，考授广西司御史。康熙三十八年圣祖南巡，符升献《两京赋》《三驾平朔赋》，帝御书"年登大耋"四字。次年卒。

符升少从张溥、夏允彝游，与云间诸子相交往。符升营葬允彝，著称于时。

陈子龙赴试

明天启三年（1623年），陈子龙举童子试，名居第二，时十六岁。崇祯二年（1629年），子龙中秀才，拔为第一；第二年，中举人。

崇祯六年（1634年），子龙上京，准备试次年的春官，结果下第。

子龙"归则杜门谢宾客，寡宴饮，专意于学"（《陈子龙年谱·卷上》，子龙自撰）；间以诗词自娱。

八年春，子龙偕闇公（徐孚远字闇公，晚号复斋，徐阶族孙。崇祯末年，为兵科给事中，后为左金都御史）于南园读书，间事吟咏。

南园，在松江城南门外阮家巷，原为陆树德（陆树德，字九成，尚书陆树声之弟。嘉靖十四年即1565年进士。历官礼科给事中、尚宝卿、应天府丞、太常少卿、太仆卿、左金都御史、山东巡抚）别业。有"梅南草庐""读书楼""濯锦窝"等。崇祯年间，几社诸子在此园读书赋诗游宴。李雯（李雯字舒章，与夏允彝、陈子龙等相唱和，时称"云间六子"，才气横溢，入清，官中书舍人，一时诏书多出其手）有如此描绘："今年春，闇公、卧子读书南园。余与勒卣（周立勋字勒卣，周茂源从子，以高才享有盛名，为"云间五子"之一）、文孙辈，或间日一至，或连日羁留。乐其修竹长林，荒池废榭。登高冈以望平旷，后见城堞，前见丘垄。春风发荣，芳草乱动。虽僻居陋壤，无凭临吊古之思，而览草木之变化，感良辰之飙驰，意慨然而不乐矣。"（《会业序》）

崇祯九年（1636年），子龙再次北上，夏允彝同行，参加第二年的科举考。终于中试。《云间科甲录》："崇祯十年会试考官：张志发，山东淄川人；孔贞运，南直建德人。会元吴贞起，南禨宜兴人。陈子龙中式第三十七名。殿试状元刘同升，江西吉水人。陈子龙，第三甲十七名。夏允彝，第三甲一百十八名。"

陈子龙转益多师。对他影响最大的是黄道周。子龙自撰《年谱》："榜发，予与彝仲俱得隽，素称同心；而予又出于漳浦黄石斋先生之门，生平所君宗也。"黄道周，字幼平，天启二年进士，学贯古今；自幼坐卧石室中，故称"石斋先生"。

陈子龙跨塘

在长篇小说《夏完淳》中，曾写及，陈子龙在被逮后由水路押解南京途中投水殉难。小说是这样写的——

（陈子龙）趁守卒不备，挣断绳索，猝然跨入塘中。清卒立即执其索引之，反被拖引下水。初夏时节，浦塘水满，急流汹涌，等把子龙捞上来时，已经气绝。清卒于是把他的头颅割了下来，悬挂在舟首虎头牌上，弃其尸，立马上报洪大学士。

子龙殉难后，松江民众无比痛惜，在用各种形式悄然纪念的同时，曾多次打捞他的尸体，但始终未能如愿。有人曾去松江府城隍庙祈梦，结果梦至一处，见一棵大树，上有乌鸦十二只，下有一粗大毛竹偃卧。第二天，人们划一小船寻找到这个处所，果然在那附近的乱苇间发现了陈子龙的尸体，还有血殷然，右臂上留有挣断了的绳索。这个地方，就是现在松江李塔汇东北处的毛竹港。

有人问，这两个情节，是虚构的吗？如不是虚构的，依据哪些史料？这两个情节不是虚构的。现将有关史料摘录如下——
王沄（即王胜时，陈子龙门生）《陈子龙年谱·卷下》：

先生植立不屈，神色不变。锦（操江都御史陈锦）问："何官？"先生曰："我崇祯朝兵科给事中也。"问："何不薙发？"先生曰："吾惟留此发，以见先帝于地下也。"又诘之，先生瞋目不答；乃引去，絷诸舟中，令卒守之。先生伺守者懈，猝起投水。卒出不意，大惊群呼。奔流汹涌，令善泅者入水索之，良久乃出，已气绝矣。即舟次殊其元，弃尸水中。时（顺治四年）五月十三日也。

芥庵老人（徐世祯，本姓朱，字云将，青浦人）《陈卧子年谱》：

（松江）城破，（子龙）避西泖角凫湾（角，原文为"六"，误）。遭祖母丧，茔于广富林，遂庐居其里。郁郁不得志，幅巾布袍，往来神、佘两峰间，多感怀之作。……系之舟，将解南京，忽赴水自尽，时丁亥五月十三日也。

吴履震《五茸志逸》：

至五月十三日，陈黄门（即陈子龙）被执，跃入跨塘桥（下）死，乃割其首，令贮之狱。……诘朝（第二天早晨），县（悬）之西门楼上数夜。有书佐叶思劭，贿逻卒，以他（首）级易之，得葬广富林焉。

王锡瓒《陈忠裕公遗像跋》：

先高祖胜时先生，当黄门殉难后，求其尸不得；乃祷于郡城隍庙中，而祈梦焉。夜梦至一所，见一大树，有鸟十二集于其上，其下一尸僵卧，则黄门也。越明日，乘舟至毛竹港，境与梦合，因得其尸。而其首已为兵士所断，归诸金陵矣。

王沄续《陈子龙年谱》：

望日，同百乘小舟遍访，久之至毛竹巷，闻鸦声，果遇于乱苇间水次，血殷然。膺前有鼍，右臂断索尚存，谛辨之良是。

《娄县志》：

吕港泾，在李塔汇东北，俗呼毛竹港。

民众为纪念陈子龙，将他投水处附近的那座桥名为"跨塘桥"。

柳如是的初恋

周公太编著的《常熟文物胜迹·柳如是墓》（古吴轩出版社1994年第1版）中云：柳如是幼为盛泽归家院名妓徐佛弟子，博览群籍，善诗文，能书画。后游历于三吴士大夫间，与复社领袖张溥、几社领袖陈子龙等人交往密切，关心时局，纵论天下兴亡，有"巾帼女杰"之誉。

崇祯五年（1632年）十一月初七，柳如是为祝贺文坛大师陈继儒七十五岁寿辰来到松江，从此寓居松江，直到三年后离去。在这三年中，她结识了一批松江才子。陈寅恪《柳如是别传》云其"与吴越党社胜流交游，以男女之情兼师生之谊，记载流传，今古乐道"。在这批胜流中，柳如是与陈子龙、宋徵舆、李待问的关系尤为密切。

在松江期间，柳如是有过两次恋爱，一次与陈子龙，在与陈子龙相爱前，与宋徵舆有过一段为时短暂的恋爱，可以说是她的初恋。

柳如是置"雪篷浮居"一舟，常泛游于江南水道中。与宋徵舆初次约会时，其舟正泊松江白龙潭中。

钱肇鳌《质直谈耳》（乾隆甲寅刊巾箱本）云：

> 初，辕文（宋徵舆字辕文）之未与柳遇也，如之（如之即柳如是）约泊舟白龙潭相会。辕文蚤（蚤同"早"）赴约，如之未起，令人传语："宋郎且勿登舟。郎果有情者，当跃入水俟之。"宋即赴水。时天寒，如之急令篙师持之，挟入床上，拥怀中煦妪（煦妪，意温暖、暖和）之。由是情好遂密。

夏淑吉的远见卓识

近查有关夏淑吉的史料，见《紫隄村小志·夏淑吉传》。紫隄村，诸翟（今属上海市闵行区华漕镇）之别称。《紫隄村小志》，明末清初汪永安（字叟否）于清康熙五十七年（1718年）修撰，凡三卷二十三目。夏淑吉传中曰：

> 夏氏淑吉，字荆隐，号美南，华亭人。考功允彝（允彝曾征召任吏部考功司郎中，未赴）女。读书通大义，工辞赋，有智识。年十九，归洵（侯玄洵，字文中，嘉定侯岐曾之次子）。廿一而寡，哭踊濒死，以子蘖幼，仅延残息。遂屏服御（服御，指服饰车马器用之类），一志内典（释家称佛经为内典）。间阅经史，喜言节义事。会福藩延位江南，氏微语父曰："君相（指南都福王政权）失德，东南必败，盍先结庐于乡？"未几，翁岐曾之兄峒曾等以守城殉难，允彝亦自沈崧塘。两家甲第，尽成瓦砾。氏预卜居于曹溪、龙江之间（淑洁此时改号龙隐）。两姓奔命，赖以栖止。洵弟演（侯玄演，字几道，峒曾长子）室姚、洁（侯玄洁，字云俱，峒曾次子）室龚，俱以未亡人削发来从。

看来，夏淑吉不仅是位才女，讲节义，而且有远见卓识。无怪夏允彝曾说："弘光之世，予得洁躯（意保持气节）者，吾女之力也。"（见侯玄涵《吏部夏瑗公传》）

（夏淑吉才情，可参阅拙著《松江历代作家作品选注》中所附的历史散文《哭祭父亲》）

夏完淳的故事

创作长篇历史小说《夏完淳》前，曾搜集有关夏完淳的史料，其中有一些小故事，有几则已写入他文，兹再选几则于后。

一

（夏完淳）将随父之任长乐，道经魏里，因谒见妇翁钱
彦林。时四方多故，兵食交困。完淳启请曰："处今日时势，
大人所阅何书？所重何事？"彦林方以童子视之，欲致答，
仓猝中未能持一论，但曰："吾与君家阿翁所学略同。"

（沈起《东山·国语补南》）

魏里，今之嘉善。明宣德五年（1430年）三月，析嘉兴东北境迁善、永安、奉贤三乡和胥山、思贤、麟瑞三乡之部分，建置嘉善县，定县治于魏塘。

夏完淳父夏允彝，崇祯十年（1637年）进士，授福建长乐知县，完淳随父赴长乐，途经魏塘，稍作停留。

完淳时尚未与钱彦林之女钱篆结婚。

关于这个故事，郭沫若《夏完淳》一文中曾说及："秦篆的父亲钱栴，字彦林……《绍兴府志》称'其性豪逸，丝竹满堂'，可见此人相当浪漫。有一个故事，当夏完淳随他的父亲赴长乐县任的时候，路过嘉善，叩见丈人。他问他的丈人：'今日世局如此，不知丈人所重何事？所读何书？'这可弄得钱彦林有点张皇失措，他没有想到一位十一岁的童子，竟公然问出了这样大的问题，于是只好含糊的（地）说：'我的所重所学，和你（"你"为赘字）

令尊差不多。'"

二

　　彝仲每见余辈，必令存古陪。存古时年十二岁，秀目竖眉，举止一如老成人，出所为诗赋相示，已成帙。席间抵掌谈烽警，及九边情形，娓娓可听，其伯父文伯止之曰："有客在座，小子何喷喷为！"

（蔡嗣襄《夏存古事略》）

　　夏允彝字彝仲。夏允彝兄夏之旭，字元初，又字文伯，后因藏匿陈子龙，为清吏所逼，自缢于文庙颜子位旁，有绝笔词，被吴履震收编于《五茸志逸》中。

三

　　一日，（杜登春）乘凉散步，将至憨憨泉，见一小沙弥同青衣数人，汲水而饮，遥望沙弥有似存古，趋视之，则竟是也。问之，则曰："我已就缚上道，无资斧（指旅费），其为我谋之。"余急索囊中所有，倾付之，送其登舟。……存古口占一律赠余曰："竹马交情十五年，飘零湖海更谁怜。知心独吊要离墓，亡命难寻少伯船。山鬼未回江上梦，楚囚一去草如烟。高堂弱息（幼弱的子女，夏完淳被执时，夫人秦篆已怀孕）恃君在，极目乡关思惘然。"又曰："此行殆不免，妇钱有娠，男与尔为壻（婿），女与尔为媳。倘不育，绝嗣，幸勿立后。"寄遗嘱数纸而别。余泣数行下，而存古并无一点泪。

（杜登春《童心犯难集》）

　　杜登春（1629—1705），字九高，一字九皋，号让水，一号姜翁，与夏完淳同有圣童之目，并有"西南得朋"之会，为几社后起。顺治八年（1651年）选贡，由翰林院孔目（官名，掌管文书档案，收贮图书）授山西广昌知县，陞浙江处州同知。夏完淳在南京被害后，杜登春与沈羽霄置灵柩，收敛其遗体，运回其故乡松江，将其安葬在曹溪附近荡弯村其父夏允彝墓旁。

憨憨泉，在今苏州虎丘，相传为南朝梁神僧憨憨所凿，井水清冽甘醇，有"井底泉眼潜通海"之说。杜登春时在虎丘石佛寺读书。清顺治四年（1647年）七月，夏完淳在家乡被执，押解至南京途中，经过虎丘，与杜登春相遇。

夏完淳赠杜登春之律，为《虎丘遇九高》。"竹马交情"句，夏、杜两家为通家之好，杜登春之父杜麟徵曾托孤于夏完淳之父夏允彝，夏允彝召杜登春入家塾与夏完淳共学。要离，春秋时刺客，后在江陵伏剑自尽。少伯，范蠡字少伯，曾佐越王勾践灭吴，后离越经商。相传常出没于太湖上。

四

（夏完淳）被执至留都，叛臣洪承畴（1593—1665，字彦演，号亨九，福建南安人。万历进士，崇祯时任兵部尚书，曾与清军战于松山，兵败被俘，降清，官至武英殿大学士，七省经略）欲宽释之，谬曰："童子何知，岂能称兵叛逆，误堕军中耳。归顺，当不失官。"完淳厉声曰："吾尝闻亨九先生本朝人杰，松山、杏山之战，血溅章渠（一种水鸟）。先皇帝震悼襃恤（也作褒恤，褒奖抚恤），感动华夷。吾尝慕其忠烈，年虽少，杀身报国，岂可以让之！"左右曰："上座者，即洪经略也。"完淳叱之曰："亨九先生死王事已久，天下莫不闻之，曾经御祭七坛，天子亲临，泪满龙颜，群臣鸣咽。汝何等逆贼，敢伪托其名以污忠魄！"因跃起奋骂不已。

（屈大均《吴江起义传》）

在长篇历史小说《夏完淳》中，曾将这一史料敷演成以下的场面：

洪大学士讲到这里，稍顿片刻，又一记堂令，则曰："本朝皇恩溥博，渥泽众灵。有思悔改，酌情从轻。"他说到此，又停了下来，环顾了一下大厅内众囚犯。对夏完淳，总一时下不了斩首的决心。记得崇祯十年，夏允彝荣登进士榜，来京受官时，带了刚满七岁的儿子夏完淳以便让他增长见识。父子俩来拜见，交谈下来，他十分喜欢夏完淳，觉得这孩子长相不凡，聪明异常，且已熟谙群经。与其论古今，虽只有七岁，竟常片言居要，凿凿奇中。自己带兵出关，风狂折旗，面对不祥，不免有哀切状。允彝父子也来送行，见此行状，这小孩呱呱地批了他几句，说这般哀切，如何带兵。但他不生气，反而觉得这孩子不凡和可爱，且送了几件礼物给这孩子。一别十年，天翻地覆。今天在这种场合相见，他这位大明叛臣、清廷新贵，竟也真的念起旧来。他见允彝惟独一子，且又如此天赋不凡，虽犯叛逆之罪，但总不忍斩之。他想凭借自己的地位和职权开脱之，让其获一条生路，以遂君子念旧之情。他想到这里，竟被自己的这一仁慈念头感动了。他哼哼哈哈了一番，终于曰："在此还有一个夏完淳，只十七虚岁，有人说他几年前就在吴志葵军中和吴易军中抗逆本朝；谢尧文通海案的联名上疏伪鲁王，听说是他执笔的。唉！这怎么说呢？还是一个孩子么！圣虑深长，皇恩浩荡，你认个错，就是了。"

夏完淳起身曰："矢志抗清，勤王复国，此乃忠孝大事，忠孝如何可以假人？"

洪承畴喝曰："孺子为何这般顽固不化？"

还在候审时，夏完淳想好要在这最后一审时，设法把洪承畴痛骂一场。此刻，他清了清咽喉，对曰："我所以如此矢志不渝抗清，一是受父母及老师的教育，读了圣贤之书；二是受洪亨九承畴先生的影响。我尝闻亨九先生乃本朝人杰，自幼就与他相识。后来，松山、杏山之战，他血溅章渠。噩耗传来，举国震悼。先皇帝闻此忠烈，躬亲褒恤，感动华夷。吾尝慕其风范，年虽少，杀身保国，岂可以让之！"

左右或曰："上座者，即洪经略承畴也。"

完淳叱之曰："亨九先生死王事已久，天下莫不闻之，曾经御祭七坛，天子亲临，泪满龙颜，群臣呜咽。汝上座者何等逆贼，敢伪托其名以污忠魂！"因跳起来扬拳点指，奋骂不已。有人出来阻止，完淳愤然曰："我乃竭力护卫洪亨九先生忠义清名耳！上座者乃假托亨九先生的无耻之徒，岂能不骂！骂而不凶，岂得捍卫亨九忠魂！"

面对愤骂不已的少年夏完淳，洪承畴无言以应，惟色沮而已。良久，乃曰："我欲生之，竟无望矣！"

宁为袁粲死

高承埏《自靖录考略》，记有一段关于钱栴与夏完淳临难时的对话：

完淳甫十七岁，临刑意气从容，一如平时。栴顾语曰："子年少，何为亦死？"完淳笑曰："宁为袁粲死，不作褚渊生。丈人何相待之薄耶！"争先就义。

白坚在引用这段文字时，说："显然，钱栴是从容赴义的，只不过对爱婿（婿）稍有顾惜。完淳怪他相期太薄，以和他同死为荣，可见妇翁在青年诗人心中居于崇高的地位。"（《夏完淳集笺注》，上海古籍出版社1991年7月第1版）笔者以为，"崇高"一词过了，完淳对丈人很尊重，但对丈人的相知不深表示不解。

夏完淳，旷世神童，民族英雄，著名诗人。白坚认为："完淳的诗，并非以年少而见称，因殉国而得传，就诗论诗，亦足以睥睨一代，辉耀千秋，屹立于古今爱国诗人之林。"夏完淳十七岁在南京就义。

钱栴（？—1647），字彦林，为中丞士晋子，浙江嘉善人。崇祯六年（1633年）乡试中式，首倡"应社"，又入"复社"，与张溥、陈子龙等交往甚密。性豪侠，善待士，亦多智略，倾动一时。筑有两别业，以贮藏金石书画，招待四方名士。由陈子龙举荐，弘光中授兵部职方郎中。南京沦陷前后，举抗清义旗。顺治四年（1647年），清兵追捕陈子龙至其寓所而被缉捕。

所引高承埏的文字中，提及两个人物、一个事件。两个人物，即袁粲、褚渊。《宋书》《南史》载：袁粲（420—477），南朝宋阳夏人，累官尚书吏部郎。明帝时，粲与褚渊共同受命拥立太子，薛道成杀太子，立顺帝，以粲为中书监。粲等谋诛道成，褚渊泄其谋，粲父子被害于石头城。时人作歌："可怜石头城，宁为袁粲死，莫作褚渊生！"

完淳临难时对丈人言及袁、褚，表明了其为人，其宁为玉碎、不为瓦全的气节。

明代松江府城，棉纺织业的中心

（《消夏闲记》中一段文字的标点）

《消夏闲记》（清顾公燮著）中有这样一段文字：

前明教百家布号皆在松江枫泾洙泾乐业染坊踹坊商贾悉从之

对这段文字，当代有学者是这样标点的：

前明教百家布号，皆在松江枫泾、洙泾乐业，染坊、踹坊商贾悉从之。

（傅衣凌《明代苏州织工江西陶工反封建斗争史料类辑》，1954年1月号《厦门大学学报》）

这里的"前明"，当为明末，这似无异议。而松江，在史料、古诗文中，既是水流名，即吴淞江，又是地域名、行政区划名，即松江城，松江府。"松江枫泾、洙泾"（时枫泾、洙泾，均在松江府境内），显然是指"松江府中的枫泾、洙泾"，也就是说，"数百家布号"之集中地中不包括松江府城，这与史实不符。

史料记载：松江府城东门一带原产丝绫，其制作之精为天下第一；又产棉布，细布、飞花布名震一世（见正德《松江府志》）。松江原无暑袜店，嘉靖时民间皆用镇江毡袜。松江府城西产尤敦布，轻细洁白，万历时市肆取以制袜，袜店达百家之多，远方争来购之（见《云间据目钞》）；又多染坊，其染品斑纹灿然，其中之大红布，鲜明倍于绫罗。万历后，府城内居住着收购棉布的客商，华亭布介布匹一度由他们采购。由此也可见，府城不仅是生产的中心，又是集散的中心。

鉴于以上史实，《消夏闲记》中的这段文字中之"松江"，笔者以为指的是松江府城，这段文字当这样标点：

前明教百家布号，皆在松江、枫泾、洙泾乐业，染坊、踹坊（又称踹布坊、踏布坊，中国旧时经营棉布整理加工的手工业作坊）商贾悉从之。

清初的"奏销案"

清初，曾发生过一宗震惊全国的江南"奏销案"。叶梦珠《阅世编》中有翔实的记载。

叶梦珠，字滨江，号梅亭，上海人而著籍娄县学。博学多闻，尤留心世务。《墨余录》所记："大而郡国政要，世风升降；小而门柞兴替，里巷琐闻；旁及水旱天灾，物价低昂。举凡涉世六十余年间，阅历之所及，无事不书，有闻必录，而于松江一郡之沿革创置为特详。"（《墨余录·跋》）

奏销，清制，各省每年将钱粮征收解拨的实数报部奏闻。时江苏巡抚朱国治为个人目的，未经查实，在奏报的拖欠钱粮名册中，有的是被他人冒其名而拖欠者，有的其实已交纳但未曾注销者，有的已完交而被莫名地作为全部拖欠者，诸如此类，朝廷也均未细查明察。江南名士吴伟业自甲申至庚子，十七年中，未有分文拖欠，还是被罢黜，原来，近十年来，海水倒灌，三泖改流，他家的田亩数不断削减，并向州府报告注销，可朱国治仍按十年前田亩数计算。叶梦珠记，该案"黜革绅衿一万三千余人。造册之后，乡绅一千九百二十四名，生员一万五千四十八名"。

松江府如周茂源、顾大申、张渊懿、张有光、董含董俞兄弟、宋庆远、卢元昌等众多人物被卷入此案。

周茂源（1613—1672），字宿来，号釜山，华亭人。顺治六年（1649年）进士，始为刑部主事，升刑部郎中。"诗善比附，字字工切，才不及卧子（陈子龙）而深隐过之。"（邓子诚《清诗纪事初编》）杨际昌认为其律句，皆刻意烹炼。他的文章深沉博雅又极其华丽。有《鹤静堂集》十九卷。后受"奏销案"牵连，被罢官归乡。

顾大申，初名镛，字震雉，号鹤巢，又号见山，华亭人。顺治九年（1652年）进士，授工部郎中，监督江宁芦政，分管夏镇河道。曾建两湖书院，捐献俸禄，延请教师。与施闰章、王士禛等诗坛名家交往甚密，互相酬唱；又善书、画。因"奏销案"受到谴责，降为顺天府通判，后上书申辩，才官复原职。大申在一被毁的私家园林遗址建一别墅，名"醉白池"。

张渊懿，字砚铭，一字元清，号蛰园，青浦人。顺治十一年（1654年）举人。同年，与杜登春、顾开雍等结原社；康熙十二年（1673年），与陆纬、陶尔毅等结春藻堂社。工词。著有《临流诗》《雏鹃初集》。因"奏销案"被罢黜。

张有光，字星灿，青浦人。顺治十二年（1655年）进士，授工部营缮司主事，升任都水司员外郎。因"奏销案"被罢官而归，徜徉山水二十余年。

董含，字阆石，一字蓉城，号蓉庵，华亭人。董其昌孙。顺治十八年（1661年）进士。其弟董俞（1631—1688），字苍水，顺治十七年（1660年）举人。兄弟俩并以才名显，时称"二董"。董含从政于吏部，因"奏销案"被罢黜，董俞也受到牵连。董含罢黜后，放情诗酒。有《闵离草》《闲居稿》等。董俞则弃举子业，悉心于诗词。有《玉凫词》《浮湘》等。

宋庆远，字源余，娄县人。顺治十八年（1661年）进士，授大理寺评事，因"奏销案"被免官，直至康熙四十九年（1710年）特恩复原官，时已七十四岁，第二年即去世。

卢元昌，字文子，华亭人。操持选举，风行远近，也因"奏销案"削去官籍，以著述终老于乡。

《阅世编》载，松江望族中，绝大部分受"奏销案"牵连。"致怀才抱璞之士，沦落无光；家弦户诵之风，忽焉中辍。一方文运，顿觉索然。"奏销一案，使"江南英俊，销铄殆尽"。

"奏销案"之主要起因，一是鳌拜等辅政大臣，痛恨部分南方士绅抗清反清，想以此打击而维护其统治。二是清政府中央财政入不敷出，无法支付军饷；时"苏州一府，赢于浙江全省；松属地方，抵苏州十分之三，而赋额乃半于苏"（《阅世编》）。三是朱国治为效忠朝廷，将苏州、松江、常州、镇江四府所谓的抗欠钱粮的士绅全部登记造册，上奏朝廷严加议处。昆山叶方蔼为顺治十六年（1659年）探花，"适欠折银一厘"，也遭降革，为之，时有"探花不值一文钱"之谣。在《三冈识略》中，董含也沉痛地说："轩冕与杂犯同科，千金与一毫等罚。"江南名士除吴梅村、徐元文等均牵连入案，徐元文还是顺治十六年（1659年）状元，日侍清帝赐乘御马的修撰。

"奏销案"使江南士子深感清初之苛政。

清初泗泾的"谋反案"

清初，除了"奏销案"，还有一宗政治迫害案。"奏销案"涉及整个江南（包括松江）地区，而这一宗迫害案仅限于松江泗泾。

近读吴梅村传记，得知此案的大致情况。

时松江知府张羽明，为图超迁，捕风捉影，向时江南巡抚韩世绮报告说，朱明王朝后裔朱光辅潜伏泗泾龙珠庵，表面上出家为僧，暗中联络党徒，制龙袍，刻玉玺，封赏党徒，有总兵、游击、道台等。韩世绮将张羽明报告密奏朝廷。朝廷不加调查，立刻严命缉拿谋反者。计八十余人涉案而被凌迟。这八十余人，其实都是市井卖菜、卖柴的贫苦百姓。

"扬州十日"已上了辞书，"嘉定三屠""奏销案"也为多种史书所载，泗泾民众的被害案，鲜为人知，但足见清初政治的残酷程度。兹录之，供爱读、研究松江历史者参考。

王广心与他的三个儿子

曾经写过，松江有不少文化名门世家。清代王广心，有子三，长子王顼龄，次子王九龄，幼子王鸿绪，"一家父子四登科，三入词林"（叶梦珠《阅史编》），形成了显赫的名门望族。这一家族，历顺治、康熙、雍正、乾隆四朝，可谓极一时之盛。王家父子，不仅官运亨通，而且为诗坛之冠，其作品，反映出清朝由开国走向鼎盛的轨迹。

王广心，字伊人，号农山，华亭人。曾祖王嗣响，字霆叔，居松江张堰；祖父王藻鉴；父亲王典，因孙王顼龄，被赠光禄大夫、武英殿大学士。广心顺治六年（1649年）进士。十一年，受命分校顺天乡试，后升兵部武选司主事，继升御史，巡视京通二仓漕运。一次出使湖北，谢绝馈赠，只带了九领竹席回家供父母使用，人因以称其为"竹簟行人"。

广心早年加入几社。崇祯十五年（1642年），与同里彭宾、卢元昌、顾大申等，别立赠言社。康熙二年（1663年），与朱锦、宋徵舆等共纂《松江府志》四十卷之中的纂田赋、徭役部分。二十二年，与邓汉仪、宋元鼎等在南京共纂《江南通志》。

广心诗文，宏丽有度。沈德潜《国朝诗别裁集》："先生经义雕镂襞积，时作骈体；而韵语疏畅条达，不以一律拘，览者故不可测也。"

王琐龄（1642—1725），字颛士，一字容士，号瑁湖，晚号松乔老人。康熙二年（1663年）乡试中举，十五年中进士，任太常博士；十八年，中博学鸿儒科，召试一等，任翰林院编修，参与编纂《明史》，每天与汪琬、朱彝尊、陈维崧等上下议论，一时称之为"良史子"。二十二年，充任日讲官、起居注，主持顺天武科乡试，不久升为春坊赞善，又升为侍讲，主持福建乡试。二十九年，主持陕西乡试。三十年，转为侍读学士。后历任礼部侍郎、吏部右侍郎、工部尚书，主持两次会试，进任武英殿大学士。雍正朝，晋升为太子太傅，福荫一子。八十四岁去世于官任上，雍正帝下诏书哀悼，停朝事一天，赐"文恭"。琐龄淳厚恭敬，谨慎端肃。诗词风雅，品谊端醇。有《世恩堂诗集》。

王九龄（？—1709），字子武，号薛淀。康熙二十一年（1682年）进士，改庶吉士，授编修。二十七年，为通政司左参议，后转翰林院侍讲学士。后历任詹事府少詹事、右佥都御史、内阁学士、礼部右侍郎兼翰林学士、左都御史。去世于任上。九龄为人持重谨慎，决断疑难，持正不阿。喜吟咏，未第时即以诗词擅名。曾参与编修《松江府志》《江南通志》。有《嫩云书屋诗稿》七卷。

王鸿绪（1645—1723），初名度心，字季友，号伊斋，又号横云山人。康熙十二年（1673年）进士一甲第二（榜眼），授翰林院编修，后充任日讲官、起居注，主持顺天乡试，升赞善。十八年，转为侍讲，又以讲筵慰劳加授侍讲学士衔。二十一年，转为侍讲，充任《明史》总裁官。后历官内阁学士兼礼部侍郎、户部侍郎、会试总裁官、左都御史、工部尚书、户部尚书。四十八年致仕。五十四年，又被召入京修书，任《诗经传说汇纂》《省方盛典》总裁官。鸿绪才学敏赡，以词翰擅盛名；又精鉴赏，收藏书、画甚富；还通中医药，有《王鸿绪外科》。另著有《横云山人集》二十六卷。

王氏家族显赫后，由松江张堰迁居府城，并兴建两处豪宅。一名"秀甲园"（原为徐阶弟徐陟别业"竹西草堂"），为王琐龄别业；一名"赐金园"，为王鸿绪别业。康熙帝两次南巡，均幸其第。幸"秀甲园"时，赐匾额"蒸霞"，游"赐金园"时，御书"松竹"，可见受宠程度。

宋琬《王季友诗序》云："花晨月夕，兄弟自为酬唱，农山顾而乐之，为评次其高下得失，往往夜分乃罢。"可见其家庭文化氛围。张豫章《世恩堂集序》也云：王氏家族"一门之内，父子昆弟，人各有集，盖自奉庭训以及池塘春草，耳濡目染无非四库之书，考订覆核，更极详赡"。

张照之死

张照（1691—1745），字得天，号泾南，别号梧囱，又号天瓶居士，清代娄县人。康熙四十八年（1709 年）进士。官至刑部尚书，充任经筵讲官，总理乐部大臣。卒后赠太子太保、吏部尚书，谥"文敏"。张照书法，乾隆帝有"羲之后一人，舍照谁能若"之称誉（见《怀旧诗》）；又通法律，精音乐，熟悉佛学。

张照之死，史料记，其病逝于奔父丧途中。张照早有吐血之疾，乾隆九年（1944 年）十月二十七日，又吐血，被御医诊为有"血膈"之疾。第二年，张照奔丧至徐州宿迁，病又发而卒。《清史稿·张照传》："九年十二月，父汇卒于家，照方有疾，十年正月，奔丧。上勉令节哀，毋致毁瘠。至徐州，卒。"

近门生张莉莉前来探望，赠梁骥《张照年谱》（吉林文史出版社 2008 年 12 月第 1 版），其序二为她弟张光欣（即张照九世孙）所撰，序中云"先文敏公既一生官运亨通，又得乾隆赏识。然与满人鄂尔泰素来不和，遭其忌恨，以致后来在其父去世奔丧返乡途中，被鄂尔泰派去的刺客所杀"。

张照之死，当有待进一步考证。

张凤孙《飞云岩歌》

　　张凤孙(1706—1783)，字少仪，华亭人。雍正十年(1732年)中顺天乡试副榜，乾隆元年（1736年）召试鸿博，不久被举荐为经学；后又由兵部尚书江苏巡抚高其倬举荐，任贵州贵定知县。历官云南粮储道、刑部郎中。

　　张凤孙被认为"著作等身，诗才如海"，官云南时，"其文杰出一时，所至倾倒，名闻天下"。有《柏香书屋诗钞》。今搜得其《飞云岩歌》一诗。

　　飞云崖，又称飞云洞，位于贵州省黄平东一山腰处。始建于明正统八年（1443年）。集奇、秀、幽、静于一身。壁立千仞，檐垂百尺，鸿洞玲珑，浮者如云，亘者若虹，谹似楼殿，悬犹鼓钟，谲奇变幻，不可名状。被誉为"黔南第一洞天""黔南第一奇境"，有人甚至认为"天下之山，聚于云贵；云贵之秀，萃于斯岩"。清林则徐曾有诗，其中云："老云出山蹴山魄，飞入九天化为石。天惊石破云倒垂，欻起悬岩一千尺。岩头古柏森青青，岩底清流鸣泠泠。"

　　张凤孙《飞云岩歌》为——

　　　　飞云来何许？乃在天一隅。
　　　　天风倒吹海水立，虚空涌出千夫蕖。
　　　　珠幢宝盖花四覆，欲落不落谁撑扶。
　　　　见者骇欲走，闻者疑其诬。
　　　　岂知混沌未凿始，山川一气相涵濡。
　　　　飚冲浪激雷火爆，然后云根谽（谺: xiā, 山谷）谺万窍如雕镂。
　　　　乘龙何年偶窟穴，嘘气未已遭鞭驱。

之而鳞爪呈光怪，蟠际不见顶与跗。

余涎津涴（涴：即"淫"）乳华滴，触手恐有梭掷平地成江湖。

天公撰此复何意，肯作狡狯惊愚夫。

我来三度停肩舆，人事变化岁月徂。

蓬莱海水几清浅，丹砂何处求麻姑（麻姑：神话中仙女名。

传说东海桓帝时曾应仙人王远召，降于蔡经家，为一年轻美女，其手灵巧、纤长；能掷米成珠，为种种变化之术）。

麻姑不来蔡经死，惟有蝙蝠识我还招呼。

我歌飞云云踟蹰，胡不去为霖雨一洒苍生苏。

苍茫落日啼乱乌，蛮荒瘴厉不可居。

洞庭清切仙人都，风雨一夕飞来乎。

沪上治水功臣

《书·禹贡》云："三江既入，震泽底定。"语意为，三江畅通，震泽就平安无事。

《吴地记》以松江、娄江、东江为三江。三江将震泽之水分而宣泄。三江中之"松江"，即吴淞江，也就是上海之苏州河（近代，外国人以由吴淞江可达苏州而名之）；东江，即黄浦江；娄江，即今浏河港。三江中，吴淞江最大，最阔处有十里之遥，为排震泽水之主干道。震泽，即太湖。晋李颙《涉湖》诗："震泽为何在，今唯太湖浦。"

赵宋王朝迁都临安（今杭州）后，临安不仅成为南宋的政治中心，也逐渐成为经济发达地区。南宋中期后，民众（尤其是北方移民）随意向江河滩涂垦田，致吴淞江水流不足，下游河道淤塞。由此带来的，或旱灾严重，或太湖地区成为汪洋泽国。

明永乐初，苏松诸府淫雨霏霏，河水泛滥。朝廷遣户部尚书夏原吉

（1366—1430。字惟喆。其先德兴人，徙家湘阴。洪武二十三年举乡荐，入太学，擢户部主事，历事五朝，累官户部尚书，加太子少傅。宣忠时入阁预机务，为政能得大体。治水江南时，到过松江，登一览楼，并作诗，诗中有"我爱云间第一山""雨歇九峰争献翠，风回三泖远呈澜"等句。诗人袁凯有和韵。原吉卒后谥"忠靖"，著有《夏忠靖公集》）主持治理吴淞江水利工程。原吉采纳叶宗行（华亭人。宋太学生叶李之后。爱读书，尚气节。精通水利、营建。随夏原吉治理江南水利，成效显著。曾任钱塘知县，为官清廉，有"钱塘一叶清"之称誉）的提议，决定弃吴淞江下游河道，拓宽一名为"范家浜"的水流，使之成为吴淞江的下游河道。这新挖之河道名"上海浦"，大致相当于今虹口港至南汇闸港的黄浦江。原吉亲率苏州、松江、嘉兴、常州民工十万，躬自前往工地督察。

被废弃的吴淞江原下游河道，被称为"旧吴淞江"，简称"旧江"，"旧""虹"谐音，旧江被叫作虹江。自此，吴淞江失去了太湖泄水主干道的地位，成了黄浦江的支流。黄浦江代替吴淞江成为出海大浦。黄浦江孕育了上海，使上海很快崛起，成了上海的母亲河。

百余年后之明隆庆三年（1569年），海瑞任应天（今南京）巡抚，行部苏、松。在原吉之后、他之前的治水官吏，无视"浦已夺淞"的现实，仍着力疏浚吴淞江原下游河道，但事倍功半，几无收效。海瑞在巡察上海县后，看到吴淞江下游淤塞之势不可逆转，决定"按江故道，兴工挑浚"，在今外白渡桥处，将嘉定县黄渡至上海县宋家桥（今福建路桥附近）之河道，与黄浦江接通。由此奠定了吴淞江下游之河形。将吴淞江作为黄浦江的支流进行疏浚，海瑞为有史以来第一人。

夏原吉、海瑞与后来的林则徐，被誉为"沪上水利功臣三先驱"。

钦琏筑塘

钦琏，字宝先，号幼畹，浙江长兴人。雍正元年（1723年）进士。曾先后为松江府南汇、上海县县令。在任期间，筑海塘，指陈利弊，卓卓可传。徐世昌《晚晴簃诗汇·诗话》云："幼畹宰南汇，有惠政。捍海筑石塘，自奉贤柘林城北起，至宝山吴淞口，二万九千八百余丈。民号'钦公塘'，至今犹恃为保障焉。"钦琏有《重筑云间捍海塘纪事》一诗，其中写到海侵时，云："壬子七月十五夜，鲸嘘蛟噎龙战血。移山撼岳声震惊，倒峡滔天势奔突。可怜海滨千万户，梦中齐赴龙君宅。"写到筑海塘时，则有"吾民奉令踊跃趋，奋力争先如赴敌。汗日蒸云肯少休，群工次第胥底绩"之句。曹一士以五古相赠，称其有古循吏风。钦琏之诗，多纪民谟、浩绩之作。著有《吴中水利记》等。

钱熙祚及其亲属

钱熙祚（1801—1844），字锡之，号雪枝，松江府金山人。诸生，叙选通判。

道光十五年（1835 年），官府为修筑海堤，欲开挖秦、查两山以取石。熙祚认为，两山石少坟多，不足采用，而且毁弃腐肉骸骨，实为可怜，因而建议从他山开掘，愿捐献运费。终于保住了两座山。乡人诵为"钱氏守山"。

熙祚喜读书，蕴高才，雅自抱负。尤好校刊古今秘籍。道光十五年（1835 年）十月初，以辑刊丛书而苦乏善本，率弟熙泰、同邑顾观光、南汇张文虎、平湖钱熙咸、嘉兴李长龄赴杭州，寓西湖杨柳弯，借观孤山文澜阁四库全书，校书八十余种，抄书四百三十二卷，历时两月。六年后，将所藏及抄的秘籍辑刊为《守山阁丛书》及《指南》《珠丛别录》《素问》《灵枢》等，共数百种，校勘异同，附以札记。仪征阮文达公阮元为其书作序，说"于人谓之有功，于己谓之有福"。

熙祚后因等候选任，病故于京邸。

当代学者李天纲认为：《守山阁丛书》的刻成，标志着清代中叶以后松江府作为藏书、刻书中心的地位的上升。《丛书》是一部延续"江南文化"传统的著作,而且为咸、同之际开启的"洋务""变法"培养了一批最早的西学人才。(《金山钱氏〈守山阁丛书〉与它的时代》)

熙祚祖父钱溥义,字景方。国子监学生。孝顺双亲。好善乐施。县内凡修建文庙、桥梁,总首先捐助。乡中有人要籴米,他降价以给;亲属中有贫困者,也常予周济抚恤,救死扶伤无数。重视家教,常告诫子孙奉行善事。

熙祚父钱树芝(1770—1838),字瑞庭,号愚庵。先世自奉贤迁金山,于是为金山人。少习举业,试有司不利,遂弃之。以金石书画自娱。后以监生议叙县丞。性宽厚,以诚待人,谦下朴讷,远近称为长者、善人。某负千金,焚其券。里中修桥梁、沟堰,必任之。常济助衣寒、食饥、病丧者。逢岁歉,发仓中粞米给穷户,率以为常。

熙祚伯父钱树本,字根堂,华亭人。监生,研精经史,累试不第。后习轩岐,就诊者经治多有奇效,但不取酬。曾辑《一点阁文选》,选刻《庄》《骚》读本,又与弟憩南梓《葆素堂诗文集》行世。著有《漱石轩诗草》。

熙祚从父钱树棠,字思召。曾捐修《松江府志》,为郡守宋如林、陈銮所重。

熙祚之兄钱熙辅,字鼎卿,号次臣。任安徽芜湖教谕,因父亲丧事而归,从此不再为官。书法仿效梁同书,尤好吟咏。家富藏书。岳父吴省兰辑刊《艺海珠尘》至八集而止,熙辅续编壬、癸两集,以竟其业。又刊西人《重学》。著有《勤有书堂剩稿》。

熙祚弟钱熙泰,字子和,号鲈香。家世聚族秦山之阳,熙泰以居隘迁居张堰。廪贡生,任靖江教谕。天质通敏,风雅好古,能诗善书,凡诗文书画金石篆刻,一见辄能言其利钝真赝。道光间,偕张文虎两寓西湖宝石山上十三间楼,校抄文澜阁四库全书。其间游湖上诸胜及天目、会稽。遇事机警果断,其所欲为虽百阻而不退,不欲为虽至亲暱劝亦不为所动。道光二十九年(1850年),邑人姚汭增修邑志未成,熙泰得其稿,力任纂刻,网罗文献,舟车则自随,延吴江董兆熊、邑人姚怀桥重订,事增文减,论者称之。光绪(德宗年号,自1875年始,凡34年)间修志,以此为本。著有《西泠纪游稿》《古松楼剩稿》。

熙祚从兄钱熙载，字啸楼。例贡生，候选盐运司提举。喜好藏书。中年以后，屡行义举。曾捐资与翁纯等修葺金山卫学、文庙，又与张振凡、张振宗等创建大观书院。

熙祚嗣子钱培荪，字子馨。生于熙辅芜湖教谕署，年幼聪慧。长为族中白眉。道光二十六年（1846年），续刊熙祚《指海》八集，合为二十集。又蒐辑熙祚未刻诗文，属张文虎编次为《守山阁剩稿》一卷附于后。同治中，购得松江府城东门外陆氏园，同治十二年，张文虎来访时名之为"复园"。培荪延文虎寓园校刊古书，广求所散家刻书籍，三年始得略备。光绪二年（1876年），培荪纂辑《金山钱氏家刻书目》。

熙祚从子钱培名，字宾之，号梦花。世居钱圩，后迁居张泾堰。遵父遗志，质之顾观光、张文虎，乃与辑刊《小万卷楼丛书》十七种。

文章知己，患难夫妻

有个华亭人叫尹鋆德（字冰叔）的，其祖母姓黄，是位纺织能手。有人给这位老人家画了张纺织图。尹鋆德持图请俞曲园（俞樾，1821—1907，号曲园，浙江德清人。道光三十年与李鸿章同为进士，著名学者、文学家、古文字家，朴学大师）题诗。曲园见图上题者甚多。其中有张春水七古一章。张春水即张澹，"春水"是其号，江苏吴江人。这首七古署名"吴江张澹"，书写落款者为"璞卿女史陆惠"，璞卿为张澹室。七古后还盖了印章，刻的是"文章知己患难夫妻张春水陆璞卿合印"。此事见俞曲园《春在堂随笔》。

或云，"文章知己，患难夫妻"这种情形，要到近代才可能有。诚如是。

我在编撰《松江人物》时，发现一门风雅的倒是不少。清华亭人吴胐一家就是一例。吴胐字华生，又字凝真，号冰蟾，一作冰蟾子。其夫曹焜、儿媳李玉燕、孙女曹鉴冰均能画，求其画者甚众，甚至不远千里上门。祖孙三代合编集《三秀》。吴湖及嗣子十经、儿媳李玉燕，还有曹鉴冰，又俱能诗，钱仲联《清诗纪事》录收其诗、叶恭绰《全清词钞》录收其词，施蛰存还有专文写曹鉴冰。真正是一门风雅，均有声于时。

松江历代文人茶事选录

以茶会友，以茶养身，以茶怡情，饮茶已经成为当代人的一种生活方式。

更多的是，一二知己，三五好友，相聚一室，共品香茗。或推心置腹，天南海北、中外古今、云里雾里地闲聊，呈现出一种洒脱无拘的难得氛围；或观摩书画，探究文学，一时儒雅得让奉茶小姐钦羡不已。

近疫情又起，拒所有来访，在家独自饮茶，怡然自乐，兴之所至，翻阅了几本有关茶的书，并编录下松江历代部分文人的茶事及他们的理念（基本上用现代汉语表述，并略作解读），与同道好友共赏。

陆羽《茶经》曰：茶之饮，始于炎帝神农氏，闻于周公而得以流传。春秋齐国晏子，汉扬雄、司马相如，三国吴韦曜，晋刘琨、张载、陆纳、谢安、左思等人都爱好饮茶。后来饮茶广泛传开，滂时浸俗。

一

《吴志·韦曜传》云，孙皓（三国吴末代王）每次飨饮，参与者以七升酒为限，即使不能喝完，也"告浇灌取尽"。韦曜酒量不过两升，孙皓暗中赐以茶代之。

这大概是有文字记载的首次"以茶代酒"。

二

陆纳，字祖言，陆玩之子（嘉庆《松江府志》作"玩弟"）。年少时即清廉自守。

《晋中兴书》云，陆纳为吴中太守（《晋书》载纳任吏部尚书）时，卫将军谢安想要拜访，陆纳侄"怪纳无所备"，但又不敢提醒，就私下准备了十数人馔。谢安既至，所设惟茶果而已。纳侄就把准备好的摆上了桌，都是美味佳肴。及谢安离去，陆纳打其侄四十大板，说："汝既不能光益叔父，为何还要诋毁我廉洁的名声！"

招待谢安这样的大将军，也只用茶果，陆纳的清廉可见一斑。

三

陈继儒《茶董小序》引范仲淹的话说：

"万象森罗中，安知无茶星？"我以茶星名馆，这样，每与客品茗时，标格天然，色香映发。假如陆羽还在世的话，他还能写《毁茶论》？夏茂卿说到酒，言语中充满自豪。我说，为何不弃官而隐居山林？在林涧之间，可以摘露芽，煮成好茶，一洗胃中的百年尘土。热肠如沸，茶不胜酒；幽韵如云，酒不胜茶。酒类似侠客，茶类似隐士。酒道固然宽广，茶也有德行。茂卿是茶的董狐（春秋时晋国史官），所以作《茶董》。

茶幽韵如云，流动自如；茶如隐士，有林下风致。陈继儒隐居佘山，正是他的这一理念的反映。

四

徐光启《农政全书》：

采茶最好在四月。此时茶枝茶叶刚长，而嫩则益人，老粗者损人。茶可以去除人体内的滞垢，可以提神而消除疲劳，作用显著。采摘、制作、贮藏，要讲究方法，碾焙煎煮也要讲究分寸，否则，即便是建（州）芽、浙茗，也只能是普通的品种。此类制作方法，应该多讲讲。

陈继儒《太平清话》：吴人十月中也采茶，十月小阳春，此时，不仅花枝透漏，而且阳光晴暖，此时之茶可谓小春茶。如果错过这个季节，就是霜凄雁冻，不适合采摘了。继儒还说，采茶要精，藏茶要燥，烹茶（之水）要洁。

陆羽《茶经》讲茶之源、之具、之造、之器、之煮、之饮等。上面这则语段是讲茶的采摘、制作与贮藏等。由此可见，茶之道，包括一整套工艺。

五

冯时可《茶绿》：

松郡佘山也有茶，与天池无异，只是采摘、制作的技艺不如天池。最近来了位和尚，以苏州虎丘之法制之，佘山茶之味与松萝（产于安徽省歙县松萝山，明代为名茶）相等同。佘山老和尚急忙把他赶走了，说："不要为此山开膛径（俗世红尘之路）而将它置火坑之中。"

没想到松江历史上还有这么个故事。

《松江府志》：佘山在府城北，旧有佘姓者于此修道，故名。山上产茶与兰花笋，两者并美，受兰花笋濡染，茶于是有兰花香味。因此，陈继儒说："余乡佘山茶与虎丘茶相伯仲。"

佘山的绿茶产量不多，至今仍声名在外。

六

杨维桢《煮茶梦记》：

铁崖道人卧石床，到二更时分，月微明，等到帐帷上印出梅树枝条的影子、扩及半窗时，发觉一鹤孤立不鸣。于是命小芸童汲白莲泉水，燃点干枯的湘竹，把凌霄芽（云雾茶）给其让煮了，道人饮了后，才心情沉静，恍然入梦。

这则语段读来有趣。杨维桢其时神状，如在目前。只是有点不解，不是说茶能提神醒脑吗？这道人饮了茶，怎么反而安然进入梦乡？大概其晚道人有点心烦意乱，而茶却让他排除了杂念，才安静了下来。

七

陆羽《茶经》讲究沏茶用水。他以为，山水上，江水中，井水下。唐张又新《水记》则云，适宜于沏茶的水，凡七等。扬子江南零水第一，无锡惠山寺石水第二，苏州虎丘寺石水第三，丹阳观音寺井水第四，大明寺井水第五，吴淞江水第六，淮水最下第七。

吴履震《五茸志逸》引陆羽《茶经》云，品第诸水，兼收松江者，非指吴淞江也。吴淞江浊流不宜茶，宜茶莫如泖，志称谷泖水极清冷，可酿可茗。

但查陆羽《茶经》，未见有上述"品第诸水"等文字。《五茸志逸》是部较好的笔记小说，但错讹也不少，这只是一例。我查阅多书，想找其出处而不得。抑或《茶经》上有而我老眼昏花，未看到。先录于此，待以后再查考。

八

陆树声《茶寮记》：

在啸轩矮墙之西有一小茶寮，其中设茶灶，凡瓢汲、罂、注、濯、拂等器具，一应俱全。选了一稍懂茗事者管理，再选一人帮助烧煮汲水。客至，竹林外就隐隐浮升起茶烟来。如果出家人来访，我们就相对而坐，一边品茗，一边说些世俗之外的话。农历九月十六日，适园无净居士，与五台山的和尚演镇、终南山和尚明亮都来了。我们在茶寮中一起品尝天池茶。难得有如此相聚，我于是随手记了下来。

家中专设茶室，请专人管理，并好接待客人，可见其钟情茶饮。相聚品茗，可谓雅集。

以上几则语段，多少可以让我们感知到松江古代文人的茶学、茶道、茶艺，他们的闲情逸致及一些趣事。

松江府华亭、娄县历代女性著作录

鉴湖女侠、近代女革命家秋瑾有句名言："休言女子非英物，夜夜龙泉壁上鸣。"（《鹧鸪天·祖国沉沦感不禁》）女性文学是中华优秀传统文化的重要组成部分，为奠基和建造雄伟而瑰丽的中华文化宝殿作出了重要贡献。

但在中国封建社会中，由于受到阳尊阴卑、男外女内理念的桎梏，女性及其创作被长期忽视。梁昭明太子萧统所编之《文选》，凡三十卷，仅收两篇女性作品（班昭、班婕妤的）。有人还统计，《全唐诗》凡九百卷，其中女性的作品只十一卷。又，"古代名媛之集，镌印不多，红香小册，绿窗零帙，流传极少"（胡文楷语）。

随着时代的发展，女性地位的提高，对女性及其作品的研究，也逐渐引起重视。女性已成半边天。为中国女性文学作专论者也渐次增多。先有谢无量的《中国妇女文学史》及梁乙真的《清代妇女文学史》，后有谭正璧的《中国女性文学史话》。关于谭著，还有一则逸事。书出版后，松江敬贤女中的一群同学少女到书店购买时，嫌书名太长，呼之不便，索性说："买一本谭正璧！"由此足见此类著作受到了读者尤其是女性读者的欢迎。学者胡文楷历时二十年，"笼群娥于笔端，撷众香于几上"（潘景郑语），著成《历代妇女著作考》，著其目者四千余家，得其集者八百余家，诚为一巨著。

松江自元始，由棉纺织业带动，经济发展，入明后尤为迅速。而女性的地位及生活也得以改变，许多女子走出闺阁，由此带来的，女性创作日趋繁荣，涌现了很多才女及优秀作品。施蛰存曰："吾松才女，自管仲姬以下，代不乏人。"（《云间语小录·袁寒篁》）兹据胡文楷《历代妇女著作考》、历朝《松江府志》及其他史料，着重集录松江府华亭、娄两县明、清之女子著作篇目，略作介绍，以与研究松江历史并关注松江明、清女子者备考。入选拙著《松江历代作家作品选注》者，不赘。

王氏，衡之女，年十七，归华亭徐澹宁。好书史，明大义。曾榜其室云：金闺文作市，玉匣气成虹。可见其志。著有《万卷楼诗》。

周鳌生，胡文楷《历代妇女著作考》云明"松江人"，兴国知州周汝谊女，顾某妻。著有《搴兰阁小咏》。《松风余韵》引曹谔廷曰，《搴兰阁小咏》，乃先祖母伯姊所作。尝有句云小妹搴兰问字来，即指先祖母也。诗学得自丹厓公庭授。随宦兴国，日坐一楼吟咏，或为公代作文榜，皆斐然可观。适顾氏卒。

张引元，字文姝，又字蕙如，明华亭人。王凤娴（字瑞卿，号文如子，华亭人。万历进士张本嘉妻。垂髫时，大父以"秀眉新月小"命她试对，她即对以"鬓发片云浓"。

夫去世后，持家政又兼课艺）长女，父张孟端官宜春令。容止婉娈，天姿颖拔，六岁能诵唐诗三体，皆得其母之训，《左传》《国语》《离骚》《文选》诸书示之，姝一一了悟。一日从父宦游渡江，忽梦神示曰：汝为玉帝掌书记，暂谪人间，三九年当复召归香案，须善自护持，勿堕尘劫。姝闻之憬然有觉，后果神授之年遭疾而逝。姝妹引庆，字媚姝。并能诗，相和倡，皆尔雅俊拔，大类唐刘长卿风骨。多忆母之作，永言孝思。姊妹合著《双燕遗音》一卷。又有《贯珠集》，有范叔之序。

张氏，明人。《历代妇女著作考》云其"松江人"。杨豫孙（字幼殷，号朋石，杨枢子，官至太仆少卿，出任湖广巡抚）妻，以博学称。死于家难，其夫所著诗文也于家难中散佚。张夫人诗系陆应阳（《松江府志》有传）所辑，名《张夫人诗存》。

谢氏，明人，《历代妇女著作考》云其"松人"。"其夫盖靖难时忠臣"。著有《哭夫诗》，凡三十首，佳章络绎。

丁佩，字步珊，清娄县人。道光进士陈毓枟妻。沈善宝云其兰心蕙质，花容月貌。少居三泖。著有《绣谱》三卷，有一九二八年国光社排印本，列入《美术丛书》二集第七辑，不分卷，前有自序及凡例，目分择地、选样、取材、辨色、程工、论品六章，后有嘉禾金湘跋。常与其夫诗文唱和。夜温香砚，绘月下梅花；春到垂帘，吟风中柳絮。著有《十二梅花连理楼诗集》。夫卒后，佩抚养三个女儿，藉刺绣度日，境遇困厄。其《绣谱》为中国刺绣有史以来首部公之于世的刺绣技艺专著。

王如圭，字丽则，清娄县人。年二十六卒。著有《环翠楼稿》。

王芬，字蕙田，清娄县人。王香溪女，诸生唐寿椿妻。著有《十燕巢阁遗稿》。

王德宜，字云芝，清人。《历代妇女著作考》云其"江苏松江人"。按，松江原属江苏。巡抚汪新子妇。著有《语凤巢吟稿》四卷，前有乾隆间王鸣盛、沈飏原序，女史陈贞淑序；后有万钧跋云：丙子岁（1756 年）王桂山内兄曾选钞一卷，刊于松浦。当即为王序所称《黔中吟》也。

王韫徽，字澹音，清娄县人。知府王春煦（字紫宇，娄县人。少时人称神童。乾隆四十年进士二甲第一，朝考第一。官湖北宜昌府知府）女，杨绍文妻。著有《环青阁诗稿》四卷。

王崑藻，字绮思，清娄县人。王韫徽妹，诸生陈炌妻。著有《挹翠轩稿》。

朱素仙，胡文楷《历代妇女著作考》云"江苏松江人"。著有《玉连环》，前有图六幅，嘉庆十年乙丑雨亭主人序，樵云山人订，钩月山人校正。凡三十八卷，七十六回。

朱穆，字月轩，清华亭人。朱式文孙女。读书过目能诵，不以文辞自炫，因而罕有知其能诗者。适监生姚兴宗，三日而卒。兴宗检匮中得诗若干首，梓题曰《面浦楼遗稿》，顾成天、姚培谦为之序。

朱蕙，字静芳，号纫斋，清娄县人。国学生钱世徵（字聘侯，号雪樵，博学能文善画，写兰得郑思肖、赵孟坚意。又工篆刻，著有《含翠轩印存》）妻。著有《绣余小草》二卷。

何志璇，字韫洁，号琢斋，清华亭人。字冯尚贤，未婚而尚贤殁。志璇卒年二十六。著有《帼奁存稿》《词话汇编》《词家纪事》。

吴朏，字华生，又字凝真，号冰蟾，一作冰蟾子，清华亭人。通判吴丕显（字希文，华亭人，居璜溪。任承天府通判，代理荆门州）女。七岁能读书，长而端静敏慧，女工之隙，靡不综览。虽当操作，未尝释卷。适嘉善诸生曹焜，相夫事姑，内外称其贤，不以吟咏而妨。顺治二年（1645年），金山兵乱，焜被害。朏甘贫守志，以诗书画自遣。其诗书画，时称三绝。与进士张讷夫人文如子唱和，一时几社前辈，皆极叹赏。尤善绘事，烟云花鸟，笔墨生趣，人争宝之。福清魏惟度、新城王西樵，皆不远千里，邮乞其作。丈夫曹焜，儿媳李玉燕，孙女曹鉴冰，均能画。合编集《三秀》。嗣子十经及李玉燕，俱能诗。一门风雅，有声于时。朏另著有《忘忧草》《采石篇》《风兰集》《独啸集》等。

吴茞椿，字淑洲，清华亭人。中翰吴南林次女，娄县同知王祖庆妻。著有《兰谷集》，王祖庆为之序。

吴学素，字位贞，清娄县人。长洲顾伟权妻。著有《荫绿阁诗草》。

宋玉英，华亭人。宋徵璧（原名存楠，字尚木，又字让木。宋徵舆从兄。华亭人。崇祯十六年进士。曾任礼部员外郎，广东潮州知府。著有《抱真堂诗稿》八卷，又有《三秋词》等。新版标点嘉庆《松江府志》作"壁"，似误）女孙，庠生张泽忻继妻。少工吟咏。

著有《红余稿》（嘉庆《松江府志》《国朝松江诗钞》作《红余草》）。

李朓，字冰影，清华亭人。明太仆李寿生女，沈岩生妻。著有《鹃啼集》。

李媛，清华亭人。学使李素心女，明经朱彦则妻。著有《来凤吟》。

李韫玉，江苏吴县人。娄县周忠忻妾。著有《李韫玉诗草》。

李馥玉，字复香。李韫玉妹，华亭诸生徐同叔妾。工诗画，尤精骈体。著有《红余小草》，写刻本乾隆十二年（1747年）怀清楼刊本，前有王承祺、半泾女史、曹锡珪序。凡诗八十四首，诗余九首，附《泖塔赋》《柳带赋》《秋雨赋》《络纬赋》《蟋蟀赋》《怀清楼诗集题词》（六首）。

汪国香，请华亭人。著有《国香诗钞》，张应时（1751—1824，字虚谷，华亭人。候选直隶州知州。曾刊印刘宗周、黄淳耀、陆陇其等人书）刻其诗入《书三味楼丛书》。

汪凤芬，字雪徵，清华亭人。何一裴妻。寓居青浦县沈巷。善丹青。著有《栖枳阁小集》。

沈玉，字洁如，《历代妇女著作考》云其"江苏松江人"。南塘需次州守张应时妾。著有《红余诗钞》。

沈瑛，字彩琳，号冰方，清华亭人。著有《铖余草》。

沈懋昭，字德馨，号季莲，清华亭人。钱塘蒋勤培妻。著有《挹翠轩诗钞》。

沈琼琚，清娄县人、国子生沈廷杓女，诸生郁廷扬妻。著有《香奁余咏》。

邵思，字媚娴，清华亭人。仙游令邵庸济女，娄县马梦莲妻。工书，兼精帖括。结婚仅十七月就卒。梦莲辑其诗，名《承云楼剩稿》，胡宝瑺为之作序。

邱莹，字慎仪，清人。《历代妇女著作考》云其"江苏松江人"。县丞邱焕女弟，江宁陈廷佐妻。著有《巧云楼诗稿》。

姚静闲，字月浦，清华亭人。姚培谦（字平山，娄县人。诸生。著有《通鉴纲目节抄》等多种）女弟。著有《容与集》《樵栖集》。

姜云，字韫盼，清华亭人。诗人姜嵋谷女，张宝镕（字花农，娄县人。著有《床山堂集》《西泠唱和诗》）妻。中年多病而卒。著有《巢燕楼诗钞》。

胡静娴，字贞斋，一字遐龄，清华亭人。恪靖公胡宝瑺（字泰舒，曾任内阁中书，入军机里行，又任内阁侍读，卒后赠太子太保，兵部尚书，谥"恪靖"）女，青浦贡生戴象晋妻。著有《安贞斋小草》，有胡吟鸥序。初集曰《绣余吟草》二卷，胡鸣玉（字廷佩，青浦人。诸生。以年资贡入太学。著有《订讹杂录》）点定；二集曰《静观集》。

范章史，字淑云，清娄县人。贡生范岩东女。早亡。著有《吟雪阁诗钞》。

倪小，字茁姑，清娄县人。倪永清妹，亭林陆其妻。早逝。著有《斯堂吟》。

孙淡霞，清华亭人。诸生孙广益女，青浦曹策彝妻，早寡。著有《焚余草》一卷。

孙兰仙，字列馨，《历代妇女著作考》云其"江苏松江人"。孙维玉女。著有《绿窗遗草》。

徐懋蕙，字畹香，清华亭人。邹如冈妻。《国朝松江诗钞》作奉贤人。给谏徐宾孙之女。著有《绮窗遗咏》。

徐氏，清娄县张泽人。武生徐谞女，徵士封文棣妾。著有《凌云阁小草》。

秦瘦云，原名兰芬，因诵秦云如美人句，自改今名。四川人，寄居娄县。十五岁归植八杉主为妾。十九岁病殁。著有《素心楼诗》。

袁镜蓉，字月蕖，清华亭人。侍郎吴粲妻。著有《月蕖轩传述略》一卷，《月蕖轩诗集》一卷。《传述略》有庄仲方序，杨钜源跋，收文二十二篇；《诗集》有其弟克家、庄仲方、姊罗本周序，庄敔、蔡振武、俞承德跋，集诗一百二十首，诗余二首。

张介，字笔芳，清娄县人。太守张蒙泉季女，上海沈璧琏妻。著有《万花楼诗钞》《环翠阁诗词钞》二卷。

张屯，字丽然，清娄县人。国学生褚念劬妻。研究《周易》，工卜筮，适褚二载而寡，侍姑抚遗腹子，矢志柏舟。与诸女弟唱和，汇为《小华萼集》二卷。另著有《易道入门》二卷，《自箴语》一卷。

张瑾，字韫仙，清娄县人。张鸣璧女，张屯妹。遭父母丧，哀毁而卒，时年仅二十一。著有《雪香书屋吟草》，自以不工，临卒焚之。诗见与女兄唱和《小华萼集》中。

张昭，字闇斋，清华亭人。叶启升妻。性贤孝，质明敏。年仅二十四就卒。

著有《红余集》。

张崇桂，字秋崖，清华亭人。太守张东洛之后，徐承熙（字复园，华亭人。通晓琴理。绘花卉极精美，山水画法董其昌）妻。工诗善画。著有《秋崖题画诗》一卷。

张传，字汝传，清娄县人。明经张止鉴女，徐基（字宗顼，华亭人，曾任萧县训导，著有《十峰集》等）妻。著有《绣余草》，有王日藻（字印周，号闲敕，华亭人。顺治进士，官至工部尚书、户部尚书。书法超妙，也工诗文）序。

张慧娟，字静山，清华亭人。张凤喈五女，字吴以晋。著有《生香阁诗草》。

张檦，字蕤仙，清华亭人。张少峰女，广济知县钱塘蒋炯妻。著有《凝香阁小草》。

曹鉴冰，字苇坚，号月娥，清金山人。一作华亭人（所著《清阁吟》二卷，题下署“华亭曹鉴冰苇坚又字月娥氏著”）。娄县张殷六（日湖）妻。张贫，鉴冰授学徒以自给。工诗词，善书画，有朱淑真、管道昇之风。造请者咸称其为“苇坚先生”。又著有《绣余试砚稿》。与祖母吴朏、母李玉燕合刻诗稿《三秀集》。另有《瑶台宴传奇》。据传，又有一部传奇戏剧。

章士珠（1855—1880），字还浦，清娄县人。教谕章耒女，张声驰妻。著有《塔影楼遗稿》，前有夫撰行略，收诗七十七首。

章有娴，字媛贞，清华亭人。解元章旷（字于野，号峨山，章简弟，华亭人。崇祯进士，任沔阳知州。陈田云其为明季时“名臣”）长女，杨芍妻。著有《寒碧词》，有闺秀万宜洲序。

章有泓，字清甫，清华亭人。章简（字次弓，号坤能，罗源知县。清军陷南京，列城望风下，简与沈犹龙、李待问等守松江城。简守南门，城破殉国）第六女，娄县张泽蒋文翯妻。其姊有湘、有渭等，皆有著作，皆为才女。著有《焚余草》。

庄氏，清华亭人。与宝训堂王氏亲。著有《澹仙吟》。

许玉晨，字云清，清华亭人。王旭侍妾。光绪《松江府续志》作“许玉珍”。

许嘉仪，字仙圃，清华亭人。知县汤世熙妻。著有《天风佩韵轩草》二卷，《诗余》一卷。光绪十三年刊本，前有确园老人陈宝、黄景洛序，方钟琇、方濬及妹汤淑因、吴唐林、徐衡志题词，后有汤世熙跋。

郭墨英，清娄县人。庠生郭计湝长女，府增生顾子瀛妻。著有《映绿草堂诗草》二卷。

陈秀英，清娄县人。适山阴万氏。著有《停梭吟草》。

陈氏，清华亭人。陈继儒（1558—1639，字仲醇，号眉公、麋公。二十九岁时，将儒生衣冠焚烧丢弃，卜居佘山，杜门著述，倾动朝野，一时文人学士咸听其月旦之评；书画成就也很高）侄女，平某妻。著有《梅龛吟》。

陆如蓉，字秋棠，清华亭人。诸生陆留卿女。著有《分翠阁诗草》。

陆氏，清华亭人。陆亮直女兄，适张氏。著有《机杼余音集》。

陆氏，清华亭人。洪某妻。著有《机杼余音集》。

彭淑，清华亭人。彭宾（字燕又，一字穆如，华亭人。几社重要成员。著有《搜遗稿》四卷，为其孙彭士超从乱帙中掇拾残剩所辑成。另有《偶存草》）女，青浦诸生沈麒麟妻。著有《咏物诸体诗》。

焦妙莲，清金山人。华亭陆允恭女。著有《日余吟草》，为其子陆鹏海所梓。

华浣芳，清江苏长洲人。华亭训导张荣（字景桓，华亭人。一作崇明训导。自谓生平得古文杂作六百余篇，诗三万多首，词一千五百余阕，歌谣三百余首，晚年躬自选编成《空明子诗集》十卷，《文集》六卷，《诗余》一卷）妾。年二十三卒。好诗，著有《挹青轩稿》，有张荣序。

闵蕙，字佩幼，《历代妇女著作考》云其"江苏松江人"。未字卒。著有《读书斋稿》。

冯玉芬，清人。《历代妇女著作考》云其"江苏松江人"。句容训导冯金伯（一作金柏，字南岑，南汇人。乾隆四十年主蒲阳书院。工诗古文词，精鉴赏，好书画。著有《国朝画识》《墨香居画识》及《墨香居诗钞》）女，王路妻。著有《静寄楼诗稿》。

董雪晖，清华亭人。幼失怙恃，抚于叶氏。姚廷銮（字瞻祈，娄县人。诸生。精风水之术。著有《阴宅集成》《阳宅集成》）妻。工书画。著有《飞霞阁诗草》，有表妹曹锡珪序。

潘端，字慎斋，清娄县人。倪永清妻。著有《不扫轩词》。

蔡瑞宜，字湘蘋，清华亭人。施集妻。著有《漱芬阁诗纱》。

蒋绣徵，字蕙芳，清华亭人。常德经历陆长庚妻。著有《澣心处诗草》。

钱氏，清娄县人。诸生沈衢妻。博通书史，工吟咏。著有《枕善居诗稿》。

苏继蕙，号披云女史，清华亭人。未字而夭。著有《苏继蕙诗》，有钱学纶跋。

顾文琴，字徽则，清华亭亭林（亭林今属金山）人。金山廪贡生王丕曾妻。著有《漱香居诗存》。

尼静维（盛蕴贞），号寄笠道人，清华亭人。文学庆远女，郭沫若云大概为夏允彝妻盛字的侄女，允彝女夏淑吉的表妹。嘉定侯峒曾幼子诸生侯瀞曾求其为继室，父母许之，犹未聘，瀞亡命客死，侯父也殉节，静维祝发空门，礼淑吉为师，鱼磬经几，形影相吊。淑吉卒，静维为之立传。著有《寄笠遗稿》。

以上女性著作，大致可分为三类。

1. 哲学方面的，如张屯的《易经入门》。张屯研究《周易》，工卜筮。

2. 工艺方面的，如丁佩的《绣谱》三卷。该著以择地、选样、取材、辨色、程工、论品为目。为中国刺绣有史以来首部公之于世的刺绣技艺专著，比沈寿的《雪宦绣谱》早一百年许。两部绣谱侧重点也不同，丁著侧重于"艺"论，沈著则侧重于"技"法。

3. 大量的著作属文艺方面的。主要是诗词书画。其中，张崇桂的《秋崖题画诗》，从书名看就知道所收均为题画之作（这类著作者，大都兼善诗画）。还有一部长篇，盖为章回小说，即朱素仙的《玉连环》。该著凡三十卷，七十六回。另，相传曹鉴冰著有一部传奇戏剧。甚是稀罕。

遗憾的是，女性擅事绘画的很多，造诣深，影响大，却未见有论画的著作。

从著作者来看，都富有才艺。她们中的绝大多数工诗词，善书画。也有如周釐生"为公代作文榜"的。她们所以有如此成就，大致有以下几个原因。

1. 从小有志。如王衡之女、徐澹宁妻王氏，曾榜其室云："金闺文作市，玉匣气成虹"，可见其志。

2. 资质聪慧。王凤娴长女引元，六岁能诵唐诗，以《左传》《国语》《离骚》《文选》诸书示之，她一一了然。一日从父渡江，忽梦神示曰：汝为玉帝掌书记，暂谪人间，三九年当复召归香案。朱穆也有"读书过目能诵"之质。

3. 好学勤奋。华浣芳，二十三岁就卒。在短暂的人生中，她竟有"古文杂作六百余篇，诗三万多首，词一千五百余阕，歌谣三百余首"。唐诗人李贺，每旦日出，遇所得，书投囊中。及暮归，母使婢探囊中，见所书如此之多，曰：吾儿要呕出心乃已耳。浣芳所作这么多，岂不亦要"呕出心"！她的早逝，恐怕与此有关。另从一些著作名也可看出她们的勤奋好学。张传《绣余草》，说明所收为"绣余"之作；两位陆氏（疑为同一人），即陆亮直女兄陆氏，洪某妻陆氏，均有《机杼余音集》，说明她们的吟咏均在机织之后，吟咏是机杼的"余音"。

4. 有良好的家学家风。吴胐七岁能读书，女工之隙，靡不综览；虽当操作，未尝释卷。其与儿媳李玉燕、孙女曹鉴冰，均能画；又与嗣子十佳及玉燕，还有鉴冰，俱能诗。鉴冰诗画有"朱淑真、管道昇之风"之誉。祖孙三代，薪火相传，真是一门风雅。又，章门六女，皆为才女，有湘、有渭、有泓等，均有著作。中国封建社会重视家教、家学、家风，积累了深厚的家学文化。

明、清时期江南地区著作的出版，大致有三种形式。一种是由政府出资印制，被称为官刻，大都为宣传儒家教义；二是由经济基础厚实之家或官宦之家印制，即所谓的私刻，主要是为了传承家族文化；三是坊刻，大多数刻印者把刻印与营利结合在了一起，他们实际上是书商。当然也有例外，如由于友情或某种特殊关系而资助出版。上述松江府华亭、娄县女性著作的出版，基本上属后两种。

两县女性大量著作的出版，有着不容低估的深远意义。一是反映了作为一个特殊群体的女性的生活与兴趣爱好，显示出女性多方面的卓越才识与丰富的感情世界，使众多女子出现在社会公众视野中，从而有力冲击了男尊女卑的封建理念。二是推动了印刷产业的发展，而这些女性著作的出版，又对女性读者与作者产生了广泛影响，也得到了很多男性的关注与认同，而这种影响与认同，反过来又促进了印刷产业的进一步发展。三是从整体上提升了江南地区乃至更大范围的主要是文学艺术作品的质量与文化事业的水平，女性的著作因此而成为我国的宝贵遗产与文化底蕴。

东 西

东西，《现代汉语词典》的解释是：泛指各种具体的或抽象的事物。

曾听传说：朱熹去访盛德和，盛正要外出购买东西，朱笑着问："你只买'东西'，就不买'南北'吗？"盛说："东方属木，西方属金，凡属木、金的物品，都可以用篮子装的；而南方属火，北方属水，这水、火怎能用篮子装呢？所以，只能买'东西'，不能买'南北'。"

近翻阅《五茸志逸》（吴履震著），发现如下一段文字：

郡侯方禹修（即方岳贡，崇祯元年即 1628 年，出任松江知府）问陈眉公（陈继儒号眉公）云："俗呼物为'东西'，而不及'南北'，何也？"陈答曰："南方火，北方水，水火民间至足（极充足），故不复称。"此特（只是）随口应答之辞耳，俗称"东西"，不过错举以呼物，初无取义。假如孔子作《春秋》，独遗冬、夏，岂亦因其至足而弃之耶？

东西本指方位，东方与西方，东边与西边。《墨子》："古者尧治天下，南抚交趾，北降幽都，东西至日所出入莫不宾服（意归顺，服从）。"物产于四方，约言称之为东西。宋玉溥《唐会要·逃户》："大中二年制：'所在逃户，见在桑田屋宇等，多是暂时东西。'"后以"东西"泛指各种具体或抽象的事物。而"南北"一词中，无"事物"之义项，未有人作"事物"

用过。用词有个约定俗成的传统。某个词，谁先用了，一而再、再而三地被人用，此词就被认同了。

坊间，"东西"还有特指的义项，通常指人，如说"某人为南北"，意即"某人不是东西"，这"不是东西"之"东西"，即指人。

造化靳闲

《五茸志逸》记一叫张恺的华亭富翁。说他每次为公务进城，带会计、出纳，很是麻烦，也怕麻烦。他曾于座右书"望城欲哭"四字。一日离城归来，焚香告天曰："恺志向闲逸，不慕富贵。只愿有薄田二十亩，自为耕种收获，不受府吏干扰，让我老于山林。这就足够了。"刚告完，空中忽然有声应曰："想要富贵，则可以给你；想闲逸，则不可。"《五茸志逸》作者吴履震为此感叹说："造化对于人，不吝啬富贵，而独吝啬'闲'字。闲，是天地间之大福，不易得也不易享。所以说，不是闲人闲不得，闲人不是等闲人。"

余读后，忽然想起清人张潮的话："人莫乐于闲，非无所事事之谓也。闲者能读书，闲者能游名胜，闲者能饮酒，闲者能著书。天下之乐，孰大于是？"（《幽梦影》）原来，闲能享受到这么多的人生乐趣！"天下之乐，孰大于是？"真是醍醐灌顶！当代哲学家周国平也说过："闲暇是一个生命的自由空间。""闲适者找回了自我，在自己的天地里流连徜徉，悠然自得，内心是宁静而澄澈的。"

又想起苏轼《记承天寺夜游》一文。文不长，兹录之：

元丰六年十月十二日，夜，解衣欲睡，月色入户，欣然起行。念无与乐者（意没有与自己同游共乐的人），遂至承天寺（在今湖北省黄冈南），寻张怀民（张怀民元丰六年被贬黄州，初到时寓居承天寺）。怀民亦未寝，相与步于中庭。

庭中如积水空明，水中藻荇交横，盖竹柏影也（三句意为：庭院中月光如同积水，清澈透明，其中水草纵横交错，原来是竹柏在月光下的影子）。

何夜无月，何处无竹柏，但少闲人如吾两人（意只是缺少像我们俩这样的闲人）耳。

苏轼这里所谓的"闲人"，当指不为名利与俗务所累、赏景悠然的人。苏轼时被贬为黄州团练副使，这团练副使是个有名无实的官，所以自称"闲人"。

董桥先生云：现代人慕闲之名，求闲之似，于是品茶赌马以为怡情，逛街打牌以为减压，浪迹欢场以为悦性。那只是闲的皮毛，沾不到闲的神情。闲，得之内省者深，得之外骛者浅。内省是自家的事情，常常独处一室，或读书，或看画，或发呆，终于自成一统。（《英华沉浮录》，海豚出版社2012年6月第1版）按董先生的说法，苏子之"闲"，当属于哪种层次的闲？

余从未谋过一官半职，但几乎忙碌一生，尤其在编撰教材的十年中，夜以继日，几无暇日。而今年届耄耋，虽也想含饴弄孙，安享晚年，但似仍闲不下来，仍沉于读、写、编、藏（书），也乐在其中。读吴长公所记，才知造化吝"闲"，闲实不易得，也难享受到。

关于"一"字诗

《五茸志逸》（清遗民、松江府金山人吴履震著；五茸，松江之别称）卷五中，有这样一段文字：

松守有与钱鹤滩善者。一日诣门恳题《秋江独钓图》，
且云："能于四句中着十个'一'字。"鹤滩信手题云："一
蓑一笠一渔钩，一个渔翁一个舟。一橹一帆兼一桨，一人
独钓一江秋。"

钱鹤滩即钱福（1461—1504），松江华亭人。因其所居临近鹤滩，故以之自号。弘治三年会试第一，礼部廷对第一，后孝宗擢其为进士第一（状元）。从卫泾后，文学方面夺魁于天下，钱福为松江府第一。著有《鹤滩集》六卷。

我印象中，这首所谓的"一字"诗，不是鹤滩而是陈沆作的。

陈沆（1785—1826），初名学濂，字太初，号秋舫，湖北蕲水人。嘉庆二十四年进士。有《简学斋诗存》四卷，《简学斋诗删》四卷，《白石山馆手稿》一卷。

但我不能确证这"'一'字诗"究竟为谁所作，因手头没有《鹤滩集》《简学斋诗存》等书可查。翻阅《钱太史鹤滩稿》，未见此诗。我孙女却认定是陈沆作的，我问其所据，她说她小学时读过该诗，语文教材上是这么注的。我让她上网查查，一会儿她告诉我，百度上注明是陈沆的诗。"有注明是钱鹤滩的？"我再问。她说："就我所搜索到的，未见有钱的'一'字诗。"

网上与教材所载，还不是最有力的证据。教材编撰较为严谨，对常识性错误（俗称"硬伤"）等要求持零容忍态度，但近几年之教材（包括人民教育出版社出版的）也有误错。《五茸志逸》为笔记类书稿，虽然胡适之先生认为古代笔记类作品"其言最有史料价值"（见陈东原《中国妇女生活史》），但不少属于街谈巷议之类的记录。吴履震的《五茸志逸》"取吾乡故老传闻……秩秩然书之"（跋一），"综云间之往事，述故老之传闻"（序四），不少内容未经严谨考证，是可以斟酌的。比如这"'一'字诗"，其诗句，多种版本均为：

一帆一桨一渔舟，

一个渔翁一钓钩。

一俯一仰一阵笑，

一轮明月一江秋。

在用词造句方面，似比《五茸志逸》中所录的更为恰当，由舟到渔翁到钓钩，由渔翁神态到其时环境，有情有景，有声有色，"一俯一仰一阵笑"，说明钓鱼者其意不在钓鱼。诗句不仅有趣，而且勾画出了一幅生动的画面。而《五茸志逸》所录之诗，"一蓑一笠"与"一个渔翁"重复，其诗意似亦不顺。

还有一首"'一'字诗"为清何佩玉作，也甚有趣，顺便录此："一花一柳一鱼矶，一抹斜阳一鸟飞。一山一水中一寺，一林黄叶一僧归。"

卷　二

贫，气不改；

达，志不改。

——宋子正《山坡羊·道情》

刀 与 绳

顾荣有《与杨彦明书》（收录于《全晋文》）：

> 吾为齐王主簿。恒虑祸及，见刀与绳，每欲自杀。但
> 人不知耳。

顾荣（？—312），字彦先，吴国丞相顾雍之孙。曾任吴国黄门侍郎、太子辅义都尉（事奉太子的武官）之职。吴国灭亡，与陆机、陆云赴洛阳。历官郎中、尚书郎、太子中舍人。齐王司马冏召顾荣任大司马主簿。齐王之后，曾先后任职于长沙王司马乂、成都王司马颖、东海王司马越、安东将军司马睿（后为晋元帝）。晋惠帝时，兼任侍中，转任散骑常侍，侍从皇帝左右。此信写于任职齐王时。

信大意为——

我任齐王主簿时，因发觉齐王（后被司马乂所杀）有野心，常忧虑给自己带来杀身之祸。平时看到刀与绳子，每每想自杀了之，只是他人不知道罢了。

晋时有"八王之乱"，许多人（包括陆机、陆云）成为政治牺牲品。顾荣

历事诸王，屡涉险境。同郡人张翰也曾对顾荣说过："天下混乱，灾祸不断。一个人一旦闻名天下，想退隐就难了。我本山林间人，对时局不抱希望。你要以自己的明智瞻前顾后，以免灾祸。"张翰后退隐家乡，顾荣仍留了下来，以机警、敏慧与恭勤周旋于政坛，总算善终于任上。

"张大伯"

叶楚伧《历代名人短笺》收有米芾《与人帖》：

> 承借剩员，其人不名，自称曰"张大伯"。是何老物，辄欲为人父之兄！若为"大叔"，犹之可也。

米芾（1051—1107），字元章，自号无碍居士，又号海岳外史等，世称米南宫、米襄阳。祖籍太原，晚年移居润州（今江苏镇江），建海岳庵。宣和（北宋徽宗年号，1119年始，凡七年）时为书画博士，召对便殿，后擢礼部员外郎。以言事罢知淮阳军。不能与世俯仰，故从仕数困。米芾天资高迈，好洁成癖。所与游皆一时名士。工书画，自成一家，其作墨戏，不专用笔，或以纸筋，或以蔗滓，或以莲房，皆可为画；枯木松石，时出新意。多蓄奇石，曾见一巨石，大喜，具衣冠拜之，呼之为兄。世号米癫。米芾深于画理，精于鉴别，有《画史》等著行世。其书法遒劲，得王献之笔意，为北宋四大书法家之一。又工诗文，为文奇险，著有《山林集》。嘉庆《松江府志》将米芾列于"寓贤"，言其曾治事青龙镇（时属华亭县）。

帖文大意为——
承蒙照顾借给我的这位剩员，不愿说他的名字，只要我称呼他为"张大伯"。他究竟是何等人物，动不动要人家成为问者父亲的兄长！假若为大叔，还算是可以的。

"剩员"，即多余的人员。

"老物"之"物"，即人，有人称"老物"为"老东西"。

借用的这个人，只是个剩员，架子可是不小，要人家称其"大伯"。你也不看看借用你的人是谁。人家可非寻常之辈，是大名鼎鼎的书画家、诗文家。即便为寻常之人，受人借用，也得有点起码的尊重与谦虚。再退一步，即使不被借用，陌路相逢，若有所问，如不为讨取便宜，也没必要摆此架子。

由此想起著名小学语文教育家袁瑢。

袁老师曾多次告诉我，她在带教青年教师时，反对老师在课堂上自称"老师"。如一位余老师（是一位优秀老师）在学生面前总是称自己为"余老师"。袁老师对她说，在课堂上总是称自己"老师"，客观上在提醒学生，你是老师，他们是学生，你讲的，他们必须得听，这在无形之中影响了学生主动地学习，影响了学生的独立思考、创造性思维；如果把"余老师"改为"我"，让"我们"一起学习，不是更好吗？

一个细节，让袁老师如此重视，如此郑重其事！什么是教育家？这就是教育家。

二○二一年正月十二日，为我生日，时已八十有五。

米芾《垂虹亭》

青龙镇（当时属华亭县）隆平寺《经藏记》云：元丰五年（1082 年）正月，襄阳米芾治事青龙，宾老相过，出此文，因喜爱而书写之。

《垂虹亭》诗为——

断云一叶洞庭帆，
玉破鲈鱼金破柑。
好作新诗寄桑苎，
垂虹秋色满江南。

垂虹亭：在今江苏吴江县垂虹桥（是太湖水东入吴淞江之口）上，桥形似垂虹，桥因亭名。

洞庭：俗谓太湖为"洞庭"。

桑苎：指种植桑树与苎麻。泛指农桑之事。也指种植桑苎的人。清王士禛《池北偶谈·刘公》诗："尝有寄友人绝句云：'西湖小阁多晴月，好友同舟半是僧。寄语江南老桑苎，秋山紫蕨忆行媵。'"

诗意大致为——

如在天空中破云前进，一叶帆舟正在太湖中行驶；鲈鱼已被剖洗干净，柑橘也已剥开。如此的情境正好作诗寄给家乡的故人，在垂虹亭上放眼望去，这美好的秋光布满整个江南。

诗先由太湖中的泛舟写到亭上的筵席。筵席上鲈鱼及柑橘俱备。以"玉""金"状鱼与柑，写出了鲜丽，而这些又都是江南特产。这情境引发诗人雅兴，"好作新诗"寄给家乡，告诉故友，此刻的江南，正是一派秋光。诗由远而近，又由近到更为广阔的江南地区，过渡自然而顺畅。

五百年来无此君
——读倪瓒《王叔明画》

笔精墨妙王右军，
澄怀卧游宗少文。
王侯笔力能扛鼎，
五百年来无此君。

倪瓒（1306—1374），字元镇，号云林。祖上为吴中富户。所居有阁名清閟，幽迥绝尘。藏书数千卷，皆手自勘定。古鼎奇画，陈列左右。四时卉木，萦绕其外，高木修篁，蔚然深秀。时与客觞咏其中。瓒好僧寺，一住必旬日，篝灯禅榻，萧然宴坐。元初，忽散资产，独坐扁舟，与渔夫野叟混迹五湖三泖间。崇祯《松江府志》云其曾"寓居松江之泖上，望之若古仙异人"。瓒工诗，与虞集、范梈齐名，崇尚田园山水诗冲淡萧散的诗风。孤鹤、白鸥、浮云、秋树，是他诗中常见的物象。瓒还善词曲。与杨维桢、顾瑛交往甚密，寓曹知白家很久。瓒尤工书画，与王蒙、吴镇、黄公望为元季四大画家。瓒好洁。《云林遗事》：杨廉夫耽好声色。一日与元镇会饮友人家，廉夫脱妓鞋，置杯酒其中，使坐客传饮，名曰"鞋杯"。元镇素有洁疾，见之大怒，翻案而起，连呼"龌龊"而去。

王蒙字叔明。潘天寿云：王蒙，赵孟頫甥。善诗文，不尚矩度，顷刻数千言。素好画，泛滥唐、宋诸家，用墨得巨然法，用笔从郭熙卷云皴中化出。生平不用绢素，惟于纸上写之。山水多至数十重，树木不下数十种，径路迂回，烟霭微茫，曲尽山林幽致。亦善人物。曾为陶宗仪写《南村图》，凫鸭猫犬，纺车春碓，人家器具，一一毕备。后以惟庸案被逮，死狱中。（见《中国绘画史》，

上海美术出版社 1983 年 12 月版）

王羲之（321－370）曾任右军将军，人称"王右军"。又称"书圣"。宋曾巩《墨池记》云："羲之尝慕张芝，临池学书，池水尽黑。"按，张芝，字伯英，世称"草圣"。羲之《与人书》："张芝临池学书，池水尽黑。使人耽（耽，酷爱）之若是，未必后之也（此句意为可超张芝）。"

南朝宋画家宗炳，字少文，爱漫游山水，老疾俱至，名山恐难遍观，于是将所见之景画于壁上，澄怀（澄怀，清心，静心）卧游。

王侯，这里指王叔明。

扛鼎，形容笔力雄健，能把鼎扛起来。

此诗选自《倪云林先生诗集》（上海涵芬楼借秀水沈氏藏明初刊本影印本）。全诗意为——

王叔明的画，如王右军的书法，宗少文的画，笔精墨妙，笔力雄健，五百年来找不到第二人。

潘天寿曰："其持论如此，可知其画品之超诣矣。"

卧听仙家鸡犬声

——读杨维桢《雨后云林图》

雨后云林图

浮云载山山欲行，
桥头雨余春水生。
便须借榻云林馆，
卧听仙家鸡犬声。

首句意为，浮云绕山，好像带着山一起浮游。次句意为，一场雨后，桥下的春水上涨了；雨余，雨后。第三句意为，于是在云林馆舍住了下来；榻，一种无顶无框、狭长而低矮的坐卧用具。末句意为，可以躺着听山居人家的鸡犬叫声；仙家，这里当为山居人家，"人"与"山"为伴，就成"仙"。

全诗写云绕之山，浮游之云，雨后上涨之春水，山居人家鸡犬之鸣叫声，如一幅水墨画。诗似为题画诗。语言浅白，表达了文人士子的闲情逸致。

班惟志与其《秋夜闻筝》

班惟志，《元曲鉴赏辞典》（上海辞书出版社 1990 年 7 月第 1 版）中云："一说松江（今属上海）人。"

班惟志，字彦功，号恕斋。少颖异，工文辞，善篆字。元至元三年（1266年）任常熟知州。（正德《姑苏志》）泰定（泰定帝年号，1324 年始，凡 5 年）间，由邓文原举，补梁州学教授，旋晋州判。暇则延名士游，赓咏无虚日，而政亦举。历集贤待制，江浙儒学提举。（乾隆《浮梁县志》）

班惟志今存套数《一枝花·秋夜闻筝》。兹录如下，并略加解读。

透疏帘风摇杨柳阴，泻长空月转梧桐影，冷雕盘香销金兽火，咽铜龙漏滴玉壶冰。何处银筝？声嘹呖云霄应，逐轻风过短棂。耳才闻天上仙韶，身疑在人间胜境。

［梁州］恰便似溅石窟寒泉乱涌，集瑶台鸾凤和鸣，走金盘乱撒骊珠迸。嘶风骏偃，潜沼鱼惊，天边雁落，树梢云停。早

则是字样分明，更那堪音律关情！凄凉比汉昭君塞上琵琶，清韵如王子乔风前玉笙，悠扬似张君瑞月下琴声。再听，愈惊，叮咛一曲《阳关令》。感离愁，动别兴。万事萦怀百样增，一洗尘清。

　　［尾］他那里轻笼纤指冰弦应，俺这里谩写花笺锦字迎，越感起文园少年病。是谁家玉卿？只恁般可憎！唤的人一枕蝴蝶梦儿醒。

　　首曲从秋夜之景起写，写到筝乐如"天上仙韶"，再写听筝人疑身在"人间胜境"。

　　"梁州"曲为本套数重点部分。其中涉及四个典故。

　　一是汉昭君。王嫱字昭君，汉武帝宫人，为汉胡和亲，远嫁匈奴，出发时于马上弹奏琵琶，其声凄凉。

　　二是王子乔。王子乔名晋，相传为春秋时周王太子，善吹箫，作凤凰鸣，其声清雅和谐。

　　三是张君瑞。张君瑞名珙，王实甫《西厢记》中人物，其于月下弹奏，其声悠扬动人，为莺莺窃听，后两人终成美眷。

　　四是《阳关令》。唐诗人王维有《渭城曲》，被编入乐府，广为传唱，中有"劝君更尽一杯酒，西出阳关无故人"句。

　　此曲大意如下：

　　（筝乐）像寒泉在石洞中涌溅，像集聚瑶台上的凤凰柔和鸣叫，像撒在金盘上的珍珠跳动。为此，骏马在风中停止了嘶鸣，鱼受惊而潜入水底，飞雁从天际降落，烟云在树梢间凝结。这充满感情的音律让我怎能忍受！其凄凉可比昭君的塞上琵琶声，和谐如王子乔在风中吹奏玉笙，而悠扬则似张君瑞的月下琴音。听了几遍，更为动情，而一曲《阳关令》又触动我的离愁别绪。万般心事萦绕心头，但这筝乐将这种种尘事一洗而清。

　　"尾"曲由筝乐及人，诗人认为是一女子，但不知"是谁家玉卿"，而所以感到"可憎"，是因为惊醒了"蝴蝶梦"。

晏子的智慧

陶宗仪《说郛》中有《晏子讽谏》一文，据《晏子春秋》中有关文字改写。文如下——

> 景公所爱马暴死。公怒，令刀解养马者。晏子请数之，曰："尔有罪三。公使汝养马，汝杀之，当死罪一；又杀公之所爱马，当死罪二；公以一马之故杀人，百姓怨吾君，诸侯轻吾国，汝当死罪三。"景公喟然曰："舍之。"

文意为——

景公的一匹所爱之马暴病死亡。景公发怒，命令处死养马人（用刀分割其肢体）。晏子见状，请求景公让他来列数养马人的罪状，以使其知罪。晏子对养马人说："公让你养马，你却让马死掉了，这是你的第一条罪状，凭这一条，就当死；今死的马又是王的爱马，这是你的第二条罪状，更当死；你犯了死罪，王不得不杀掉你，而为一匹马，王杀掉一个人，百姓会认为王残忍而怨恨吾君，诸侯也因此轻视吾国，这是你的第三条罪状，尤其当死。"景公听后，感叹说："放了他吧。"

景公，春秋时齐国君主。晏子，名婴，曾任齐国首相，是当时著名的政治家、外交家。文中之"杀"，意为使死、致死。

齐景公之爱马暴死，即使养马者有罪，罚不当死，更不能"刀解"，但令已出，王又"怒"不可遏（从"刀解"可知），在这种情况下，如直言劝阻，齐王不一定听得进，达不到劝阻的目的。晏子反应敏捷，又善于言辞，巧以讽谏，终于让齐王醒悟而撤回了处死令。晏子列举的三条死罪"罪状"中，第三条尤为精彩。

劝告，需基于法理、情怀，但得有智慧。晏子使楚中的许多言辞，可谓经典。说他是个大智慧家，毫不为过。

脸　面

下文中，"全大国之体"中的"体"，即体面。"体面"一词，辞书上的一种解释为脸面。《老残游记》中有"体面一些的人，总无非说自己才气怎么大，天下人都不认识他"句。这是讲人的脸面。其实，古代使臣在与他国交往中，也十分注重国家的脸面。晏子使楚时，楚人让其从大门之侧的小门进以辱晏子，晏子不入，并说："使狗国者，从狗门入；今臣使楚，不当从此门入。"晏子此举，机智地维护了齐国的脸面。

陶宗仪《南村辍耕录》有《使交趾》一文。文如下——

翰林学士元文敏公明善，字复初，清河人。参议中书日，会朝廷遣蒙古大臣一员使交趾，公副之。将还，国之伪主赆以金，蒙古受之，公固辞。伪主曰："彼使臣已受矣，公独何为？"公曰："彼所以受者，安小国之心；我所以不受者，全大国之体。"伪主叹服。

文中——

交趾：原为古地区名，泛指五岭以南。越南于十世纪三十年代独立建国后，宋称其国为交趾。

文敏公：明善卒后谥"文敏"。元代统治者用人，先是蒙古人，再是色目人，之后才轮到汉人。明善虽参议中书省事，为翰林院士，但因为是汉人，所以只能为副使。

清河：今属北京。

伪主：交趾当时是元朝的属国，其国王就称其为伪主。

文大意为——

翰林学士元明善，字复初，清河人。在参与中书省事时，适逢朝廷派遣一蒙古大臣出使交趾，明善作为副使一同前往。将要回国时，交趾国伪主以重金贿赠。蒙古大臣接受了，明善坚决不受。伪主说："正使都已接受了，公为何拒绝？"明善说："他接受，是为照顾你的情面，让你们小国安心，他要是不接受，你晚上就睡不稳觉了；我之所以拒收，是由于我们是大国，大国有大国的体面，我得顾全我们大国的体面。"伪主叹服。

明善这番话，说得很得体，既保全了蒙古正使的脸面，又体现出作为大国的元朝的脸面。蒙古人，即便是大臣，多没文化者，自然也多贪小失大、不顾脸面者，这大概也是元皇帝让明善为副使一起出使交趾的考虑吧。

钥　匙

陶宗仪《说郛》中有《刺史避贼》一文：

周定州刺史孙彦高，被突厥围城数十里。彦高乃入柜中藏，令奴曰："牢掌钥匙，贼来索，慎勿与。"

《说郛》，陶宗仪选取从汉魏至宋元人之作六百余种编辑而成。原为一百卷。有商务印书馆涵芬楼排印本，由近人张宗祥据明钞本校补。

这里的"周"，为北周，南北朝北朝的最后一个王朝，从557至581年，后被杨坚统一，建立隋王朝。

突厥，古代少数民族名，本为一游牧部落，匈奴之别种，姓阿史那氏，552年建立政权。

定州，战国时为中山国地，汉置中山国，后魏为中山郡，隋改为博陵郡，唐复为定州。

《说郛》中此文，大意为——

周定州刺史孙彦高所在之城被突厥围困，围城之兵达城周外数十里。看来，定州城危在旦夕。情急慌乱之中，孙彦高隐藏家里的柜子中，把柜钥匙交与下奴，让其锁上柜子，并下令，牢牢管好钥匙，贼兵索取，千万不交出来。

《说郛》中，此文后，还有一段文字，说孙彦高在突厥兵围城时，锁宅门，文案于小窗内接入；城破后，谓奴曰，关牢门户，莫与钥匙。

宗仪的这两段文字，摘自《朝野佥载》（张鷟著），该著在"慎勿与"后，还有一段文字——

> 昔有愚人入京选，皮袋被贼盗去，其人曰："贼偷我袋，将终不得我物用。"或问其故，答曰："钥匙尚在我衣带上，彼将何物开之？"

钥匙当然重要。有人甚至将其视权力的象征。我曾亲见某将一串钥匙常挂在腰间，移步时叮当作响，视其神态，甚是得意。但钥匙真那么重要吗？古时不少丫头掌管钥匙，但终究只是丫头，只管钥匙却做不了主。

回到宗仪所摘的《朝野佥载》的文字上来，无论是孙彦高，还是"入京选"者，钥匙真能保其命、物吗？定州城破，孙彦高之宅钥匙能保吗？而打开一个皮袋，方法多了去。而今的保险箱，钢制的，还设有密码，不是照样能打开吗？

现实生活中也常可发现，某人聪明至极，但有时候也愚蠢得可以。《红楼梦》中还有句话：机关算尽太聪明，反误了卿卿性命。

高 丽 氏

陶宗仪《南村辍耕录》中有文《高丽氏守节》。文如下——

中书平章阔阔歹之侧室高丽氏，有贤行。平章死，誓弗贰适。正室子拜马朵儿赤说其色，欲妻之，而不可得。乃以其父所有大答纳环子献于太师伯颜，此物盖伯颜所属意者。伯颜喜，问所欲，遂白其事。伯颜特为奏闻，奉旨命拜马朵儿赤收继小母高丽氏。高丽氏夜与亲母逾垣而出，削发为尼。伯颜怒，以为故违圣旨，再奏，命省台泪侍正府官鞫问。诸官奉命惟谨，锻炼备极惨酷。时国公阔里吉思，于鞫问官中独秉权力。侍正府都事帖木儿不花数致语曰："谁无妻子？安能相守至死？得有如此守节者，莫大之幸，而反坐以罪，恐非我治朝之盛典也。"国公悟，为言于伯颜之前，宛曲解释，其事遂已。帖木儿不花，汉名刘正卿，后至监察御史而卒。

文中——

中书平章：元代行中书省置平章政事，简称平章，为地方高级长官。

适：女子出嫁。

说（yuè）：悦。《论语·学而》："学而时习之，不亦说乎？"

伯颜：元初入事世祖忽必烈，任中书左丞相。因亡南宋有功，成宗时，为开府仪同三司司太傅。

属意：意为中意，心中正想要的。

前事：指以高丽氏为妻。

洎：通"暨"，与。

鞫问：审讯，审问。鞫，审问。《新唐书·百官志四下》："参军事，掌鞫狱。"（狱，官司，案件。）

锻炼：这里意为拷打，行刑。

国公：爵位名。

阔里吉思：元世祖时为荣禄大夫，行湖广平章；成宗时升征东省平章政事。官至云南诸路行中书省左丞相。

帖木儿不花：随丞相伯颜攻宋，官至四川行中书省平章政事。

文大意为——

中书平章阔阔歹的二房妻子高丽氏，有贤德。平章死后，高丽氏发誓不改嫁。阔阔歹大房生的儿子拜马朵儿赤看中了高丽氏的美貌，想娶她为妻子，但遭到拒绝。他就把父亲遗留下来的大答纳环子献给太师伯颜。这个环子正是伯颜想要得到的。伯颜高兴，问他想要什么。拜马朵儿赤就告诉说想娶高丽氏。伯颜特为他上奏。得到皇帝旨意后，命拜马朵儿赤收娶高丽氏。高丽氏得知后，连夜与她的亲妈翻墙逃走，并削发为尼。伯颜大怒，以为她故意违抗圣旨，再奏，获皇命后，令省台与侍正府官员审讯。这些官员唯命是从，严刑拷打高丽氏。当时国公阔里吉思在所有审讯官员中，有最后核定权。侍正府都事帖木儿不花多次向国公为高丽氏讲情："哪个没有妻子？怎能相守到死？现在国中能有像高丽氏这样守节的人，真是莫大的幸事。但反而要治其罪，这恐怕与整治朝纲的盛典不合。"国公醒悟，就到伯颜前委婉地进行解释、劝说，这事就作罢。帖木儿不花，汉名刘正卿，后来官至监察御史时故去。

要娶自己的小娘为妻，有违情理，自然遭到高丽氏的拒绝。尤为难能可贵的是，高丽氏敢于抗旨而翻墙逃走，削发为尼。这是中国女性在封建社会反抗强权的表率。在旨令下，众官唯谨，且严加拷打，可见元统治者的残忍。但也有像帖木儿不花（刘正卿）这样的官员，能主持正义，保护高丽氏。

故事文字不长，但情节曲折。语言也较浅白。有可读性。就是那些人名，在汉族人读来，有些不习惯，如"阔阔歹"等，觉得怪怪的。

铁线圈成个个花

——读陶宗仪《题画墨梅》

题画墨梅

明月孤山处士家，

湖光寒浸玉横斜。

似将篆籀纵横笔，

铁线圈成个个花。

孤山处士：指北宋诗人林逋（967—1028）。林逋字君复，钱塘人。隐居西湖孤山，二十年未入城，不娶，无子，所居植梅养鹤，因称其为"梅妻鹤子"。卒后赐"和靖先生"。

玉横斜：林逋有著名的"疏影横斜水清浅，暗香浮动月黄昏"诗句，后人常用"横斜"指梅花。

篆、籀：汉字字体，籀又名大篆。"李斯删籀，而秦篆兴。"（刘勰《文心雕龙》）

这是一首题画诗。首两句意为，在西湖孤山，有林逋之家，他所画的梅花，由"湖光寒浸"，在明月之夜中，显得洁白如玉。后两句意为，这朵朵梅花，好像是用篆字的纵横、瘦劲如铁的线条圈出来的。

诗着重对墨梅的画法做了概括，体现出墨梅硬瘦的特征，这在众多题墨梅诗中较为罕见。

古代士大夫的人生之路

古代士大夫的人生之路，不外乎两种，一为入仕，一为退隐。入仕者，无论在朝还是外任，相当一部分，恪守儒道，忠君爱民；退隐者，或优游山林，以诗文自娱，或潜心治学，著书立说。

陶宗仪《南村辍耕录》中的《征聘》一文，就讲了这两种人。文如下——

> 中书左丞魏国文正公鲁斋许先生衡，中统元年，应召赴都日，道谒文靖公静修刘先生因，谓曰："公一聘而起，毋乃太速乎？"答曰："不如此，则道不行。"至元二十年，征刘先生至，以为赞善大夫。未几，辞去。又召为集贤学士，复以疾辞。或问之，乃曰："不如此，则道不尊。"

文中先提到许衡。许衡（1209—1281），字仲平，元河内人。得程、朱书，以道为己任。元世祖（忽必烈）时，任职中书省，后为集贤大学士，兼国子祭酒（国立大学校长），善教，学者称之"鲁斋先生"，卒后谥"文正"。

后提到刘因。刘因（1249－1293），字梦吉，号静修，元容城（今属河北）人。世祖十九年（1282年）被征入朝，后辞官隐居，卒后追赠翰林学士。刘因有《观梅有感》诗："东风吹落战尘沙，梦想西湖处士家。只恐江南春意减，此心元不为梅花。"从诗中，可见其为人处世之道。

文中之"中统"，世祖年号（1260年始，凡5年）。"至元"，元代有两个，一为元世祖年号（1264年始，凡31年），一为元顺帝年号（1335年始，凡6年），称后至元。刘因被召，当为前至元。

文意为——

中统元年，许衡应召赴京都途中，拜访了刘因。刘因对许衡说："公一召就去，不是太急了点吗！"许衡回答说："不如此，我的'道'怎么能实现呢？"至元二十年，朝廷征刘因入朝，任赞善大夫，可不久，刘便辞官回家；后来又召刘因为集贤学士，他又以有病辞掉。有人问他为何辞官，他说："不如此，我所坚守的'道'，不是得不到应有的尊重吗？"

许衡入仕，是为了"道"；刘因退隐，也是为了"道"。看来，两人之所择，都是为了坚守自己的心中之道。其实，不仅是许衡、刘因，中国古代的士大夫都各有自己的操守。

士大夫中的奸佞小人当然不在此列。

朝　仪

作为一部笔记小说，陶宗仪的《南村辍耕录》保存了元代的大量史料。

其中的《朝仪》记载了元代立朝仪的过程。其文如下：

> 大元受天命，肇造区夏，列圣相承。至于世皇至元初，尚未遑兴建宫阙。凡遇称贺，则臣庶皆集帐前，无有尊卑贵贱之辨。执法官厌其喧杂，挥杖击逐之，去而复来者数次。翰林承旨王文忠公磐时兼太常卿，虑将贻笑外国，奏请立朝仪。遂如其言。

文中——

肇造： 意始建。

"区夏"，诸夏之地，指华夏、中国。

世皇： 蒙古孛儿只斤铁木真于 1206 年建国，1217 年忽必烈定国号为元，为元世祖，1279 年灭南宋。

承旨，官名，唐翰林院承旨，位在诸学士之上。宋、元仍其制。元赵孟頫曾任此职，世称"赵承旨"。

王磐： 字文炳，永平（今属河北）人。汉人，金进士，卒后谥"王文忠公"。

文意为——

大元接受天命，入主中原，统一中国。太祖、太宗等相承。从世皇到元初，忙于战事，尚未兴建宫殿。凡遇庆典，大小臣工挤集在帐前，喧杂无序，辨不清尊卑贵贱。执法官对如此状况十分反感，挥棒杖击进行驱逐，可官吏们散而又集。翰林院的承旨官王磐当时兼任着太常卿，担心这场面被外国嗤笑，奏请设立朝廷的礼仪。圣上接受了他的奏请。

朝仪其实早已有之，《周礼》中就有"正朝仪之位，辨其贵贱之等"。蒙古族为游牧民族，执政后一度废其礼仪，直至王磐奏请后才恢复。文中提及"臣庶"帐前"喧杂"、执法官"挥杖击逐"而不散等情况，读来生动有趣。伟人曾言"一代天骄，成吉思汗，只识弯弓射大雕"，此文或可证之。一个没有文化的民族，即使执政，也不会长久，元朝就是一例。

善 谏

陶宗仪《南村辍耕录》中有《司马善谏》一文：

> 御史大夫也先帖木儿，与夫人不睦，已数年矣。翰林学士承旨阿目茄八剌死，大夫遣司马明里往唁之。及归，问其所以。明里云："承旨带罟罟娘子十有五人，皆务争夺家财，全无哀戚之情。惟正室坐于灵帏，哭泣不已。"大夫默然。是夜，遂与夫人同寝，欢爱如初。

文中——

御史：官名，秦设御史大夫，地位仅次于丞相，与丞相（大司徒）、太尉（大司马）合称三公。晋后多不置，唐复置，实权远不如秦时。汉以后，御史职责专司纠弹；宋王谠《唐语林》："御史主弹奏不法，肃清内外。"

也先帖木儿、阿目茄八剌、司马明里等：皆为人名。

承旨：见上文注。

罟罟，蒙古语，蒙古贵夫人戴的高帽。

灵帏：即灵帐，灵堂内设置的帐幕。

文大意为——

一位名为也先帖木儿的御史大夫，与其夫人不和睦已有几年了。一日，一位名阿目茄八剌的翰林院承旨逝世，御史大夫派一位姓司马的人前往吊唁。等司马归来，御史大夫问他吊唁的情况。司马说："承旨有十五个戴着高帽的娘子，忙着争夺财产，全无悲哀之情。只有正室夫人坐守灵台旁，哭泣不止。"御史大夫听了，默然不语，内心却有所醒悟。这天晚上，他就与夫人同寝，欢爱如初。

　　这位司马氏，不讲吊唁时看到的其他情况，有针对性地讲了妻妾对逝者的不同态度，触动了御史大夫，使其有所醒悟而与正室夫人欢爱如初，可谓善谏。

　　如何劝说，关系到效果。善于劝说，能收到好的劝说效果。历史上，邹忌讽齐王纳谏，促使齐王下令，致进谏群臣门庭若市，就是经典的一例。

宋子正曲两首

　　宋子正，号方壶，华亭人。贝琼《方壶记》："华亭之莺湖，有大姓，为宋子正氏。即所居之西偏，辟室若干楹，方疏四启，昼夜长明，如洞天状。有石焉，崭然而献秀；有木焉，郁然而交荫。盖不待驭冷风，度弱水，而坐致方壶之胜。因揭二字以名之……今了正据莺湖之要，甲第连云，膏腴接壤，所欲既足而无求于外，日坐'方壶'中，或觞或弈，又非若余之所称而已。异日放舟湖上一造'方壶'而息焉，则不为坐客也。"

　　子正善曲词。《朝野新声太平乐府》选其小令十四首，套数三首。朱权《太和正音谱》将其列于"词林英杰"一百五十人中。

清江引·托　咏

　　剔秃圞一轮天外月。

拜了低低说：
是必常团圆，
休着些儿缺，
愿天下有情底都似你者。

清江引：曲谱名。

托咏：曲题。

剔秃圞（luán）：一作"剔团圞"，又作"剔团圆"。意圆圆的。《窦娥冤》："催人泪的是锦烂熳花枝横绣闼，断人肠的是剔团圞月色挂妆楼。"《董西厢》："遮遮掩掩衫儿窄，那些袅袅婷婷体态，觑着剔团圆的明月，伽伽地拜。"剔，加强语气的副词。

底：的。

者：语助词。

　　本曲以一女子的口吻，表现了作者的良好愿望。"剔圆圞"句写月亮。写月亮，因月有圆缺，要用相应的量词，如"钩""弯""轮""盘"等。"剔圆圞"，状其圆满。"天外"，云天之外，状其遥远。"拜"句，意朝月亮拜了拜。"拜"，状其虔诚。"低低说"，悄悄地说，说明下面要说的，都是心语。"休着"三句即心语，意为：一定要常这般圆圆的，不能有哪怕是一点点的残缺，希望天下有情的都像你这样。作者自然知道，天有阴晴，月有圆缺，人有悲欢离合。让她这样说，其实在表现她的美好祝愿，执着追求。这与王实甫在《西厢记》中提出的"愿天下有情的都成了眷属"的主张是一致的。五代冯延巳《长命女》词有 "再拜陈三愿"，第三愿为"如同梁上燕，岁岁长相见"，语意与此曲也相似。全曲明白如话，生动自然。

山坡羊·道　情

　　青山相待，

白云相爱，

梦不到紫罗袍共黄金带。

一茅斋，

野花开，

管甚谁家兴废谁成败！

陌巷箪瓢亦乐哉。

贫，气不改；

达，志不改。

山坡羊：曲谱名。

道情：曲题。

紫罗袍：用紫色罗缎缝制的官服。

黄金带：古代官员佩戴的黄金色带子。至清代，为宗室及有功之臣佩戴。
与紫罗袍一样，象征高官。

陌巷箪瓢：《论语·雍也》："子曰：'贤者，回也！一箪食，一瓢饮，
在陌巷，人不堪其忧，回也不改其乐。'"

气：孟子所谓的浩然之气，即正气，正大刚直之气。《孟子·公孙丑上》：
"我善养吾浩然之气……其为气也，至大至刚，以直养而无害，则塞于天
地之间。"

志：志向；德行。

　　与青山、白云做伴，与之故友、亲人般相待相爱，不梦求高官、侯爵（同
时代之曲家张养浩的《水仙子》中，有"黄金带缠着忧患，紫罗襕里裹着祸端"句）。所
居茅屋周边，野花盛开。远有山色怡情，近有花卉养眼。有如此相伴，这
等乐趣，管什么谁家兴衰、哪个成败！贫困，不改其正气；富贵，不改其
志向。孟子曾云：富贵不能淫，贫贱不能移，威武不能屈，此之谓大丈夫。
（《滕文公下》）作者坚守的，就是这一孔孟之道。

　　曲描写了作者隐居山林之乐，抒发了其独善其身之志。

野色红光总是春

——读管时敏《出郭》诗

春将去，夏临近。今见天日晴好，阳光明媚，就拄杖走了出去，在小区内转悠。忽见前方杏花云霞般烂漫，走上前去，发现树根周围，花瓣铺地，还有的虽在枝头，但飘舞欲坠。于是想起了一首《出郭》的古诗及其作者。

作者管时敏（1337—1416？）是华亭人，其生平曾编录在《松江人物》中。他初名讷，字时敏，号竹涧，以字行。洪武九年（1377年），为楚府纪善，升左长史，事楚王桢。二十五年，乞致仕归里。楚王请留武昌，受禄终身。曾师事杨维桢，工诗能文，著有《蚓窍集》十卷，收古近体诗三百一十二首，由吴勤、胡粹中作序。《四库全书总目提要》云："时敏学诗于杨维桢，而不蹈袭维桢之体，所作春容雅淡。"张弼作《董纪集序》，历数松江诗文，独谓时敏诗清丽优柔，足与袁凯方驾。

《出郭》诗曾能背诵之，但大病后背不全了，于是回书房后翻出来重读。诗只四句：

> 二月东风雨脚频，
> 杏花消息未全真。
> 今朝出郭看晴景，
> 野色红光总是春。

农历二月，东风劲吹，雨点频落，杏花披风著雨，已破苞，但未全绽放。早晨，天放晴，去城外游览，见郊野万紫千红，一派春容。诗上两句写杏花，后两句写郊野光景。因见杏花破苞，就想去郊外赏览春色。这就是上两句与下两句的内在联系。末句"野色红光总是春"，显然由朱熹的"等闲识得春风面，万紫千红总是春"诗句化出。诗风确如张弼说的，清丽优柔，如春风拂面，阳光暖身，给人以和煦、愉悦之感。

周忱的一则日记

陆容《菽园杂记》有一段文字提及周忱，兹录：

> 江南巡抚大臣，唯周文襄公忱最有名。盖公才识固优于人，其留心公事，亦非人所能及。
>
> 闻公有一册历，自记日行事，纤悉不漏。每日阴晴风雨，亦必详记。如云：某日午前晴，午后阴。某日东风，某日西风。某日昼夜雨。人初不知其故。一日，民有告粮船失风者。公诘其失船为何日，午前午后，东风西风，其人不能知而妄对，公一一语其实。其人惊服，诈遂不得行，于是知公之风雨必记，盖亦公事，非谩书也。

周忱（1381—1453），字恂如，号双崖，吉水人。明永乐二年（1404年）进士。宣德五年（1430年），以工部右侍郎巡抚江南，总管监督税粮。时苏、松、常三府，拖欠粮税以千万计。宣德六年（1431年），周忱曾言及松江府华亭、上海两县：其东，濒海地高，止（只）产黄豆，得雨有收；其西，近湖地底，堪种禾稻，宜雨少。洪武间，秋粮折收棉布。永乐间，俱令纳米。

今远运艰难，乞令折收棉布、黄豆。周忱巡抚时，往来皆乘小轿，遇村庄僻处，询访民瘼（民间疾苦）。有王槐云者，夏日林下乘凉。周忱至，与其并坐，说及田间事，甚为熟悉。俄而周忱随从至，王才知身边之人为巡抚，立即叩头谢罪。周笑而抚之。周忱关心松江、关心民间疾苦，由此可见一斑。

《菽园杂记》中关于周忱的这段文字的意思是说：

在巡抚江南的大臣中，周忱最有名。周忱才识过人；他留心于公事的程度，也是常人所不及的。

周忱有一记事本，记录自己日常所做的事。每天的风、雨、阴、晴及其变化，也都必具体记录。比如：某天午前晴，午后阴；某天吹东风，某天刮西风；某天昼夜都下雨。开始时，人们都不知道他为何要作这样的记录。有一天，民众中有人报告粮船在风中翻船或失踪，周忱问是哪天，是午前还是午后，那天是吹东风还是刮西风。那个报告的人不知道，胡乱答对，周忱则一一告知实情。那个人既惊奇又叹服，他的欺诈在周忱这里就行不通，他因此知道周忱关于天气的记录，也是为了公务，而不是随便记记而已。

周忱任江南巡抚，江南州府，平民免于饥荒，国家赋税得以顺利收纳。

张弼的一首绝句

张弼（1425—1487），字汝弼，号东海，华亭人。明成化二年（1466年）进士，授兵部主事，转任兵部员外郎，后迁南安（今属江西）知府。善诗，又工草书，有"大明草圣"之誉。

绝句为——

空蒙山色晴还雨，

缭绕溪流直又斜。

短杖微吟过桥去，

东风满路紫藤花。

空蒙句：由"水光潋滟晴方好，山色空蒙雨亦奇"（苏轼《饮湖上初晴后雨》）诗句化出。空蒙，迷茫缥缈的样子。

紫藤：木名。茎如竹根，极坚实，可制杖；叶细长；花紫色蝶形，可供观赏。

诗意为——

山色空蒙，天气晴而又雨；溪流缭绕，直而又斜。诗人拄着短杖轻轻吟咏过桥而去，一路上满面东风，满目紫藤花。

古代诗人写拄杖溪桥、拄杖赏景访客的诗很多。杜甫有"看花虽郭内，倚杖即溪边"（《倚杖》），苏轼有"桥下龟鱼晚无数，识君拄杖过桥声"（和文同《湖桥》），南宋僧志南有"古木阴中系短篷，杖藜扶我过桥东"（《绝句》），都写出了倚杖溪桥之趣。陆游《游山西村》诗中，有"从今若许闲乘月，拄杖无时夜叩门"句，则反映了诗人居家乡绍兴时的闲适生活。

彼此皆东坡

施蛰存编的《晚明二十家小品》中，收有陆树声的《题东坡笠屐图》。

陆树声（1509—1605），字与吉，号平泉，初冒母家姓林。华亭人。家庭世代务农，树声少力田，暇即读书。嘉靖二十年（1541年）树声会试第一名。官至礼部尚书。后退隐，皇上屡召不赴。数十年间，中外高其风节，海内清望，树声为第一。享年九十七，赠太子太保，谥号"文定"。有司建坊名"百岁名臣"。著有《陆文定公集》二十六卷。树声弟树德、子彦章，皆为进士。

《题东坡笠屐图》为——

当其冠冕在朝，则众怒群咻，不可于时。及山容野服，则争先快睹。彼亦一东坡，此亦一东坡。观者于此，聊代东坡一哂。

文意为——

东坡穿着朝服出现在朝廷上时，常遭众人怒，众人嫌，简直容不了他。等到他穿着村野平民服装、戴着斗笠穿着木屐出现在山野时，人们就争相看他，以先睹为快。其实，东坡还是东坡，在朝廷上是东坡，在山野处也是东坡。看着图中的东坡，姑且代东坡一笑。

怎么会出现这般情况？我的理解是，一是见东坡者的身份不同了。朝廷是权力格斗的中心，在朝廷上的皆为官者，争权夺利是常事；由于理念、为人、个性等差异，还有派系等原因，出现分歧、人"怒""咻"也是常事。而被贬地方，在山野，见者多为平民百姓，即使有为官者，也多地方官吏，因闻东坡曾为朝廷大臣，想一睹"尊容"也是情理中事。二是服装变了。服装多象征身份。平民百姓对穿官服者多畏而远之，而对穿屐戴笠者则感到亲切；东坡又是位大家，文诗词书造诣又非一般人可比，如今这般穿着，好奇之心油然而生，自然得"争先快睹"。

生活中，同类相克、异类相亲的现象，也是常有的。

嘉树林小序

陆树声

嘉树林，在锺贾山麓。山麓有垂丝桧二，虬枝峭拔，霜皮剥落；相传陈朝物也。寺与树，历代久远，自陈以前，莫可考。前刺史长沙熊公莅郡，公余入山，憩二树下，徘徊清赏，遂大书扁为"嘉树林"，命无瑕僧守之。故有今名，自刺史始。刺史题后，凡郡中学士大夫、流寓墨客，类经品赏。无瑕僧尤护持庄严，如菩提祇树。每入山过无瑕僧者，无瑕僧即瞿然抱卷，濡毫向客，客亦无不染翰者。由是此山之胜，儿压九峰矣。

予自甲辰六月，由天马峰步入此山，见山篠蓊郁，群木森拱，而二木挺特，不著枝叶，而缕理纠结，势复稜稜如神仙蜕骨，当是数百年前物也。无瑕僧会意，因坐予蒲团，供茗椀三四，按弦鼓《梅花曲》。风韵凄切，时繁阴匝地，云气蒸衣，爽籁四发，不知此外尚有烦暑也。无瑕僧因展卷向予曰："上客留题。"予谓此山之胜，乃在二桧，不有刺史好奇，孰经品题？即经品题，向非无瑕僧或凡猥沙门，孰能会刺史意，永护山门耶？乃知故物盘踞，必有神灵呵卫，而胜地名流，若相待以合者，则兹山之遭亦不偶也。

嘉树林：嘉庆《松江府志》："嘉树林，在锤贾山寿安寺西。地有陈氏墓，墓前垂丝桧二株，东西对峙，径几五尺，盖千年物也。"

锤贾山：崇祯《松江府志》："相传以锤、贾二姓得名。或以介九峰间，故名中介山。"按，锤氏为锤子鸣。

寺：崇祯《松江府志》："山之阳，有玉清观、寿安寺，内有栖云楼、半云亭、心远堂，皆古迹。"

熊公：即熊轸峰。

类：品物相随。

菩提祇树：指觉悟了的祇陀太子的树。祇陀太子为王子，他的祇陀园被须达多长者用黄金铺地所购取，唯园中之树未铺黄金，仍属祇陀太子拥有（后也赠给了须达多长者）。

甲辰：嘉靖二十三年（1545 年）。

天马峰：即干山。崇祯《松江府志》："在机山东。有水纡回，从横云山来，经山际北流。诸山之最高者。其曰'天马'，以形似名。或传干将铸剑于此。旧《图经》云，有干姓者居之山上。多琳宫梵宇，春时游人甚盛。画船歌吹，遥从绿野细水中来，嗑嗑不绝……山有双松台、餐霞馆，有浮屠七级，登览者极江海之观。故称干山为九峰之甲云。"

篠：同"筱"，细竹。

森拱：高大。

椀：同"碗"。

《梅花曲》：即《梅花落》，汉乐府横吹曲名。

爽籁：清风。

凡猥：平凡者。

沙门：指佛教僧侣。

文意为——

嘉树林在锤贾山麓。山麓有两棵垂丝桧树。树枝盘曲峭拔，苍白的树皮有些已经脱落，相传是南朝陈朝时就已有了的。锤贾山上的寺庙与树木，经历了列朝各代，历史久远，而在陈朝之前，已无从考查其状况。

前刺史长沙籍熊公来到松郡，公务之余，入山游览，在两棵桧树下休息时，徘徊观赏，感到景致幽雅宜人，于是大书"嘉树林"，命无瑕和尚守护之。所以现在这个"嘉树林"的名称，是从熊公所题之后才有的。熊公题后，凡郡中的学士大夫、流寓墨客，相随品赏这里的风景。无瑕和尚更是庄严守护，将其视如祇陀太子的树。每有入山者，他总是瞿然抱卷，笔蘸浓墨，要游客留下墨宝，客也无不接受。为此，这锺贾山之胜，几乎压住了九峰。

我自甲辰六月，由天马山步入此山，见山竹蓊郁，群木高大，而两棵桧树尤为挺拔，树叶飘动不定，枝条缠绕纠结，其姿态又威严如神仙脱骨，应该是数百年前的树了。无瑕和尚读出了我的感觉，让我坐于蒲团，供我香茗；并奏《梅花落》曲，曲子风韵凄切。时繁阴满地，云气蒸衣，清风四发，让人忘了外面的闷热。无瑕和尚于是展卷对我说："请尊客留下墨宝。"我说，此山之胜，乃在两棵桧树，如无熊君爱好奇特，题下"嘉树林"，谁会品赏、题写？即使留下品赏的题写，如没有无瑕和尚或其他僧侣的扶持，谁能领会熊君之意而永护山门！由此才知，故物的盘踞存在，必有神灵呵卫，而胜地名流假若待之以合，那么此锺贾山之遭遇也不会是现在这样独一无二。

本文选自施蛰存于民国 24 年所编的《晚明二十家小品》。文章先介绍锺贾山脚下的两棵桧树、刺史熊轸峰书"嘉树林"并命无瑕和尚守护的情况；次写作者之所观赏及见解，突出了两棵桧树。作者认为，胜地之美，一靠其地，二靠神灵呵卫，三靠文士题咏。

文中所谓文人之题咏，据《松江府志》载，有陶宗仪《锺贾山采薪》，张弼《锺贾山赏梅》，还有邵亨贞、王世贞、莫如忠等，皆有题咏。邵亨贞诗有"嘉禾锺山胜，龙蟠秀古林"句，王世贞诗有"仲冬好风日，故出嘉树林"句，莫如忠诗有"双桧何时植，齐梁纪岁来"句，等等。有些题在作者此文前，有些则在后。文中曰锺贾山之胜"几压九峰"，而今已改变，嘉树林也已成古迹，不复存在矣。

深 好

周亮工《尺牍新钞》录莫是龙《与友人》：

> 仆平生无深好，每见竹树临流，小窗掩映，便欲卜居
> 其下。

莫是龙，得米芾石刻"云卿"两字，因以为字，以字行。后更字廷韩，号秋水。华亭人。莫如忠之子。有神童之称。诗宗唐人，语带烟霞；古文辞宗西京，出入韩、柳。工书，宗二王及米芾，小楷宗锺繇。尤善画，山水学黄公望，又另得蹊径。深于画理，著有《画说》。"吾国山水画南北宗派之划分，即始于莫氏。"（潘天寿《中国绘画史》，上海人民美术出版社1983年12月版）

人的日常生活，无非衣、食、住、行。其中，"住"虽列第三，但在莫是龙看来，"住"极重要，是他惟一的"深好"。"每见竹树临流，小窗掩映，便欲卜居其下"。这"竹树临流，小窗掩映"的环境，确是佳境。置身其中，岁月静美，生活充满诗情画意。

当今，国人大都衣、食、行无忧，于是注重点便是"住"了。而住腻了钢铁森林之后，便追求选择山水草木之乡。都市中的不少人，在山区，在江边湖畔，购筑别业。郊区不少小区人家，配有一块绿地，于是苦心经营，种植果树花卉，安置各种盆景，甚至开凿小池，辟出细径。把自己的住宅改造成一个微型自然。闲暇时，徘徊其间，优哉游哉。

山水草木，是大自然的代表。山水草木不仅可以医病，而且能医俗。人，尤其是读书人，久居其间，可免酸馅之味，还可读平生未见之书，殊知大自然是一本大教科书。

莫是龙这惟一的"深爱",与他擅画有关,也体现了他的理念,关于"住"的理念。我们不得不赞赏他的这一先见之明。

案上置何书

周亮工《尺牍新钞》还录有莫是龙《与徐文卿》:

　　春雨虽佳,恨断吾相知往还耳。不审斋头作何事也。旦夕不晴,须当一面。案上置何书,且愿闻之。

文意为——

春雨虽好,遗憾的是阻断了你我的交往。不知道你在书斋里做什么事,想来是在读书吧。今日从早到晚下了一天雨,很想知道你正在读什么书。无论如何,我们总得见个面。

短信表达了对相知的想念,流露出彼此对书的钟爱。

古代,雨,即使是知时节、润如酥、贵如油的春雨,还是给文士们的出行、交往带来了一些不便,相距较远的,也只能通过书信以示想念,以作交流。生活在现代社会的我们,雨已不再成为相互交往的问题。现代化的交通工具,先进的科技手段,为交往提供了种种方便。此文的价值在于让我们得知,古人是如何珍惜友情与爱好读书的。

陈继儒忆与王世贞同游佳况

施蛰存《晚明二十家小品》收陈继儒《与王元美》：

> 别来从句读中暗度春光，不知门外有酒杯华事。每忆祇园昙观，草绿鸟啼，追随杖履之后，笑言款洽。如此佳况，忽落梦境矣。

文意为——

与王元美分别后，一直埋头阅读，忘却了门外的花事及与朋友的聚会餐饮。回想起那次到寺庙游览时，草绿如茵，鸣声上下，随君之后，我们亲切交谈，不时发出欢声笑语。可这般佳况，怕只在梦里重现了。

文题中之陈继儒（1558—1639），字仲醇，号眉公。明华亭人。万历十三年（1585年），二十九岁时，赴试未中，从此，归隐山林，先居小昆山，后迁东佘山，闭户著述。四库馆臣云："继儒声气通天下，与栖身山林、吐纳清虚者，其趣固不同矣。"诗、文、书、画，皆有成就。王世贞（1526—1590），字元美，号凤洲，明太仓人。嘉靖二十六年（1526年）进士，官至南京刑部尚书，诗文与李攀龙齐名，世称"王李"，同为"后七子"成员，李卒后，领袖文坛二十多年，提倡"文必西汉，诗必盛唐"。《明史》有传。

杖履，这里为对尊者的敬称。唐杜甫《咏怀》诗："南为祝融客，勉强亲杖履。"仇兆鳌引卢注："衡山有祝融峰，董炼师在焉，故思一亲其杖履。"

陈继儒虽隐居松江佘山，但与朝廷重臣、地方大员多有来往。与王世贞同游，就是一例。书中回忆了与王世贞在"草绿鸟啼"中"笑言款洽"之"佳况"，颇有自珍自惜之情。书开头说"从句读中暗度春光，不知门外有酒杯华事"，可能是事实，但不排除是写给王世贞的取悦之语，以此衬同游之印象之深。

当代学者锺叔河曾提及：有人说周作人不问世事，整天在屋里阅读，全不知院子里花开花落之事。只知读书而不知花事，不知是否，又究竟是否好事。周作人（包括陈继儒）好读书当是事实，但锺先生此言说得如此委婉，不愧是大手笔。

读《山中》

《山中》诗为陈继儒作。

诗如下——

> 空山无伴木无枝，
> 鸟雀啾啾虎豹饥。
> 独荷长镵衣短后，
> 五更风雪葬要离。

荷：扛，担。

长镵：古代一种翻土工具。

短后：后幅较前幅短的上衣，穿这样的衣服便于劳作。

要离：春秋末吴国人，与吴公子光合谋，刺杀公子光政敌庆忌未成，庆忌释之，要离至江陵后，伏剑自尽。事见《吴越春秋》。

诗写"五更风雪"之夜，在一座空山中，诗人埋葬一位要离般的侠士。侠义之风，向为古人所敬重。诗写出了埋葬时隐秘而紧张的气氛，"衬托出诗人自己的风义"（金性尧）。

《木瘿炉铭》

陈继儒曾集前人句子，成《木瘿炉铭》一文：

> 形固可使如槁木乎？
> 心固可使如死灰乎？
> 唯我与尔有是夫！

此铭文引自锺叔河的《念楼学短》合集。该书由"一支笔有千斤重"的年近百岁的杨绛老人作序。序中说，该书书价便宜，学生买得起；选题好，注释好，批语好。读了能增广识，读来又趣味无穷。上海人民出版社2021年12月出版的《陈继儒全集》中所收此铭文，题、文字略有不同，但内容一致。于是对锺所选不作改动。

前两句出自《庄子·齐物论》，是成子向子綦的问话。其时，子綦正凭几而坐，仰首向天，进入一种忘我的境界，成子见状，有所感而才有此问。意思是，形体安定，固然可以让它像干枯的树杆，是这样吗？心灵安静，固然可以让它像熄灭的灰烬，是这样吗？紧接这两句，成子还有一句："今之隐机者，非昔之隐机者也。"意思是：你今天凭几而坐的神情与往日凭几而坐的神情不一样。隐机，凭几而忘。隐，凭，倚；机，今本作"几"。

继儒所集的第三句，出自《论语·述而》。整个句子为："子谓颜渊曰：'用之则行，舍之则藏，唯我与尔有是夫！'"意为，孔子对颜渊说："任用我，就干；不任用我，就隐退。只有我和你能这样做。"

古人集句成诗词、成文、成联，也是一种创作方法。

报载，钱锺书的客厅里曾悬挂过两副对联，一副是：

万里风云开伟观
千家山郭静朝晖

上句出自金元好问的《张主簿草堂赋大雨》诗，下句出自唐杜甫《秋兴八首》诗之三。

另一副是：

二分流水三分竹
九日春阴一日晴

上句取意于宋苏轼《水龙吟·次韵章质夫〈杨花词〉》中"春色三分，二分尘土，一分流水"，下句出自宋陆游《春行》诗。按，"春色"三句，将春色（代杨花）一分为三，二分凋零于地，化为尘土，一分飘落水中，随流而去。原词在这三句后，有"细看来、不是杨花，点点是离人泪"句。

继儒也用这种方法成就了一篇铭文，一篇关于木瘿炉的铭文。

木瘿，树干表面隆起的瘤状物，由于天然形成，又十分坚硬，割取之可雕刻成某种用具或工艺品。宋陆游《夏日》诗云："竹根断作枕云眠，木瘿刳成贮酒樽。"

木瘿炉，则是指用树瘤制作的香炉。继儒用《庄子》《论语》句集成的铭文句意已完全不同于原句句意。铭文所表达的，可理解为：外形是一个干枯的树瘤，树瘤经过挖空等制作，成了香炉，此刻积满了冷灰，而这样的炉子，只有你我才拥有（也有作"只有你才会送我拥有"）。

《〈花史〉题词》解读

施蛰存所编《晚明二十家小品》中收《〈花史〉题词》，陈继儒撰。
文如下——

吾家田舍，在十字水中。数种花外，设土刭、竹床及
三教书。除见道人外，皆无益也。

独生负花癖。每当二分前后，日遣平头长须移花种之，
犯风露，废栉沐。客笑曰："眉道人命带桃花。"余笑曰：
"乃花带驲马星耳。"

幽居无事，欲辑《花史》，传示子孙。而不意吾友王
仲遵先之。其新撰《花史》二十四卷，皆古人韵事，当与
农书、种树书并传。

读此《史》者，老于花中，可以长世；披荆畚砾，灌
溉培植，皆有法度，可以经世；谢卿相灌园，又可以避世，
可以玩世也。但飞而食肉者，不略谙此味耳。

文中——

土刭：如今砂锅类可以烧煮食物的器具。刭，同"铧"。

三教：指儒、释、道。

见道人：悟道之人。

二分：春分和秋分。《左传·昭公二十一年》："二至、二分，日有食之，不为灾。"杜预注："二至，冬至、夏至；二分，春分、秋分。"

平头：代指奴仆。宋陆游《兀坐久散步野舍》诗："赤脚春畲米，平头捡涧柴。"

长须：指男仆。唐韩愈《寄卢仝》诗："先生又遣长须来，如此处置非所喜。"

眉道人：陈继儒号眉公。

命带桃花：意爱花成癖。说"桃花"带戏谑意味。

驲马星：即驿马星，八字命理中之术语。驲，古代驿站专用的车，后也指驿马。

王仲遵：王路字仲遵，浙江嘉兴人。著有《花史左编》。

经世：阅历世事。《淮南子·俶真训》："养生以经世，抱德以终年，可谓能体道矣。"

谢卿相灌园：用孙叔敖辞相位为人灌园典故。

飞而食肉者：指顺达的官员。食肉者，语出《左传》曹刿论战："肉食者鄙，未能远谋。"

文大意为——

我家的田舍，在"十"字形河流处。数种花外，设置土锉、竹榻，还放着儒释道三家的书籍，除悟道人的书，其他的很少受益。

我平生爱花成癖。每当春分、秋分这两个适宜种花的季节前后，我每日让仆人移花种之，常常是冒着风露，忘了梳洗。客见如此，笑着说："眉公命里带有桃花。"我笑答说："这花带有劳碌，所以我是劳碌命。"

幽居无事，想编撰一部《花史》，以传给子孙看。没想到我友王仲遵先我一步。他所编撰的二十四卷《花史》，讲的都是古人弄花的韵事。这部《花史》，当与农书、种植书并传于世。

读此《花史》的人，可以懂得在花中怡情养性，以延年益寿；莳花时，披荆斩砾，灌溉培植，都有规矩、技法，由此可联想、领悟世事；辞卿相而灌园，又可因以避世，可游乐于人间。只是那些处于顺达时期的当官者，不能领略、熟谙其中的意味罢了。

有学者说，此文的好处在随意点染，似不经意，而疏淡有致（见牛鸿恩《陈继儒小品文选注》，首都师范大学出版社 2010 年 6 月第 1 版）。继儒隐居松江九峰间。郭预衡曾言，继儒为文，特立独行，自为一体。还体现出一种散淡、秀逸、隽永的风格。

吴履震《五茸志逸》云：眉公尝曰，予有三友，茶以其苦口，名曰争（诤）友；酒以其不离手，名曰执（挚）友；香以其不离左右，名曰密友。花之香，当为"香"之一。

牛女之会

施蛰存《晚明二十家小品》收有陈继儒《与王闲仲》：

> 今日午后，屈兄过七夕。因思牛女之会。当新秋晚凉，故不热；女之外，无小星，故不争亦不妒；一年一渡，故不老。容把杯共笑也。

王士骕，字闲仲，父为世懋（1536—1588），嘉靖三十八年即 1559 年进士；伯父为世贞。闲仲著有《摄月楼诗稿》。

书意为——

今日午后，兄屈驾与我一起过七夕节。我们由此想到牛郎与织女相会的故事。正当初秋晚凉，所以没感到闷热；织女星周围没有小星，所以没有争竞，也不会嫉妒（妒，同"妒"）；一年中只有这一次渡河相会，所以不会为世间情、事所累所缠而伤身、衰老。想到这些，我们从容喝酒，畅怀欢笑，度过了一段愉悦的时光。

七夕，农历七月初七之夕。民间传说，牛郎、织女每年此夕在银河相会。牛郎为牵牛星，在银河西；织女星在河东。杜甫《牵牛织女》诗："牵牛在河西，织女处其东。万古永相望，七夕谁见同！"坊间还相传，织女为天上王母娘娘的外孙女，织得一手好彩锦，早晨与傍晚，王母娘娘拿她织的彩锦装饰天空，即人间所说的云霞。织女随其他六位仙女偷看人间，后只身来到人间，与牛郎相识并结婚，生一男一女。后被王母娘娘抓回。牛郎于是带着两个孩子前往天上，但被天河所隔，只能与织女隔河相望。王母娘娘只允许他们在每年的七月七日相会一次。他们相会时由喜鹊搭桥。明谢谠因此传说，才有《四喜记·巧夕宫筵》诗："时当七夕，鹊渡银河。天上人间，良宵第一。"

陈继儒此书，语言浅白，但寓意深刻。表面上写他与王闲仲在七月七日午后相聚时的联想与情状，但反映出他们的处世理念与态度。不热、不争、不妒、不老，暗含不热衷世俗功名、不与人争竞及养生之意。一个"笑"，写出两人当时之文人雅趣，透露出他们对"牛女之会"的认可与赞赏，给人以别开生面、别具一格之感。只是，虽则"两情若是久长时，又岂在朝朝暮暮"，但"一年一渡"总是无奈之举。

朋友间重心之交流

施蛰存《晚明二十家小品》收锺惺《与陈眉公》一文：

相见甚有奇缘，似恨其晚。然使前十年相见，恐识力各有未坚透处，心目不能如是之相发也。朋友相见，极是难事。鄙意又以为不患不相见，患相见之无益耳。有益矣，岂犹恨其晚哉?

书意为——

与君相识,很有点奇缘,似乎有相见恨晚的遗憾。但是,假使十年前相识,恐彼此识别事物的能力都不是很深透,见解也不会现在这般能畅快交流。

朋友间能做到相知相识,是十分难的。我又以为,不必担心不相见,应该担心的是相见了却彼此不了解而全无帮助。彼此能坦诚相见,心灵相通,即使晚一点相见,又有什么可遗憾的呢?

锺惺这封信,强调朋友间要有心灵交流,只有这样,才能做到相知相识,互有帮助。这与他提倡的"抒写心灵"说是一致的。

锺惺(1574—1624),字伯敬,号退谷,又号止公居士、晚知居士,明竟陵(今湖北天门)人。万历三十八年(1610年)进士。官至福建提学金事。晚年逃禅,临终受戒,法名断残。为人严冷,不喜接待俗客。能诗善画,与同里谭元春齐名。提倡抒写心灵,反对当时前、后七子的拟古,号竟陵体,或谓之锺谭体。一时誉之为"锺谭一出,海内始知性灵二字",但此体旋兴旋衰,很快被云间派文学所代替。有《隐秀轩集》。

锺惺认为与眉公相识是奇缘。眉公绝意仕进,焚弃儒衣冠,退隐山林,这与锺惺逃禅受戒,有其相通之处。此书信折射出眉公为人之一个方面,所以也收录备读。

两件棉衣

朱舜水(1600—1682),名之瑜,字鲁屿,又字楚屿,寓居日本后号舜水,浙江余姚人。明万历(明神宗年号,1573年始,凡48年)年间寄籍松江,长达二十多年（今松江有其纪念馆）。后东渡日本。梁启超说"他在日本，前后十几年，人格感化力大"（见《清代学术概论》），为中日文化交流作出了贡献。卒后谥"文恭先生"。有《朱舜水集》（中华书局版）。集中收有《与三好安宅》（三好安宅：朱舜水的日本友人）一书。

书文如下——

奉上粗布棉衣二件，聊以御寒而已。以足下狷洁，不敢以细帛污清节也。诸面谈，不一。

书中——
狷洁：意为洁身自好。
清节：高洁的节操。
不一：即不一一，不详细说。

全书大意为——
送上两件粗布棉衣，姑且用以御寒罢了。因为足下性格狷洁，不敢用绸缎做面料以玷污足下清节。其他的，我们见面时再谈，这里不一一细说了。

书信虽简，但反映了作者对三好安宅的深厚友情；从"狷洁""清节"等词，也可看出作者对他的了解与敬重。

夏完淳《细林野哭》

夏完淳（1631—1647），原名复，乳名端哥，号存古，华亭人。夏允彝之子，夏淑吉之弟。有"神童"之称。与同辈杜登春等组织"西南得朋会"，为"几社"

的后继。随父亲及老师陈子龙参加抗清斗争，十七岁牺牲。“历史上为了反抗外族侵略，坚持民族立场，战斗到最后一息的英雄人物，固然历代都有，但像夏完淳那样英才早熟，那样志节坚贞，而又能在文学方面有比较卓越成就的人，是旷古少见的”。（中华书局《夏完淳集·前言》）沈德潜《明诗别裁》云：“存古十五从军，十七授命，生为才人，死为鬼雄，……诗格亦高古罕匹。”

《细林野哭》全诗为——

细林山上夜乌啼，细林山下秋草齐。
有客扁舟不系缆，乘风直下松江西。
却忆当年细林客，孟公四海文章伯。
昔日曾来访白云，落叶满山寻不得。
始知孟公湖海人，荒台古月水粼粼。
相逢对哭天下事，酒酣睥睨意气亲。
去岁平陵鼓声死，与公同渡吴江水。
今年梦断九峰云，旌旗犹映暮山紫。
潇洒秦庭泪已挥，仿佛聊城矢更飞。
黄鹄欲举六翮折，茫茫四海将安归！
天地跼蹐日月促，气如长虹葬鱼腹。
肠断当年国士恩，剪纸招魂为公哭。
烈皇乘云御六龙，攀髯控驭先文忠。
君臣地下会相见，泪洒阊阖生悲风。
我欲归来振羽翼，谁知一举入罗弋！
家世堪怜赵氏孤，到今更作田横客。
呜呼！
抚膺一声江云开，身在罗网且莫哀！
公乎，公乎，
为我筑室傍夜台，霜寒月苦行当来！

细林：细林山，旧名神山，松江九峰之一。陈子龙村居时常游之山。完淳曾随子龙同游此山，有《从陈轶符年丈游细林山馆》。

"有客"两句：清顺治四年（1647 年）七月，完淳被逮，清兵将其从水路押解南京。扁舟不系缆，意不停留，一路急行。含完淳为要犯急需解往南京意。松江，这里指吴淞江。

"却忆"两句：松江城被清兵攻陷，子龙避西泖甪窎湾，遭祖母丧，葬广富林，遂庐居其里，郁郁不得志，常幅巾布袍，往来于神、佘两峰间。细林客，即指子龙。孟公，西汉名士陈遵字孟公，子龙也曾自号"于陵孟公"，此"孟公"也指子龙。文章伯，对文章大家的尊称。宋曾巩《寄致仕欧阳少师》诗："四海文章伯，三朝社稷臣。"完淳称子龙为"文章伯"，满含敬重之情。

"昔日"两句：意当年曾来此地叩访过子龙。当时子龙正隐匿山中。晋陶弘景《诏问山中何所有，赋诗以答》诗："山中何所有，岭上多白云。"这里的"白云"，指子龙。

"始知"两句：意完淳满山寻找而不见子龙，而只见荒台古月，水面粼粼，才知子龙是湖海人。《三国志·魏书·陈登传》："陈元龙湖海之士，豪气不除。"

"相逢"两句：意完淳与子龙相逢时，常为议国事不堪而哭，而酒酣时则睥睨天下，意气相投。睥睨，斜视的样子，含傲视意。

"去岁"两句：指前一年，吴易重新起兵太湖中，子龙、完淳先后参与，失败后，又同渡吴淞江。平陵，王莽篡汉，东郡太守翟义讨伐失败被害，翟义门客作《平陵东》哀歌。诗人以此比吴易等失败事。吴江，吴淞江。

"今年"两句：意想象中义师如云之旌旗，把暮色中的九峰映成一片紫红。梦断，意指子龙殉国，自己被逮。九峰，指松江九峰。或作福建之山，非。暮山紫，唐王勃《滕王阁序》："潦水尽而寒潭清，烟光凝而暮山紫。"

"潇洒"两句：上句用申包胥事喻联络舟山之黄斌师配合松江举事，下句借鲁仲连事喻策划松江提督吴胜兆反正归明（后策反成功）。潇洒，意为悲壮。申包胥曾哭求秦师救楚。

"黄鹄"两句：上句意举事失败。黄斌卿的水师在海上被飓风所没，吴胜兆反正后被捕。黄鹄，天鹅。六翮，巨翼。下句出自子龙的感叹。子龙避武塘僧寺时，曾泫然曰："茫茫天地，将安之乎！"

“天地”两句：意天地无所容身，日月催人老去，子龙壮烈牺牲。跼蹐，逼仄。葬鱼腹，指子龙投水殉国。

“肠断”两句：意悼念子龙当年相待之恩情，剪纸为车马招子龙魂魄归来。国士，国家的杰出人才。

“烈皇”两句：上句意崇祯帝归天，下句言父亲夏允彝自沉殉国。烈皇，南明福王曾谥崇祯为“烈皇帝”。六龙，皇帝驾六匹马的车。攀髯，喻殉帝王而死。控驭，驾驭乘骑。先文忠，允彝殉国后，南明唐王谥允彝为“文忠”。

“君臣”两句：阊阖，传说中的天门。《楚辞·离骚》：“我令帝阍开关兮，倚阊阖而望予。”

“我欲”两句：意本想归而重振旗鼓，却不幸被逮。罗弋，捕鸟雀的网与弓箭，喻清镇压反清人士的罗网。

“家世”两句：完淳自谓如赵氏孤儿，而今却如田横之宾客而殉义。上句用救赵氏孤儿典。春秋时晋屠岸贾害赵盾，赵氏门客公孙杵臼、程婴等救赵氏孤儿，杵臼因此而死，婴则抚赵氏孤儿成人。这里用赵氏孤儿自比。下句用田横典。汉初，田横率五百人避地海岛，汉高祖召其还，许以王侯。田横在返途中耻称臣而自尽，随从之五百人也皆自杀。这里用田横喻子龙。一说，以子龙比程婴。（见金性尧《明诗三百首》，上海百家出版社 2009 年 4 月第 1 版）

“抚膺”两句：意虽入罗网而决不悲伤，痛哭一声，江云为之而开；虽被囚，但且莫悲哀。抚膺，抚胸，恸哭的样子。

公：尊称子龙。

“为我”两句：室，坟墓。夜台，指子龙的墓穴。坟墓一闭，无复见明，故云长夜台。行当，即将，将会。宋梅尧臣《九日陪京东马殿院会叠嶂楼》诗：“行当登泰山，云扫日月开。”此两句，可谓声泪俱下，一字一咽。

《细林野哭》为完淳被押解南京途经细林山时所作。是中国文学史上的名篇。为七古。主要哭老师陈子龙。诗回忆与恩师子龙的亲密交往及共赴国难的经历，其情至真，其辞至苦。字字出自肺腑。全诗含壮志未酬的遗恨。汪端明评云：“二诗（另一首为《吴江野哭》，主要哭吴易）羽声慷慨，读之生气凛然。”（《明三十家诗选二集》）白坚认为：“完淳的诗，并非以年少而见称，因殉国而得传，就诗论诗，亦足以睥睨一代，辉耀千秋，屹立于

古今爱国诗人之林。"（《夏完淳集笺注·前言》，上海古籍出版社1991年7月第1版）

叶慧光的《珍珠帘·孤雁》词

非常时期，宅家读史、读诗文。近翻阅《全清词钞》（叶恭绰编，中华书局1982年5月第1版），读到叶慧光《珍珠帘·孤雁》词。

叶慧光，字妙明，自号"月中人"。叶映榴孙女，叶凤毛女，松江府南汇人。后归娄县王进之，不久夫亡，孀居六年而病故于娄县。著有《疏兰词》。过去编撰《松江人物》时，曾编撰过其祖、其父及她本人的生平事迹。这次读到她的这首词，甚感亲切。兹录此词，并略作解读。

冥冥万里分侪匹，欺浮生、也复漂流南北。

一点落平沙，认往时泥迹，转展惊魂犹未定，正雪满、寒滩芦荻。

凄恻。

待写怨留情，不成行墨。

清影独占天涯。

傍潇湘苦竹，泪痕凝碧。

天半动哀声，似断弦瑶瑟。

十二楼中明月夜，怅旧侣、那堪思忆。

哽塞。

只孤鹤横江，似曾相识。

《珍珠帘》又名《真珠帘》，为101字，双调，上片九句，六仄韵，下片十一句，六仄韵。

词开头"冥冥万里分俦匹，欺浮生、也复漂流南北"句，写此雁为"浮生"所欺，不幸与伴侣离失，孤独地飞行于南北空中。"一点落平沙，认往时泥迹"句，意小小此雁停落平沙，认寻着往日的某个地方。它为何要来寻认？这里曾发生过什么？"转展惊魂未定，正雪满、寒滩芦荻"句，写此孤雁终于找到了。原来这里曾是它与伴侣双栖之地，想到伴侣当时遇难之情状，又正逢雪满寒滩芦荻，它惊魂失魄。"凄恻"，意因情景凄凉而感触悲伤。"待写怨留情，不成行墨"句，意诗人很想刻画孤雁当时的心态、情状，却无法用笔墨形容，反衬其离状之惨。以上为词上片。词下片，"清影独占天涯"，说天涯独占，其实进一步写此雁之"孤"。"傍潇湘苦竹，泪痕凝碧。天半动哀声，似断弦瑶瑟"几句，用舜妃啼竹、湘灵鼓瑟之典，在"孤"的基础上进一步写其悲苦。"十二楼中明月夜，怅旧侣、那堪思忆"几句，则用一女子在明月之夜的高楼上因忆"旧侣"而情何以堪类比，再衬孤雁之悲苦不堪。"哽塞"，意因悲痛而气塞不能言。"只孤鹤横江，似曾相识"，对一只横江而过的鹤觉得"似曾相识"，说明诗人对孤雁印象深刻，始终惦记着孤雁。全词极写孤雁之悲苦，结句则集中概括了诗人对其命运的深切同情。

许县令治鞫

——华亭令戏惩武秀才

下面一段文字，为陈其元作。文如下——

江苏人尚文学，习武者少，然武科不能废。当岁试之年，辄搜罗充数，往往不及额而止。无赖者幸博一衿，不求上进，每横于一乡，不特间里苦之，即地官方亦苦之。

尝闻前华亭令云梦许君治鞠一事，不禁为之失笑。许君为政，以廉干名。一日者，有武生扭一乡人至县喧诉。许讯其故，则乡人入城担粪，误触生，污其衣。已经路人排解，令代为洗濯及服礼。而生不可，必欲痛挞之而后已。

许询悉其情，亦拍案大怒曰："尔小人乃粗心，擅污秀才衣，法当重责。"乡人惶恐乞怜。许良久曰："姑宽尔。"令生坐于堂侧，而饬乡人向之叩头百，以谢罪。

叩至七十余，许忽曰："我几忘之，尔之秀才，文乎？武乎？"对曰："是武。"则蹶然曰："我大误。文秀才应叩一百，武则一半可矣。今多叩二十余头，尔应还之！"复令乡人高坐，而捉武生还叩。生不肯，则令皂隶挟持，而抑其首，叩还二十余，乃释。生大怒走出，许抚掌笑。

邑人观者闻者，亦无不大笑也。是举虽非正道，然松人至今啧啧以为美谈。

陈其元：字子庄，清海宁人。曾官江苏道台（清代省以下、府以上一级的官员）。著有《庸闲斋笔记》。本文选自此著。文虽非松江人作，但写的是华亭县令，因此也选录了。

尚：重视。

武科：科举中专为选拔武官的科目。

岁试：岁考。

衿：古代衣服的交领。《诗·郑风·子衿》："青青子衿，悠悠我心。"毛传："青衿，青领也。学子之所服。"沿称秀才为"青衿"，也省称"衿"。

云梦：古区域名，在今湖北省华容县一带。

治鞠：治理案件。鞠，审讯，这里为案件。

廉干：廉洁干练。

服礼：遵行礼法。唐杜甫《赠特进汝阳王》诗："服礼求毫发，惟忠忘寝兴。”

挞（chī）：鞭打。

擅污：这里意为弄脏。擅，占。

饬（chì）：命令。

辗然：笑的样子。

捉：擒拿。

皂隶：旧时衙门里的差役。

全文大意为——

江苏人重视文学，少习武人，但不能因此而废除武科。当岁考之年，就搜罗人充数，即使如此，常常招不足名额就停止招考。一些无赖之徒，侥幸获取一个“武秀才”的称号。他们不求进取，常常横行乡里。不只是乡里人受苦，地方官也伤透脑筋。

曾听说前华亭令云梦人许君治理一案，不禁因之失笑。许君为政，以廉洁、干练著称。一天，有一武生扭住一乡民到县衙喧闹着要申诉。许讯其缘故，原来是乡民到县城挑粪，误碰武生，弄脏他的衣服。已经由过路人调解，让乡民洗净被弄脏的衣服，并按理道歉。可武生不依不饶，非要痛打之才罢休，于是来到了衙门。

许查清详情，也拍案大怒说：“你这小子这么粗心，弄脏了秀才的衣服，按法，应当严惩。”乡民惶恐求恕。过了好一会儿，许说：“姑且宽恕你。”令秀才坐在堂侧，而令乡民向他叩一百个头，以之谢罪。

待乡民叩到七十多，许忽然对武生说：“我几乎忘了，你这个秀才，是文的还是武的？”武生对许说：“是武的。”许笑着说：“我刚才忘问了，如是对文秀才，应叩一百；如对武秀才，只要叩五十就可以了。今他多叩了二十多，你应还给他！”于是又令乡民高坐，而命擒拿武生还叩。武生不肯，许令皂隶压抑其首，叩还二十余，然后释放。武生大怒跑出衙门，许拍手而笑。

华亭人中无论是当场看到的还是后来听到的，也无不大笑。此举虽不是常规的办案方式，但松江人至今仍啧啧以为美谈。

这应该是篇笔记小说。写得曲折生动，读来如同作者，"不禁为之失笑"。许县令如此办案，"虽非正道"，但充满智慧，为民出了一口恶气。

《春愁秋怨词》序

这是费龙丁《春愁秋怨词》之序，虽简短，但词句工整，文采斐然，情意真挚深沉。兹略作解读，以抛砖引玉。

费龙清（1879—1937），字见石，别号阿龙、龙丁、佛耶居士，因得秦瓦一方，改名砚，松江人。能诗善画，画拜吴昌硕为师；又长书，工行、楷；篆摹石鼓，精刻印。入南社、西泠印社。著有《瓮庐丛稿》《瓮庐印存》《春愁秋怨词》等。其妻李华书，也工书画，好诗词。龙丁与李叔同、高燮等交往甚密。

序全文为——

> 梅花落尽，春闹枝头。菊泪啼残，霜高篱畔。年华逝兮，容华伤；春复愁兮，秋复怨。虽绿波春水与你无干，然白露秋葭，伊人宛在。爰伸茧纸，颠倒错襟而为题；滂漫咏闺词，香草芳芷以寄意。

春闹枝头：宋宋祁《玉楼春》："绿杨烟外晓寒轻，红杏枝头春意闹。"
容华：容颜；美丽的容颜。三国魏曹植《杂诗》："南国有佳人，容华若桃李。"
伊人宛在：《诗经·秦风·蒹葭》："蒹葭苍苍，白露为霜，所谓伊人，在水一方。……溯游从之，宛在水中央。"

茧纸：用蚕茧制作的纸。唐韩偓《红色蕉赋》："谢家之丽句虽穷，多烘茧纸。"

襟：杂。

漫：即"漫"。

序表面上的意思大致是，春去秋来，时光流逝，春愁，秋又怨，致容貌渐伤。虽然春已去，绿波春水与你我无关，但古人美好诗句描绘过的秋景犹在。于是，展开茧纸，随意吟咏，用香草芳芷寄意，题则颠倒错杂。

词序暗含诗人及伴侣青春年华已经逝去，"绿波春水"般的情感不再，但仍有"白露秋葭，伊人宛在"的情怀；由于"绿波春水"已与我们无关而又写闺词，也就谦称词题为"颠倒错襟"。序文中，"虽绿波春水与你无干，然白露秋葭，伊人宛在"是过渡句。

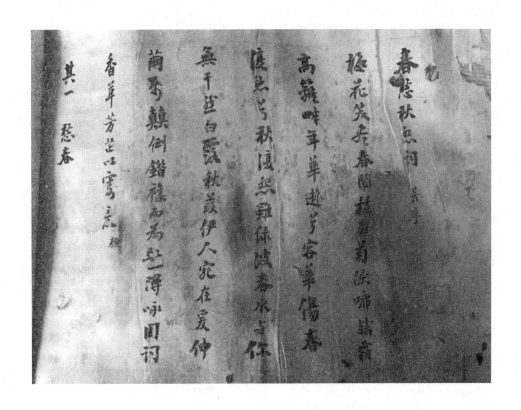

功垂千秋

在长篇小说《初吻人生》中，我曾写过如下文字——

> 走道尽头，是一个很大的花坛。花坛中，除了冬青松柏，
> 其余的花草，由于餐寒饮冷，丹翠变色，岩石露骨。在坛中央，
> 矗立着一座烈士雕像，那坚毅的目光，直视前方。

这位烈士，生前曾是国民党江苏省党部中共党团书记。1927 年 4 月 10 日晚 11 时，在南京召开一次紧急会议时被捕，被杀害后装入麻袋，抛入秦淮河中。曾经散发着脂粉气的这条河流，从此有了一股血染的悲壮，有了另一种千古风流。

他就是侯绍裘。

柳亚子在一首悼诗中这样写道：

> 指天誓日语分明，
> 功罪千秋有定评。
> 此后信陵门下士，
> 更从何处觅侯生。

在庆祝锤镰光耀 100 周年的日子里，我想起了这位让松江人引以为豪的烈士，重读了柳亚子的这首悼诗。

诗中——

指天誓日：意指着天日发誓，表明心迹。韩愈《柳子厚墓志铭》："指天日涕泣，誓生死不相背负。"

信陵：即信陵君，魏国公子无忌，其门下有食客三千。曾礼贤大梁东门守门人、年已七十的侯嬴（即诗中"侯生"）。信陵君窃符救赵时，侯嬴荐屠者朱亥前往。当"晋鄙合符，疑之"时，朱亥袖四十斤铁椎杀晋鄙，使信陵君得晋鄙军，从而完成了救赵使命。

柳亚子此诗借历史人物赞侯绍裘对党赤胆忠心，为革命事业、为民族正义而战斗不止，直至牺牲；赞侯绍裘虽死犹荣，功在千秋。用赞诵表达悼念，反映了诗人对烈士的深厚感情。

历史将永远缅怀、永远歌吟这位烈士，这位英雄。

卷 三

世藏名迹，鲜有比者；朝夕玩索，心领神会。

——陶宗仪

父亲的生命，真像燃烧的蜡烛，是一点
一滴地融化在他许以终生的事业里了。

——浦汉明

夏文彦《图绘宝鉴》

元代有一本画著，名《图绘宝鉴》，在元前画史中最为详瞻，影响所及，明有韩昂的《图绘宝鉴续编》，清冯仙湜等又续为《图绘宝鉴续纂》。

《图绘宝鉴》为夏文彦撰。夏文彦，字士良，号兰渚生，祖籍吴兴（今

浙江湖州），其曾祖父一代开始移居松江华亭。文彦精图画，善鉴赏，富收藏。杨维桢曾言他蓄书万卷外，舍金购古名流墨迹，对文人才士之图写，尤为珍重（见《东维子文集》）。陶宗仪也说：夏文彦家，世藏名迹，鲜有比者；朝夕玩索，心领神会；加之游于画艺，悟入厥趣。是故鉴赏品藻，万不失一。（见《南村耕辍录》）

近翻阅《图绘宝鉴》，卷首有夏文彦短文云："余性鄙僻，六艺之外，他无所好，独赏于画；遇所适，辄终日端玩，殆忘寝食。"文彦一直想辑一书而无有空闲；卜居松江泗泾后，在人事稀阔间，在《宣和画谱》基础上，增益他书，编撰成《图绘宝鉴》一书。

全书卷一为画论，卷二记吴至五代画家，卷三记宋代画家，卷四记南宋至金画家，卷五记元及国外画家，附补遗、续补，凡得画家1500余人。北宋前画家，多参考《宣和画谱》，南宋、辽、金、元画家之记，则多为自己所撰，搜罗广博，考核精诚，用心勤苦。

《图绘宝鉴》，可谓洋洋大观，向为艺界所重。

《国朝明公诗选》

《国朝名公诗选》凡十二卷，为陈继儒纂辑，陈元素笺释。明天启（明熹宗年号，1621年始，凡7年）年间刊本。

该书搜辑明初高启、王冕到万历年间的李贽、屠隆等重要诗人、作家的作品，并对他们的生平做了较为详细的介绍。介绍中补入有关传闻、琐记。如王冕，传中有：

冕少时，号山农，人目为"狂奴"。当天大雪，赤脚行雪中，潜登岳山峰，回顾大呼曰：通天地皆白玉合成，使人心胆澄澈。

像王冕这样的人，总有一些不同于常人、或不被常人理解之处。传文体现出王冕独特的个性。

陈元素的笺释，也插入了不少轶闻逸事。屠隆的《登吴山远眺》诗中，有"落日朱楼迥，长堤垂柳荣。湖光明宝镜，人语杂鸣筝"四句，元素笺释曰：

宋时，金使有过西湖登吴山顶者，有诗云"昔年曾见此湖图，不信人间有此湖。今日打从湖上过，画工犹自欠工夫"之句。后金主亮得其诗，乃绘己像立于吴山顶，有"立马吴山第一峰"之句，此时目中已无宋久矣。

这类笺释，不仅生动可读，也透视出金主亮对南宋疆土垂涎欲滴的情态。

陈继儒前有介绍，这里不赘。陈元素，字吉白。诸生。善画墨兰；工诗文；尤擅临池，楷书法欧阳，草入二王之室。一时名辈，多从之游。卒私谥"贞文先生"。

《明经世文编》

明崇祯十一年（1638年），一些松江人做了一件大事，即编辑了一部卷帙繁重的大书。这部大书名为《明经史文编》（原名《皇明经史文编》）。

编辑这部大书的时候，正是"南寇北奴，日益滋大"的时候。这所谓的"南寇"，主要指的是李自成、张宪忠为首的起义军；崇祯八年（1635年），

影印明經世文編序

吳晗

中華書局把清代列爲禁書、流傳很少的明經世文編影印行世，這是一件大大的好事。

清乾隆時多次頒布禁燬書目，主要目的是要掩飾清代先世和明朝的關係，說成建州部族從來是一個獨立的

民族，沒有受過明朝冊封等等，替祖先臉上抹金。明經世文編恰好收入清朝皇帝最不願意爲人所知的一些歷史

文獻，例如王瓊王晉溪本兵敷奏爲計處夷情以靖地方事，說出建州左衞一些首領「做賊」的行巡，張學顏張心

齋奏疏撫遼疏和申飭邊臣撫夷疏，說出建州領袖王台、王杲對明朝的不同態度，楊道賓楊宗伯奏疏海建二夷蹂躪期

遠貢疏和海建夷貢補至南北部落未明違例奏請乞賜陳詰問以折狂謀事，說明建州和海西兩部對明朝的朝貢制度、

時間、人數和奴兒哈赤兵力情況，熊廷弼熊經略集敬陳戰守大略疏、上葉相公書、答友人書，更具體說出李成

梁如何計殺奴兒哈赤祖父叫塲和他失，又封奴兒哈赤爲龍虎將軍，奴兒哈赤遠交近攻，日益強大的原委，姚希

孟姚宮詹文集建夷授官始末，更是原原本本闡述了建州和明朝的關係。這些眞實的寶貴的史實，觸怒了淸朝統

治者，明經世文編因之被列爲禁書。現在這部書影印行世了，這一段被埋沒的史實又重見天日了，值得我們高

興。

、但是，這部書的史料價値決不止於此，還有它更大的意義。

明經世文編是一部從歷史實際出發，總結明朝兩百幾十年統治經驗，企圖從中得出敎訓，用以改變當前現

實、經世實用的書。這部書的編輯、出版，對當時的文風、學風是一個嚴重的挑戰，對稍後的黃宗羲、顧炎武

两军会合，十七年（1644年），李自成攻占北京。所谓的"北奴"，指的是建州的后金军；明万历四十四年（1616年），建州奴儿哈赤称帝，国号后金，崇祯三年（1630年），后金军入关包围北京。

编辑是书，主旨在总结明朝建国以来统治的经验与教训，以期崇祯政权能改变现状，中兴朱明王朝。陈子龙在序文中说："俗儒是古而非今，撷华而舍实。夫保（抱）残守缺，则训诂之文充栋不厌，寻声设色，则雕绘之作永日以思。至于时王所尚，世务所急，是非得失之际，未之用心，苟能访求其书者盖寡，宜天下才智日以绌，故曰无实学。"吴晗解读说："儒生是古非今，讲形式不求实质，训诂、词藻，成天揣摩，至于当前现实问题，世务所急，却从不用心，连是非得失也搞不清楚，结论是士无实学。"（《影印明经世文编序》）由此可见，子龙等编辑的这部书，是一部经世实用的书。同时，编这部书，也为改变当时的文风、学风。

全书504卷，补遗4卷。主要收明代名家奏疏、文章。内容有关时政、礼仪、宗庙、职官、国史、兵饷、马政、边防、边情、边墙、军务、海防、火器、贡市、番舶、灾荒、农事、治河、水利、海运、漕运、财政、盐法、刑法、钱法、钞法、税课、役法、科举、宗室、弹劾、谏诤等方面。从崇祯十一年二月开始选编，该年十一月便告编就。这样的大书，仅用这几个月的时间编成，可谓神速，世所罕见。

全书主编为陈子龙（1608—1647，字卧子，崇祯十年进士，因抗清被俘而在押解途中投河自尽）、徐孚远（1599—1665，字闇公，后到台湾投郑成功继续抗清）、宋徵璧（原名存楠，字尚木，崇祯十六年进士，明亡，入仕清朝）。三人均松江人（详见《松江人物》，上海古籍出版社2016年5月第1版）。据宋徵璧所撰"凡例"，编辑分担任务，徐孚远、陈子龙十居其七，宋徵璧十居其二，此外，李雯、宋存标、彭宾、何刚等均参与商酌，选辑者列名的凡24人，参阅者列名的凡142人，都是松江人。由黄澍、张溥、许誉卿、陈子龙、徐孚远等作序。全书由方禹修、陈继儒审鉴，由云间平露堂梓行。

吴晗认为，这部书选文的原则主要有三点：一是明治乱；二是存异同；三是详军事。

清乾隆时，曾将此书列为禁书。但《明经世文编》具有极高的史料价值，尤其为明史的研究提供了大量的史料。这里仅举一例。书中收有耿裕的《灾异疏》，其中记及光禄寺的厨役，原额有6384人，后又增添1500人。一个不算太大的衙门，竟有如此多厨役，明王朝的腐败至最后的灭亡，也就势在必然。

中华书局在20世纪60年代初，有该书的影印本出版。影印本据上海图书馆等单位所藏之本，逐页比对，选择抽换，合成一本较为完整的大书；为方便检阅，又添加了"作者姓名索引"及"分类目录"。

张南庄与《何典》

张南庄，清乾隆、嘉庆年间人。化名"过路人"。书法欧阳，诗宗范、陆。好藏书，每年投入千金，尽购善本，其所藏之书，甲于时沪上。著有《何典》及十余部编年诗稿。诗稿毁于战火，《何典》流传了下来。《何典》有跋，云"邑中有十布衣，皆高才不遇者，而先生（指南庄）为之冠"。跋文为"海上餐霞客"作于光绪戊寅瑞午前一日。

《何典》于光绪四年（1878年）翻印，1926年12月再版（有刘复《关于〈何典〉的再版》一文），又有1933年北新书店版。工商出版社1981年2月出的《何典》，即据北新书店版。

鲁迅受半农先生之约，曾写《题记》（题记的是半农校点的《何典》）一文，其中说，《何典》"谈鬼物正像人间，用新典一如古典"；鲁迅同时作《为半农题记〈何典〉后，作》一文。

工商出版社1981年版的《何典》，有"出版说明"，其中说，该书是一部多用俗谚写成的讽刺性滑稽体章回小说，题材、构思，乃至语言、写法，都是别具一格的；但"语言上有些过分油滑，失之低级趣味"，并引了鲁迅的"'江南名士'式的滑稽，甚为浅薄"的话。

《海上花列传》的作者及书名

　　《海上花列传》出版时作者初署名"花也怜侬"。书跋中，有这样一段文字："客有造花也怜侬之室而索六十四回以后之底稿者。花也怜侬笑指其腹曰：'稿在是矣。'"这段文字说明：客喜欢《海上花列传》，希望作者继续写下去；作者原想继续写下去，已有腹稿（后体弱难支，三十九岁去世，未成续篇）。

　　但"花也怜侬"显然是笔名，作者真实姓名是什么，初未有人知。《小说考证》（民国9年出版，50年代古典文学出版社、中华书局上海编辑所重印三次，上海古籍出版社1984年7月又重印，蒋瑞藻编，江竹虚标校）引《谭瀛室笔记》云：

　　　　专写妓院情形之书，以《海上花》为第一发见。书中均用吴音，如覅覅之类，皆有音无字。故以拼音之法成之，在六书为会意而兼谐声。唯吴中人读之，颇合情景，他省人则不尽解也。作者为松江韩君子云，韩为人风流蕴藉，善弈棋，兼有阿芙蓉癖。旅居沪上甚久，曾充报馆编辑之职，所得笔墨之资，悉挥霍于花丛。阅历既深，此中狐媚伎俩，洞烛无遗，笔意又足以达之。故虽小说家言，而有伏笔，有反笔，有侧笔。语语含蓄，却又语语尖刻，非细心人不能得此中三昧也。书中人名，大抵皆有所指。熟于同、光间上海名流事实者，类能言之……

"花也怜侬"确系韩子云。韩邦庆（1856—1894），字子云，号太仙，别署大一山人、花也怜侬、三庆，娄县人。父韩宗文，颇有文名，官刑部主事。韩邦庆在沪期间，和《申报》编辑钱忻伯、何桂笙等友善，常为《申报》撰稿。后任《申报》编辑。《海上花列传》被认为蒙上了些许"半自传体"的色彩。赵景深在《小说戏曲新考》中认为书中尹痴鸳似作者自己，"痴鸳"与"子云"为叠韵双声，音极相似。

《海上花列传》曾得到鲁迅、胡适、张爱玲、刘半农等关注。胡适曾为《海上花列传》作序，刘半农也作有《读〈海上花列传〉》。

关于书名，孙玉声《退醒庐笔记》中有记述。大致内容为——

为应试北闱，孙玉声（上海人，少时猎艳寻芳，又自创"笑林报馆"，凡色艺有一节之可取，必极意揄扬之）在蒋家胡同松江会馆与韩邦庆认识。后同乘招商局轮船南下，长途无俚，韩出其未完成稿示孙。时题书名为《花国春秋》。孙时正撰《海上繁华梦初集》（已成二十一回，全书也专写妓院情形，在悼亡所娶之美姬后，著为此书，与《海上花列传》相同，意在警醒痴迷）。于是易稿互读。韩说《花国春秋》之名"不甚惬意"，拟改为《海上花》。孙则说韩稿通体皆操吴语，恐外省阅者不甚了了，且吴语中有音无字之字甚多，下笔时殊费研考，不如改易通俗白话为佳。韩说："曹雪芹撰《石头记》皆操京语，我书安见不可以操吴语？"并指稿中有音无字之"𡟬""𡠚"诸字，说："虽出自臆造，然当日仓颉造字，度亦以意为之。文人游戏三昧，更何妨自我作古，得以生面别开？"后两书相继出版，韩书已易名曰《海上花列传》。

韩邦庆坚持不改吴语，看来是对的。胡适的序文中称此书为"吴语文学的第一部杰作"。刘半农也说："至于小说，我们可还没有能找出比这一部《海上花》更好的。所以直算到今日为止，我们应当承认这书为吴语文学中的代表著作。"

张元济《龟巢稿》重印本跋文

近来养病无事，翻阅元谢应芳《龟巢稿》。此书系上海书店据商务印书馆1936年版重印本。

谢应芳（1296—1392），字子兰，自号龟巢老人，武进（今江苏常州）人。徙隐白鹤（今属上海青浦）溪上。洪武初，迁隐横山（今属上海松江）。享年97岁，是元代诗人中年寿最高者（详见《松江人物》）。

翻阅时，喜见书末张元济（1867—1959，中国近、现代著名出版家。茅盾曾忆及，元济"致力于文化事业，创办商务印书馆；在中国于是有近代化的出版事业。商务印书馆在介绍西洋的科学、文学，在保存和传播中国古典文学和其他学术著作方面，都有过重大的贡献"。1949年9月10日，应毛泽东之邀，与陈毅、程潜等同游天坛）跋文，兹录其中部分文字（标点及括号内文字均为笔者所加）如下，以与感兴趣者共飨。

谢子兰先生为余母十八世从祖，生于元季，殁于明。列《明史·儒林传》。史称其笃志好学，潜心性理，以道义、名节自励。隐白鹤溪上，构小室，颜（门上的匾额）曰"龟巢"。尝自作记，谓"视此大凷（凷，同"块"。《说文·土部》："凷，墣也。"《礼记·丧大记》："父母之丧，居倚庐，不涂，寝苫枕凷。"明许自昌《水浒记》："按不定雄心磊凷，把崑崙踢倒。"），吾生若浮，与夫龟浮莲叶者何异！故所至以"龟巢"名室。室虽偏仄，心有余裕。盖不以栋宇为巢，而以天地为巢也。此巢自开辟以来，历数千亿载不坏，吾与万物同居其间，正不必藩篱町畦（田界，喻规矩，约束）以自足"云云。襟怀超逸，可以概见。

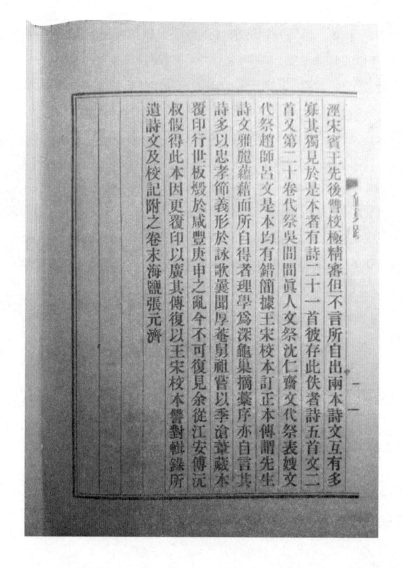

雷瑨与《清代官场百怪录》

雷瑨（1871—1941），字君曜，别号雷颠、娱萱室主，笔名均曜、云间颠公、缩庵老人等，松江县人。晚清驻奥公使雷补同的族弟。20世纪60年代初居上海。

雷瑨曾为《申报》主笔（清光绪年间），扫叶山房（清乾隆年间创办）编辑；民国3年（1914年），执编《文艺杂志》。一生著述约21种之多，其中，《清人说荟》《娱萱室小品》等影响较大。与胞弟雷瑊辑录《闺秀词话》《闺秀诗话》等多种，又独自辑录《青楼诗话》。还编选了《古今诗论大观》等多种，笺注了《唐宋八家文》等多种，又编写了《新编国文读本》等教材多种。是一位集编辑、作家、学者于一身的人物。

《清代官场百怪录》是雷瑨小说的代表作。该著所写，皆为清代官场（自康熙至光绪）的趣闻逸事。涉及的人物，上自皇帝、太后、中堂、尚书、总督、巡抚，下至佐杂小官、武弁胥吏，几乎遍及清代政权机构的各个层面。一些重要历史人物，如毕沅、左宗棠、李鸿章等，也有其逸事记载。凡一百篇，近十五万字。

《清代官场百怪录》，民国2年（1913年）上海扫叶山房出版，分四册装订，每篇都附插图。浙江古籍出版社据此版本于1987年再版时，由吴家驹、许民校注，并特编职官异名表附于书后；书前有南京师大古文献整理研究所李灵年的"前言"，从做官为了发财、官吏愚昧昏聩、寡廉鲜耻及道德败坏、世态炎凉及仕途险恶等四个方面概括了书稿的内容，并认为创作态度较严肃，语言表达有一定功力；书中保留了数十幅插图。

姚鹓雏《江左十年目睹记》

姚鹓雏（1892—1954），名锡钧，字雄伯，号鹓雏，以号行，松江人。年十四，就读京师大学。从林纾习诗古文辞，深受林纾影响。一日能写六七千言，每日无闲，才气横溢，驰誉艺林。为柳亚子所创之南社的重要成员。1949 年后，与柳亚子一起受陈毅（时任上海市市长）迎宴，尊为上座。后由陈毅推荐，被选为松江第一任县长。平生律己甚严，平易淡泊，从不矜才使气。著述丰富，诗文词、传奇笔记近三十种。

《江左十年目睹记》原名《龙套人语》，为小说，以"龙公"笔名连载于上海之《时报》。主要内容为谴责民国初年至北伐前这十年间北洋军阀在江南的残暴统治。

我藏该书两种版本。

一种为文化艺术出版社出版（1984 年 4 月北京第 1 版，印 14.5 万册）。书名改为《江左十年目睹记》。前有柳亚子题序（手书），冯叔鸾序，常任侠序，又有龙公《答邨人书（代序）》。后附人名征略，由吴次藩撰，杨纪璋增补。柳亚子题序文字不多，兹录如下：

《龙套人语》三册廿四回，为亡友姚鹓雏遗著。鹓雏名锡钧，字雄伯，江苏松江人。卒于一九五四年六月二十五日，龙公其别署也。第十九回中之杨无忌，即影射余。余曾拟撰'龙套人语考证'，未成。是年七月二十日，吴江柳亚子记于首都。

冯叔鸾序中，有"著者必为文章识见绝人之士"等赞语。常任侠序中，则有与鹓雏诗词往来之回忆。

另一种为上海书店出版社出版（1997年12月第1版）。书前除上一种诸序，又有罗洪序，杨纪珂、杨纪璋前言。后附录除上一种《人名征略》，增鹓雏之女姚明华、姚月华的《先父鹓雏公生平行谊略述》，又《姚鹓雏主要著译目录》。

《姚鹓雏先生诗友唱和笺札拾珍》

《姚鹓雏先生诗友唱和笺札拾珍》由顾廷龙题集名，收两部分作品。一是鹓雏先生诗友唱和笺札拾珍，收章士钊、柳亚子、浦江清、邓散木、沈尹默、邵力子、夏承焘、叶楚伧、陆维钊、白蕉等四十九人的唱和笺札；二是鹓雏先生诗友书画选，收丰子恺、黄宾虹、白蕉等二十二人的书画作品。集前有程十发序，其中提到，鹓雏先生居松江莫家弄，"与我贴邻"，串门时，"但见先生吟诗之时，出口成章，悠然洒脱，尽得文采风流"；认为鹓雏先生交游甚广，在同道中足见其"雅望"，又认为该集比较真实地展现了当时的文人书风、唱和之稿，"雕琢修饰之意全无，而自然率真之境全出"。集后有鹓雏先生次女之子郑大膺跋，其中提及，该集为"外公逝世五十周年，承蒙松江区委宣传部重视，派员帮助整理，仔细校阅，精心布局，刻意求工，汇编成册"云。

20世纪90年代中叶，我曾在张照后裔张莉莉陪同下，拜访了鹓雏先生长女姚明华，其间，明华老师曾将珍藏的其父与诗友的唱和诗词及诗友给其父的书札原件示我，我一一翻阅，觉得这些原件弥足珍贵：而她言及的珍藏这些原件的故事，又使我十分感动。为之，我撰小文《唐音宋调意

清新》，刊发于 1994 年 12 月 25 日《解放日报》，兹录于下——

　　《姚鹓雏诗词集》由河海大学出版社出版。已故民革中央主席屈武、现致公党中央常务副主席杨纪珂分别题了书名；柳亚子公子柳无忌、著名学者施蛰存分别写了序文，柳序还是不远万里从美国寄来的；著名画家程十发先生闻诗稿付梓，也欣然以"日照春山花满枝"为题写画。由此足见集子之珍贵。

　　集子编辑者姚明华、姚玉华、杨纪璋系姚鹓雏先生之长女、次女及长婿。蒙姚明华、杨纪璋签名赠书，日前，

我去拜访了两位老人。两老虽均已八十以上高龄，但精神
矍铄，谈锋甚健。话题之一，自然是他们的父亲。

　　姚鹓雏，名锡钧，字雄伯，笔名龙公，1892年生于松江。
清末曾就读于京师大学堂。辛亥前夕回到上海，加入柳亚
子等发起的文学革命团体南社；历主《太平洋报》《民国
日报》、新加坡《民国日报》及七襄、春声杂志等报刊笔政。
1954年病逝于家乡松江。姚鹓雏先生早在京师时，就以诗

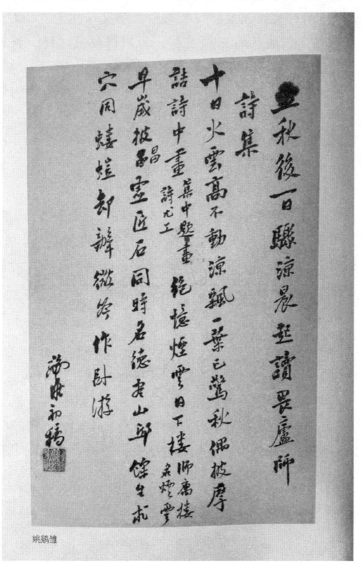

姚鹓雏

崭露头角，后一意治诗。初笃好陆游，服膺江西，继从南社诸君子为唐音，故所作既有宋词的发露，又有唐诗的蕴藉。抗战期间入蜀，诗词风格一变，"无论写牢骚喜悦，均有清新自然之感"（柳序语）。著有《恬养簃诗》五卷，《苍雪词》三卷，《诗词集》即由该两书合编而成。

姚鹓雏先生曾师事林纾等大家。一生交游甚广，与南社之于右任、叶楚伧、苏曼殊，以及汪东、沈尹默、夏承焘、吴梅等，均缔文字深交，而尤与柳亚子直谅相友，以义合，而不以势交。彼此间互相唱和，写朋樽聚散之迹，抒家国兴亡之感，宣其积抱，鸣其素志。

谈话间，两老还捧出所珍藏的与先生唱和的诗词及给先生的书札。除上述等人的，还有杨了公、章士钊、邵力子等人的，还有黄宾虹、吕凤子、丰子恺等的画轴，这些诗词、书札、绘画，全部裱装成册，由顾廷龙先生亲笔题名为《姚鹓雏先生诗友唱和笺札拾珍》。

当我问及如此珍贵之遗物何以能逃过"十年浩劫"时，两老透露：它们曾被藏于两学生家，学生虽为革命烈士之后，但也难免抄家之灾，好在弟兄俩相邻而居，下有砖墙为隔，屋顶处却相通，抄兄家时，将遗物转至弟家，待抄弟家时，又悄悄将其移置兄家。两老抱守先父遗物、辛苦弗坠越十年之苦心，由此可见一斑。

浦江清《中国文学史讲义（宋元明清部分）》

天津古籍出版社出版《名师讲义》丛书。季羡林在序文中说，这些名师，

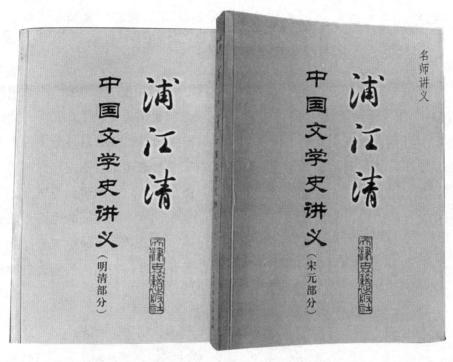

都是20世纪执教于中国各著名大学的知名学者，他们的学术地位早有定评。

我有幸得浦江清的两种，一是《中国文学史讲义（宋元部分）》，一是《中国文学史讲义（明清部分）》，都是由浦江清女儿浦汉明及其夫君彭书麟亲笔签名赠送的。

书前有介绍浦江清的文字，不长，兹录其下——

浦江清（1904—1957）
著名文学史家、诗人、学者
1922年入南京东南大学西洋文学系
1926年毕业后入清华学校研究院国学门
后在清华大学中国文学系、西南联合大学中文系任教
1952年起在北京大学中文系任教
曾任天津《大公报·文学副刊》编辑；与朱自清等创办《国文月刊》
著有《浦江清文录》《清华园日记·西行日记》《浦

江清文史杂文集》《无涯集》《浦江清中国文学史讲义（宋元部分）》《浦江清中国文学史讲义（明清部分）》等

在《中国文学史讲义（宋元部分）》题记中，江清先生的弟子程毅中先生说："先生精通西洋文学，在清华研究院做陈寅恪先生助手后又潜心研究东方学，因此他在讲戏剧的起源和发展时把中国戏曲放在世界范围内来考察的。""先生对诗词散文也有许多精彩深刻的论述。对欧阳修、苏轼、李清照、陆游的评论，都有独到的见解，极富新意。例如讲到苏轼与欧阳修的异同时，说：'欧阳修是深受儒家哲学影响的文学家，同时也是一位史学家。苏轼不同，他把文学与道通分开，而与艺术结合，他抱有爱好艺术享受以解脱政治苦闷的态度，不宣扬王化，并不处处表现他的士大夫的身

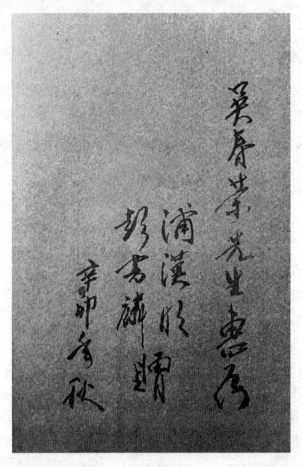

份，接近于一般人民的思想。'"

在该讲义后记中，江清先生的女儿浦汉明说："在整理讲稿中，最令我们敬服的，是父亲的师德和学养。当时他胃病频繁发作，健康状况每况愈下，却承担了为《杜甫诗选》作注的工作，时间紧，任务重，又正值《红楼梦》讨论和肃反期间，白天多半要开会，全靠熬夜工作。但在他心中，教学是第一位的。"

在《中国文学史讲义（明清部分）》后记中，她进一步说，这部分讲稿是父亲逝世前最后几年写成的。"1956 年 3 月，十二指肠溃疡穿孔，并发腹膜炎住院。因身体虚弱，不宜手术，用保守疗法。出院后按医嘱应休息两月，他怕耽误功课，只休息了二十天，就上课赶进度"，"每次上课前，都要在床上躺很久，积攒体力。看着他憔悴瘦弱的样子，我难以想象他还能去上课。但到了课堂上，他便不顾病痛，又使出浑身解数，讲得兴起，有时忘了下课。父亲的生命，真像燃烧的蜡烛，是一点一滴地融化在他许以终生的事业里了"。

这些质朴的叙说，感人至深。作为浦江先生家乡的后生，他为教育而舍身忘己的精神，他的师德与学养，虽不能及，但心仰望之，向往之。他为我们树立了标杆。

千辛万苦为践约

——读浦江清《西行日记》

防疫期间，宅家读书。因读过岳南的《南渡北归》，找出了浦江清的《清华园日记·西行日记》（《生活·读书·新知三联书店》1999 年 11 月第 1 版），着重读了《西行日记》。

浦江清为松江先贤。在范田华、陆钱华等主政松江档案局时，我曾建议组编《松江档案》。江清先生女儿浦汉明教授为此有《浦江清·张企罗夫妇专辑》相赠，后刊发于《松江档案》创刊号。自兹我与其有一段时间的联系，对江清先生有了进一步的了解；后又蒙她赠《浦江清·中国文学史讲义（宋元部分及明清部分）》（天津古籍出版社2007年1月第1版）两册，具体感知到了他严谨治学的作风及深厚学养。

江清先生1942年5月29日自上海出发，经苏、皖、赣、闽、粤、桂、贵、云八省，1942年11月21日抵达昆明。抵达日之日记中有"自五月二十九日离沪，今日抵昆，在途凡一百七十七日，所历艰难有非始料所及者"等文字。

所历之"艰难"之状，在日记中有详细记载。如——

六月四日："我等被大敲竹杠，且饱受虚惊。"

六月五日：所居之"内屋极龌龊，臭虫、跳蚤、白虱均有，一夜不能入睡"。

六月十九日："晨五时半即醒"，"须臾积水满屋，踏凳而出。至上午十时，雨不已。街上积水如河，涉者没胫。""至正午雨不止，街上水深数尺，冲入旅馆大门。我等急将行李搁起，而地板隙已冒水，汩汩而出，渐没至床脚，痰盂马桶皆浮。以筷量之，每十分钟涨起一寸。众客大哗。""时水势上涨，平地已至三四尺。而雨不止，四望已成泽国。街上有人撑门板、倒桌。众人皆饥甚，不得食。"

十月七日："久候司机来，弄车不灵，乃使人推车，过桥，车又停矣。于是司机及另一人修车，久之无效。时天已暝……遂半推半开，车返汽车站后，余仍返维新旅馆。时已晚九时，始进食。"

十月十四日："余邻座一人极胖，又带物甚多，置于身上及膝前，余乃大受压迫，足不得伸。"

十月二十九日："上午六时半来空袭警报，出旅社，继之以紧急警报。向西行，末至山区，已不能通过，乃止于一隐蔽所。"

……

江清先生此次西行，是为践西南联大之邀约。时间长达半年，一路上，又遭自然灾害，又被敌机惊扰，路途之颠簸，生活之窘迫，几乎处处可见，真可谓千辛万苦。民国这等大师的品格操行，实可敬可仰。

《晚明二十家小品》

　　我所购藏的《晚明二十家小品》，是上海书店据光明书局 1935 年影印本重印本。施蛰存编。

　　施蛰存（1905—2003），名舍，字蛰存，以字行。生于杭州，八岁时随父自苏州迁居松江。"我是松江人，在松江成长，住了三十年，才迁居上海。"（《云间语小录·序引》，文汇出版社 2000 年 5 月）华东师范大学著名教授。他曾说他一生开了四扇窗：东窗为文学创作，南窗为古典文学研究，西窗为外国文学翻译及研究，北窗为金石碑刻之学。曾获"上海市文学艺术杰出贡献奖"等大奖。

　　此书共收入徐文长（徐渭字文长，山阴人。著有《徐文长集》《阙编》等）、陆树声（陆树声字与吉，号平泉，华亭人。官至南京刑部尚书，年九十七卒，赠太子太保，谥"文定"）、李本宁（李维桢字本宁，隆庆二年进士，曾任礼部尚书）、屠赤水（屠赤水即屠隆，字长卿，万历五年进士，曾知青浦，游九峰三泖，著有《留春草》）、虞长孺（虞淳熙字德园；号长孺，钱塘人）、汤若士（汤显祖字若士，临川人。近有上海古籍出版社 2016 年出版的《汤显祖集全编》，凡六册）、袁伯修（袁宗道字伯修，号石浦，公安人）、袁中郎（袁宏道字中郎，号石公）、袁小修（袁中道字小修，伯修、中郎同母弟）、曹能始（曹学佺字能始，万历二十三年进士，历官南京户部郎中，著有《野史纪略》等）、黄贞父（黄汝亨字贞甫）、张侗初（张鼐字世调，号侗初，华亭人。万历三十二年进士，官至南京礼部侍郎）、李长蘅（李流芳字长蘅，嘉定人）、程孟阳（程嘉燧字孟阳，从父居嘉定，与李长蘅、唐时升、娄子柔并称嘉定四先生）、锺伯敬（锺惺字伯敬，号退谷，万历三十八年进士，著有《隐秀轩诗文集》等多种）、谭友夏（谭元春字友夏，

与锺惺齐名）、刘同人（刘侗字同人，号格庵，崇祯进士）、陈明卿（陈仁锡字明卿，
长洲人。天启二年殿试第三）、王季重（王谑庵名思仁，字季重）、陈眉公（陈继儒
字仲醇，号眉公，华亭人）20 家 277 篇小品文。前有序，作于民国 24 年 3 月；
后有附录，一为诸家小传，二为该书采辑书目。

在序文中，作者云"本集的编辑"，一是尽量选录风趣、隽永有味的小品文；二是注意到各家对于文学的意见；三是足以表现文字作者的人格。施先生认为，"最后一点，虽然有点'载道'气味，但我以为在目下却是重要的"。早在20世纪20年代施先生在选文时，不仅注意文品，而且注意人品，当是难能可贵的，还有现实意义，现实生活中，既有一眚掩大德的现象，又有以艺高掩人品的现象。

一份珍贵的史料

——荐介王季思《松江女中回忆点滴》

一次与C君交谈时，他告诉我一个信息，王季思曾有《松江女中回忆点滴》（以下简称《点滴》）一文，后又发来部分文字。我由此搜索到全文及有关资料。《点滴》是其女儿王丽娜（毕业于上海戏剧学院，曾任教于武汉音乐学院、深圳信息技术教育学院）在整理父亲给她的信件时发现的。文章完成于1993年11月20日，由她执笔而经王季思审定，后刊发于一期刊。

《点滴》最后一句写到"碧霞"一词，对此，王丽娜说："碧霞是我母亲的名字，我说爸你想妈妈了。爸爸的嘴巴裂（咧）开笑着，眼圈却红了，闪着泪光。……今天把这篇文章整理出来，主要是给松江女中一个交待，更是了却父亲的一个心愿，虽然晚了二十多年。其实这也了却了我的一个心愿。"刊发王季思这篇文章的期刊主编徐君也写道："做女儿的，总免不了担着父母的心愿。有些是关于做人做事的心愿，这是大心愿，或许我们的一生就在循着这种心愿的指向走。还有一些是小小的心愿，是一些具体的事情。父母的这种心愿会转化为我们的心愿，努力完成它，既告慰父母，自己也得到了一种满足。"

王季思（1906—1996），原名王起，以字行，室名玉轮轩，浙江温州人。中国戏曲史家。曾为浙江大学、中山大学等校教授。著有《玉轮轩曲论》《玉轮轩古典文学论集》《王季思诗词录》《〈西厢记〉校注》等，主编书稿多种，在中国戏曲界、学术界影响深远。

王季思曾任教于松江女中，凡六年，1937年11月，日寇侵占松江前夕，才匆匆南奔永嘉。从此，再也没有回过松江。在松江女中的这六年，"在我漫长的人生中是春光明媚、碧霞满天的一页"。由于在此后的五十多年中，没有为松江这座历史名城和松江女中这所著名女校写过一篇纪念文章，他常怀着一种负疚的心情，"就像欠下了一笔巨额的老债没还似的"。

《点滴》写到松江。

《点滴》说松江不仅平畴沃野，河汉纵横，物产丰富，交通方便，遗存不少历史胜迹；而且民风温厚。在写到古迹时，他说城东的鼓斋是清初大学士张照家的正厅，康熙皇帝南巡时曾到这里，当年还留下一把大座椅；出松江女中校门几十步，"是一垛又高又大的战垒，相传它是三国东吴名将陆逊的点将台"。在写到民风时，作者"连带想起两件小事"。一件事发生在初到松江时。他租住在一裁缝店的楼上。隔街楼上住的是个"白相人"，他有一妣头，夜夜醉醺醺回家，还骂其妻子，妻子受不了而上吊自尽。入殓那天，"白相人"带妣头到楼下，嘻嘻哈哈的。裁缝让王季思去看看，"我骂（松江常用语，有批评意）了几句，他猛扑过来，我侧身让过，让他扑了个空，又顺手推他一把，他跌的（得）嘴啃泥"。王夫人碧霞担心"白相人"报复。后来，房东儿子结婚，"请我去喝喜酒"，这个白相人受雇供应茶水，"我一到他便高叫：'王老师到！'马上拧了一条毛巾让我擦脸"。作者认为，这是他"一让一推"产生的效果，但在我看来，这是正气使然，是对名校教师的敬畏使然。还有一件事发生在他到松江的第三年。他迁住在府桥南。不远处是吉云宝塔，塔下有一些叫化（花）子（即乞丐）栖身。他因常到塔附近散步，认识了几个叫化（花）子。他还替其中一个叫王小鸟的写了封家书。一位中学教师竟与乞丐成了朋友！这从一个侧面，反映了王季思的为人。

《点滴》写道，松江"为我这个一家四口的客户提供了舒适的生活环境与丰饶的生活资源"，"松江丰足的鱼米，温厚的人情，哺育我们一家四口的健康成长"。

《点滴》重点写到自己在女中的教学。

那时女中校长是江学珠，"她不结婚，没有家累，一心一意扑在妇女教育事业上，把学校办得整整（井井）有条，为长江下游三角洲沪杭苏地区培养了一批品学兼优的人才，也锻炼出一支高质量的师资队伍"。在江学珠及一批优质教师的倡导下，女中还十分重视体育，女学生们不仅能打网球，有的能灵活地正反挥打。女中的教学质量不仅"超过了苏州女中、无锡竞志女学，连全省著名的上海中学、镇江中学也被抛在后面"。

王季思初到松江，担任初二、高二的国文教学。初二这个班的班长彭坤原，是松江男中校长的女儿，副班长沈劲冬是教育家沈荗斋的妹妹，还有王国维的两个女儿（王东明、王松明）。江学珠将这些女生所在的班交给王季思教，说明了对他的信任与认可。任教高二这个班时，王季思创造性地布置学生在假期里搜集民间歌谣。搜集到的这些民谣，"有些后来成为我《翠叶庵乐府》的好素材"。《点滴》还写到，严怀瑾（后改为严慰冰）和严仲昭（后改为严昭）先后入读松江女中，"我教她们的国文与历史，由于形势严峻，我宣讲一些爱国诗词。最近，严仲昭把她姐姐在秦城监狱中写的诗词编成《南冠吟草》寄给我，里面有一首悼念周总理的词（《六州歌头》），词使我想起当年讲南宋张孝祥的《六州歌头》时，师生激奋的情况"。

王季思任教于松江女中，是松江教育史上的骄傲。作为一个"心愿"，王季思竟持五十年之久，透示出一位著名学者的品格与情怀；《点滴》记述了王季思在松江的一段生活，反映出当时松江的风貌及松江教育的优秀传统。

卷 四

白龙潭旧时为吾邑胜景，每春秋佳日，
画舫笙歌，惊莺织燕……

——施蛰存

松江府·华亭县

后置华亭县之地，在秦汉时属会稽郡，之后，或属吴郡，或属嘉兴，或属秀州。

唐天宝十年（751年），析嘉兴东境、海盐北境、昆山南境地置华亭县，属苏州，苏州隶江南东道。

元至元十四年（1277年），华亭县升华亭府，次年改松江府（因府北有松江，故名），属江浙行省。复置华亭县。据《上海通志》（上海人民出版社 2014 年 6 月版），松江府辖区大体为今上海市吴淞江以南、黄浦江以东地区，今黄浦、静安、卢湾、南市、徐汇、长宁、闵行、浦东新区等区，松江、青浦、金山、奉贤、南汇等县全部，及杨浦、虹口、闸北等区部分（以上区县后来有变动）。松江府初辖华亭一县。

至元二十九年（1292年），划华亭县东北境 5 个乡置上海县（县治在今上海市区中华路、人民路环线以内；上海县当为今上海市母体）。松江府开始辖华亭、上海两县。

明洪武十九年（1386年），朝廷命安庆侯等，在华亭篠（同"筱"）馆镇建筑城堡，设置戍守之所，名"金山卫"（因与海中金山遥相对望，故名）；清雍正（1723年始，凡13年）间，改为金山县（见正德《金山卫志·跋》）。

明嘉靖二十一年（1542年），析华亭县西北两乡、上海县西三乡，置青

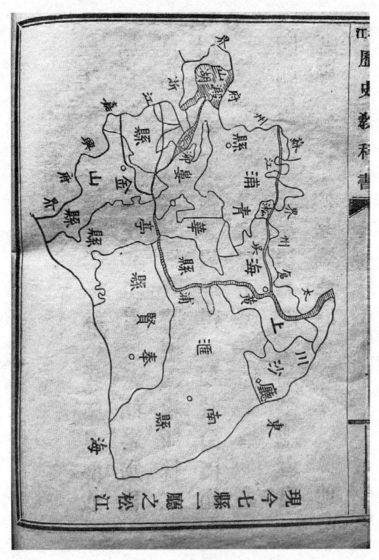

此图选自宣统元年十一月改正三版《松江历史教科书》，华亭王毅存编著，上海时中书局印刷、发行。

浦县，县治在青龙镇（该镇于唐天宝五年即746年设）。

清顺治十三年（1656年），分华亭地置娄县。雍正二年，分华亭地置奉贤；分上海地置南汇；分青浦地置福泉，不久并入青浦。嘉庆十年，分上海、南汇地置川沙厅。

杨明先生著有《陆机集校笺》，在附录的传记资料中，有《陆广微吴地记》，云：华亭县，在郡东一百六十里。地名云间，水名谷水。天宝五年置。盖晋元假陆逊宅造池亭华丽，故名。有陆逊、陆机、陆瑁三坟，在东南二十五里横山中。有鹤鸣、鹤唉、玄鹤。

杨明按：陆广微，唐末人。《四库提要》称其书多舛谬，殆原书散佚，后人采缀成编。又窜入他说。此条池亭华丽，故名华亭云云，显系臆说。"华亭"一名，始见《三国志·吴书·陆逊传》，逊以破关羽功封华亭侯，时建安二十四年也。亭者，乡以下行政建制之名。杨潜《云间志·封城》云："至于县之得名，《通典》《寰宇记》云地有华亭谷，因以为名。按《陆逊传》，逊初封华亭侯，进封娄侯，次江陵侯。汉法，十里一亭，十亭一乡，万户以上或不满万户为县。凡封侯，视功大小。初亭侯，次乡、县、郡侯。以逊所封次第考之，则华亭，汉故亭留宿会之所也。"杨（潜）说是。

那么是谁奏请置华亭县？

嘉庆《松江府志》据《太平寰宇记》云：唐赵居贞于天宝九年，以嘉兴、海盐地广，奏并割崑山，立华亭县，次年正式建置。是时一县之地，今松江府全境也。

赵居贞，定州彭城人。兄赵冬曦，进士擢第，历左拾遗、监察御史、考功员外郎、中书舍人内供奉，以国子祭酒卒。居贞玄宗二年（713年）进士。天宝中，累官比部郎中。九年，自扬州长史迁吴郡太守兼江南道采访处置使。

松江三泖

吴履震《五茸志逸》引曹介人云：泖湖广袤十八里。近泖桥者名大泖，近山泾小而圆者名圆泖，东西长亘数十里而稍狭者名长泖，是为三泖。又《图经》云："泖有上中下之名。"陆机曾对晋武帝曰："三泖冬温夏凉。"

泖中有塔。正德《松江府志》引吴天泽记："建塔，标灯为往来之望。塔凡五层，五年而成，基广一二亩，虽大水不没。"塔称泖塔，在大泖中。薄暮时，登塔而眺，见落日滉漾，水底如绛纱笼玛瑙盘。及月夕，月似与水争奇，久之不肯相下，最后，两光混为一色。短视人朦朦尤不能辨别，只见百万金背虾蟆，踊跃碧波中。此时如把酒浩歌，顿忘此身。

史料载，古时有由拳县，至秦，改名长水县。汉末（一说秦）时，县城沉没泖中。每天色晴明，湖面无风，湖底井栏阶砌屋脊，宛然分明。明正统十年（1445年）曹安（字以宁，华亭人）前往南京参加举人考，乘舟过泖中，在舟舷，忽见水清处街砌如故，古迹不泯如此。万历元年（1573年），青浦筑新城，苦于无石。父老告诉县令，让派人入泖湖中拆取。新城中的石头，多为泖底者。

天堂 · 苏杭 · 云间松江

苏杭历来为富庶之地，宋代诗人范成大居苏州石湖时，曾编撰《吴郡志》，其中就有"谚曰：天上天堂，地下苏杭"之句。到元代，有《蟾宫曲》，其中也提到："春暖花香，岁稔时康，真乃上有天堂，下有苏杭。"

民国时期，上海一份刊物上有张丹翁《捧云裳》，其中有"上有天堂，下有苏杭，苏杭中心，是曰申江"之说。申江，上海市的别称，以境内黄浦江别称春申江简称申江而得名。当时的上海，虽比较繁华，有一定的国际影响，但与苏杭并提，说上海为苏杭中心，仍有点勉强，就历史这一点说，就远比不上苏杭。

今有人说"上有天堂，下有苏杭，中有松江"，这话有歧义，或可解，今之松江悬于"天堂"与"苏杭"间的半空中。而如指地域，现已众所周知，似无多大意义。提出此说者，或许是（或可能让人误解为）为了突出当今松江的地位，认为今之松江已可与苏杭比肩。

写到此，想起了一则诗话。宋阮阅《诗话总龟》云："王居卿在扬州，同孙巨源、苏子瞻适相会。居卿置酒曰：'疏影横斜水清浅，暗香浮动月黄昏'，此林和靖《梅花》诗，然而为咏杏与桃、李皆可。'东坡曰：'可则可，但恐杏、李花不敢承当。'一座大笑。"如将松江与苏杭比肩以突出松江，不知松江担当得起否？别的（如历史、文化等）不说，就说风光。杭州有"淡妆浓抹总相宜"（宋苏轼）的西湖，苏州有"岹峣擅水乡"（南朝陈张正见）的虎丘。松江原有"每春秋佳日，画舫笙歌，惊莺织燕"（施蛰存）的白龙潭。曾有人将其与南京秦淮河、苏州虎丘媲美。惜乎，秦淮河依然可见"烟雨丽人船"，"淮水而今尚姓秦"（清秦大士），虎丘依然游人如织，并依然认同"山高水深，云蒸霞吐之秀异"者之"灵"说（南朝梁沈炯）。而松江白龙潭名犹在，然已易为民居小区，昔日之胜景已被许多人忘却。而杭州西湖，依然"湖上春来似画图，乱峰围绕水平铺"（唐白居易），人们依然"最忆是杭州"。

我体会，说"上有天堂，下有苏杭，中有松江"，更多体现的是一种情怀，一种热爱家乡（包括先贤）的情怀，并非一定要将松江与苏杭比肩。是一种抒情性语言而非论述性语言。

近读君如文章，才知他读小学时就听到过松江老一辈人说"上有天堂，下有苏杭，中间有云间松江"的话。这话与"上有天堂，下有苏杭，中有松江"不同，强调了"云间"一词，说明此"松江"为古之松江，即松江府。君如所听之语，除"松江"实指松江府，还可作如此解读："天堂"与"苏杭"间是"云间"，而苏杭间有松江。苏古为吴地，杭古为越地，松江属吴而位苏杭之间，兼有吴越特色。

然松江这几年发展很快，变化很大。长三角G60科创走廊建设，已纳入《国家"十四五"规划和2035年远景目标纲要》，上升到国家战略重大平台。

白　龙　潭

白龙潭今为陆地，为松江区岳阳街道所辖之小区，楼房鳞次栉比，道路车水马龙。

白龙潭相传有白龙蛰其下，故名。宋许尚也有"神物幽潜地"诗句。长篇历史小说《云间柳如是》中，曾将此传说敷演为一小故事，今改成——

据说白龙潭原为陆地。有一古庙，只是香客甚寥，因而此处十分清静。庙祝无聊，养了几只母鸡，让其随处啄食。没想到，母鸡生蛋殷勤，庙祝甚喜。一天晚上，庙祝刚入睡，朦朦中有一白须老者进来，对他曰："此庙底下，有一蚯蚓，借此静寂之处，修炼得道，已成神龙。尔明晨暂关鸡笼，因其神龙将出土飞腾上天。须切记，切记！"但庙祝竟是个不成事的人，对梦中所托，不放心上，第二天早晨，仍打开鸡笼。卯时，有一白色蚯蚓从神座下爬出，母鸡见之，跳扑上去啄食。蚯蚓顿时发作，就地翻滚，一时电闪雷鸣，一方土地，立时成了偌大河潭，古庙及周边人家，都化为乌有。由于神龙伤了不少生灵，不能上天，但留在了潭中继续修炼。

白龙潭原很大，周边之景也美。文人雅士曾称其景可与苏州虎丘、南京秦淮河媲美，称虎丘泛舟以珠翠炫目胜，秦淮河泛舟以丝竹盈耳胜，而

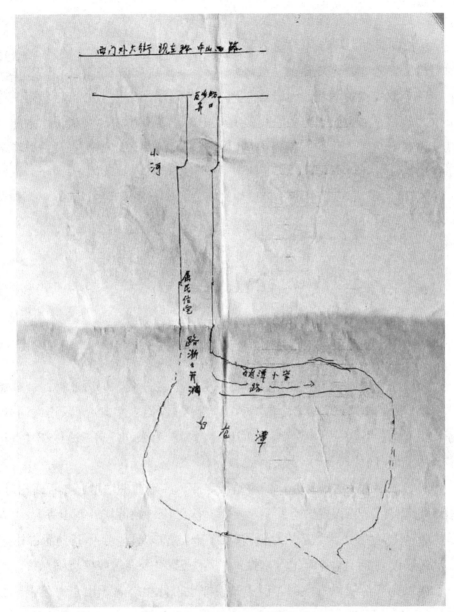

本图为著名作家罗洪手绘

华亭白龙潭以枫叶荻花胜。许尚有白龙潭"沧沧水接空"诗句，明莫士龙还有诗句云："别有艳红看不尽，荷花十里妒榴裙。"可见其时，潭水仍很旷远、浩渺。明崇祯年间，潭已淤泥四塞，为寺僧、居民侵占，已去潭之半。但尚广多顷，花晨月夕，犹有游人，箫鼓画舫，岁时不绝；端午集龙舟水戏，

士女喧腾，自一日延续至五日。（见崇祯《松江府志》）

至民国时期，潭尚存，"余所及见，已不过十许亩，汙（同"污"）水一泓，为粪船丛集之处，无复桂棹兰桨之乐。"（施蛰存《白龙潭》，文汇出版社 2000 年 5 月版）罗洪也曾对我说过，当年巴金一长篇成，来松散心，希望陪其作佘山之游。罗洪说，当时去佘山没有汽车路，要乘小船。罗洪说，乘船可以从容观览两岸风光。而船就是从白龙潭出发的。还有一次言及白龙潭，还画草图一幅赠我。

松江照壁

今松江方塔园内有一照壁，位方塔旁。上雕一图，似狮非狮，似麒麟非麒麟，似龙非龙。坊间名之为"獭"。后查《汉语大字典》《汉语大词典》等，都未能查到这个"獭"字。坊间以为贪墨者为人间怪兽，所以在"贪"字旁加了个"犭"。

照壁，词典上的解释是：旧时筑于寺庙、广宅前的墙壁。与正门相对，作遮蔽、装饰之用，多饰有图案、文字。沈仁康《姑苏城外寒山寺》："寺前的照壁上，'寒山寺'三个大字，新髹了金，光彩耀目，字体苍劲而古朴。"

今偶读到清丁柔克笔记《柳弧》，其中云："今衙署照壁皆画一兽，向日。或以为狮，或以为麒麟，而不知皆非也。此兽名贪，出东海岛中。性喜嗜日。每见日出，踊跃欲吞，而吞之不得。久之不可耐，一跃堕于海而死。以儆人臣毋背叛人君、毋见利徇（同"殉"）身之意。"读丁文得知，照壁又可位于衙门前。

20 世纪 50 年代末，我在松江二中工作时，曾踏访方塔处（时尚未有方塔园），见有一大香炉，曾留影（至今仍保存着）。当时想，此处该有一庙。塔庙往往相连。印象中，似未见有照壁。岂老朽而忘乎？

曾游曲阜的学生告我，孔府内宅也有此图，与方塔照壁所雕类似。

松江古迹茶庵

松江物华天宝，曾有许多历史人文底蕴深厚的名胜古迹（包括名人故居），而随着历史车轮的前进，山川夷塞，土木废兴，加上社会动乱，兵祸频仍，不少实际已经消亡，只留存在古代文人的吟咏及志乘等史书的记载中。

就松江而言，如古华亭（在娄县西，为郊外别墅，有清泉茂林，二陆兄弟常游于此）、吴王猎场（在华亭谷东，陆龟蒙《吴中即事》曾有诗句"五茸春草雉媒娇"，五茸即为吴王猎所）、秦王驰道（古浦塘岸即为秦王驰道）、旧西湖（在松江府城西南，其渚有风月台、湖光亭、泳波亭等）等，而今均不复存在。

我曾多次造访施蛰存先生，在其书房叩问请教。每次他都问及白龙潭。最后一次，他的视力很差，听力几失，要请教的需要写在纸上，而且写得很大。他言及他小时候还有十许亩。当再次写明今已建新村时，我明显感受到了他的沧桑之感。

在这诸多消亡的古迹中，还有一处名为"茶庵"的寺观。在娄县境内。《松江府志》曰："在普济桥，从郡至金山往来要道。僧了凡建。"

这"了凡"，可不凡。为万历十四年（1586 年）进士，官至兵部主事。《辞源》介绍：他博学好奇，凡历数、律吕、水利、兵事以及勾股、堪舆、星命之学，无所不窥。律己甚严，行功过格，以纪每日善恶。著有《两行斋集》《历法新书》《皇都水利》《群书备考》《立命论》《评注八代文宗》等。《辞源》说是吴江人。查《嘉善县志》（三联书店上海分店 1995 年 4 月版），有其传文，云：袁黄，初名表，字坤仪，号了凡。魏塘镇人。天启元年（1621

年），吏部尚书赵南星赠其尚宝司少卿。乾隆二年（1737年）入祀魏塘书院内"六贤祠"，浙江巡抚纳兰常安撰《祀堂记》，赞了凡"抨击奄竖，九死不悔"。县志云其有《袁了凡家训》；东林寺赠我书两种，均名为《了凡四训》。

《辞源》《嘉善县志》均未明述了凡曾削发为僧。

《松江府志》还记，明万历间，张宗伯鼐得"施茶庵"古碑，即置"茶庵"中。康熙六十年（1721年），里人公捐田亩，夏施茶，冬施姜饮，以济行人。张若羲有记。

松江古桥

有人说，桥，无眼而阅尽沧桑，无足而走过春秋，无言而导引前程。古桥尤为如此。

古语曰："桥梁不修，刺史过也。"

现当代著名桥梁工程专家茅以升说："桥梁是一国文化特征。"

跨川为梁，泽国居多。原范成大曰："松江，水国之胜，当天下第一。"华亭环邑皆水，须桥以济。《云间志》："通衢之高大者凡三十九座。"

孔庆普先生遵茅以升先生嘱咐，查阅史料，实地考察，潜心研究，呕心沥血，著成《中国古桥志》一书，洋洋77万字，由东方出版社于2020年10月出版。

书中收松江三座古桥：大仓桥、云间第一桥、望仙桥。

兹录下此三桥的文字，作为史料备存；并附《府志》所载，供有关感兴趣者阅读。

大仓桥

大仓桥原名永丰桥，位于上海市松江区，跨松江市河上。南北走向。明天启六年（1626年）建。

大仓桥是一座5孔薄拱薄墩轻型石拱桥。桥面（中孔上）高起为平面，两端是很长的阶梯式坡道，两侧有节间式石栏杆，桥面宽5米，净宽3.9米，桥长54米。侧墙用料石砌筑，上面有单层仰天石组成的金边线。桥台为凹字型，前墙长5.4米，端墙很长，其端部与石砌河岸相连接。桥墩两端是方形，桥墩厚95厘米，桥墩长约5.4米。拱碹为纵联分段并列式结构，碹脸外边有拱眉，拱眉凸出于碹脸，又凸出于侧墙。跨经数据暂缺。

五孔碹脸上方两边的侧墙上各有一个勾头石，各孔拱碹之间（桥墩上）和边孔外边的侧墙上各有一根桥联柱，上端有勾头石。

按：嘉庆《松江府志》：永丰桥，俗呼"大仓桥"，旧志作"西仓桥"。在钱泾西，明天启间知县章允儒建。南即水次西仓。董其昌有《西仓桥记》。其中云"枕仓而北，危桥穹然，用纳泖淀诸流达于郡郭，冠盖榜楫络绎上下，居人旅子肩摩踵错，蓄风气，壮瞻视，莫此为伟"。

云间第一桥

云间第一桥原名"安龙桥"，亦称"跨塘桥"，位于上海市松江区松江镇中山路，跨古浦塘上，南北走向。始建于宋代，初建为木桥。明代改建石桥，请求取名"云间第一桥"。

云间第一桥是一座3孔石拱桥。桥面中部（中孔拱顶上）为平面，两端是阶梯式坡道，两侧有节间式石栏杆。桥面宽4.5米，桥41米。

侧墙用料石砌筑，上顶有单层仰天石。桥台是凹字形，前墙长约5米。桥墩两端是方形，桥墩厚95厘米，桥墩长5米。拱碹是半圆形纵联分段并列式结构，有拱眉。拱眉凸出于碹脸，又凸出于倒墙。中孔跨径12米，边孔跨径9米。

按：正德《松江府志》：云间第一桥，跨古浦塘上，初名"跨塘"（民间传明陈子龙在此桥下跨塘殉国，故名）后名"安就"。宋建，后易以木，元复规。国朝成化间知府王衡重建，易今名。彭玮有《云间第一桥赋》，其中云"于以成千载一时之盛事兮，增九峰三泖之辉光"。陆龟蒙诗："路接张泾近，塘连谷水长。一声清鹤唳，片月在沧浪。"

望仙桥

望仙桥位于松江区方塔园内。建造年代无考。

望仙桥是一座双孔石板梁桥。桥面每孔 4 块花岗岩石板梁，无栏杆，桥面宽 2.75 米，桥面长 10 米，全长 16 米。

桥台是凹字形，前墙长 3.3 米。桥墩两端是方形，桥墩厚 80 厘米，桥墩长 4.3 米。跨径 4.6 米。

按：嘉庆《松江府志》引《云间志》：在县东南四百步；引正德《松江府志》：元大德八年（1304 年）建。嘉庆志注明望仙桥为华亭县、娄县分界。

关于"上海之根"

"松江是上海之根"说，而今见诸各种书刊、讲话。此说何时公之于众的，没有查考过。

记得 20 世纪末，在松江原图书馆（位今中山路北侧）楼上开过一个会，时松江宣传部门及文化部门的主要领导也参加了。会上曾讨论过松江是"上海根"之说。在讨论此说时，坐在我旁边的一位外籍来松江探亲的指挥家（周恩来等老一辈革命家曾观看过他指挥的演出）似听不懂松江方言，低声问我，我同样低声告诉他，在讨论"松江是上海根"的话题。他又问我什么叫"上海根"，我就不再解释。

从提出此话题开始，我一直没有发言。我的家乡在中华人民共和国成立初期属青浦县，后到松江二中工作，为此，我曾先后读过一些关于青浦与松江的史料。印象中，唐置华亭县，元置松江府；而青浦，有文字记载以来，其境隶属多有改变，春秋战国时期先后属吴、属越、属楚，汉时为娄县境地，隋时属昆山县，唐置华亭县后，为华亭县境，元置上海县后，青浦半为上海县西境，半为华亭县北境，置松江府后，青浦属松江府。而所谓的"上海之根"，有两个关键词。一是有史记载之文化。青浦的崧泽文化前承马家浜文化，后接良渚文化，距今约有五千年；松江的广富林遗址，包含新石器晚期的良渚型文化和春秋时代的吴越文化两层，距今约四千年。我对崧泽文化遗址（范围较广）是否在今之松江辖区内，没有查考；但知道元置之上海县。二是"松江"一词的内涵与外延。古之"松江府"辖今之上海除嘉定、宝山、崇明等之外的所有地区，与今之作为地域名的"松江"（只是今之上海市的一个县）显然不是同一个概念。而所谓的"上海根"中的"上海"，显然指整个上海地区。但从会场上的发言看，大家似乎都认同松江是"上海根"之说，又考虑到旁座的提问，我就朝主持会议的领导看了一眼。主持者立即指名要我谈谈看法。

于是，我先问，这个提法是否已经定了，文化部门的领导说已经定下来了，但宣传部门的领导接着说，可以再提意见。我决定提一点建设性意见，或曰补充意见。我记得说了下面的意见：

如果一定要这样提，那么可否在"上海"与"根"之间加个"之"，即成"上海之根"。中国古代典籍中，有三字一句的，比如《三字经》，"上海根"的提法，就语法层面而言，没有问题。但中国的文字之美，很重要的一个方面的表现，在于有节奏感。研究中国古典文学的著名学者叶嘉莹认为，四个字最有节奏感，两个字一停顿，一个节奏。她举了《诗经》的例子，说《诗经》中有五字一句，六字一句的，但最多的是四字句。

之后的情况，我就不甚了了了。几十年过去了，我从未提及此事。而今老了，老人常会回忆往事，于是想到了这件事，就随手记了下来。

关于沪上之颠（巅）

多年前，区领导来"访贫问苦"时，本人曾指出区宣传工作中的一些问题，希望引起注意，下面的问题即其中之一；后又在多个场合对"沪上之颠（巅）"等问题阐述过我的观点。但人微言轻，至今仍有些人在那么说，坊间更普遍言之凿凿，于是做一次"祥林嫂"。

有句宣传语，说松江是沪上之颠（巅）。源自何时，没有查考过，但可谓广泛流传，以至家喻户晓，童叟皆知；有人讲述时，其自豪而扬扬自得之情，溢于言表。

宣传语最重要、最基本的，是要符合实际，要有科学性。

但上述宣传语是不实的，可谓以讹传讹。

说松江是"沪上之颠（巅）"者，据说是因为松江天马山为上海之最高点。

查辞典，如是"颠"，一个解释是指"头顶，头"。宋杨万里《病中复脚痛终日倦坐遣闷》："满眼生花雪满颠，依稀又过四三年。"引申为顶端，上端。《楚辞·九章·悲回风》："上高岩之峭岸兮，处雌蜺之标颠。"洪兴祖注："颠，顶也。"如是"巅"，一个解释是指"山顶"。光未然《黄河大合唱·黄河颂》："我站在高山之巅，望黄河滚滚，奔向东南。"引申为"头部"，泛指"物体的顶端"。

又查《松江县志》《金山县志》。松江九峰，最高者为天马山，海拔98.2米，次为西佘山，海拔为97.2米；《金山县志》则说："大金山顶峰高105.03米，为上海市地面最高点。"松江、金山均属"沪上"。大金山比天马山高了 6.83 米，虽则只高这么点，但人家总是比你高嘛，即便如此，也没听人家说自己是沪上之颠（巅），你比人家矮，却坚持说自己是"巅"，不是有点那个吗？

关于"浦江之源"

还有句宣传语：松江是浦江之源。大概觉得其中的"源"不妥，遂改为"首"。首，本义为"头"，就一条河流来说，"首"即源头。源，水流始出处。"源头"一词，语法上属同义组合。"浦江之首"与"浦江之源"无实质区别。

正德《松江府志》云："府境诸水亦自杭天目及苏之太湖而来，淳浸萦迴，由松江、黄浦而会归于海。"

Z 生为我搜得《黄浦江溯源》一文（作者为上海师大教授陶康华、上海师大旅游学院地理系副教授周国祺），该文指出：太湖为黄浦江提供水源；太湖之水主要来自西苕溪；西苕溪源于天目山北麓，在浙江省安吉县畈山镇；西苕溪又分为两支，一为西溪，一为南溪，南溪对西苕溪的供水量多于西溪，而南溪源头最高峰为龙王山。综合上述，长江下游最后一条支流、上海的母亲河黄浦江，其源头应定在浙江省安吉县西苕溪、天目山主峰龙王山！

这个结论，先由上海市八所大学 20 名师生组成的团队，在太湖水资源局指导下，经过两周的考察得出的；后由上海地理学会组织上海师大、华东师大和水利部太湖流域管理局等单位的五位专家，经实地考察并查阅分析了多年气候水文资料后证实的。

松江鲈鱼，四鳃？

据闻，我国著名鱼之美者，有镇江鲥鱼、松江鲈鱼、天津金眼银鱼及汉口鳡鱼、江西赣江鳜鱼、吉林松花江白鱼、广西嘉鱼、杭州西湖柳鱼（食螺蛳青鱼）等。

曾经写过一篇题为《古代诗歌中的松江鲈鱼》，刊发于1986年7月31日《人民日报》，其中引《三国演义》中左慈掷杯戏曹操的故事。时曹操因被册立"魏王"而大宴群臣。行酒间，左慈表示愿为曹操取筵席上所缺之佳味。他当场拿起钓竿，于堂下鱼池中顷刻钓出数十尾鲈鱼。操曰："吾池中原有此鱼。"慈曰："大王何相欺耶？天下鲈鱼只有两鳃，惟松江鲈鱼有四鳃，此可辨也。"众官视之，果是四鳃。该文中还写道："左慈钓鱼一事，带有神话色彩，但他所述松江鲈鱼有四鳃的情况，许多史籍也有记载：'天下之鲈皆两鳃，惟松江四鳃。''鲈，松江鱼之美者也，四鳃。'"该文因是随笔，未曾注明上两句引文之出处。而今，书稿缠身，懒得去查考。但因为注一首诗而翻阅明李时珍的《本草纲目》，发现其中也有关于四鳃鲈的记载："鲈出吴中，淞江尤盛。四五月方出，长仅数寸，状微似鳜而色白，有黑点，巨口细鳞，有四鳃。"看来，松江产四鳃鲈鱼一事，并非毫无根据。

但汉语大词典出版社1993年11月出版的《汉语大词典》在"鲈"词目下有这样一段文字："松江鲈鱼。……鳃膜上各有两条橙黄的斜纹，古人误为四鳃，故又称'四鳃鲈'。鳞退化，体呈黄褐色。生活在近岸浅海，夏秋进入淡水河川后，肉更肥美，尤以松江所产最为名贵。"施蛰存则云："四腮鲈之名，不知起于何时，实则此乃吐哺鱼之别族。吐哺鱼，俗称荡

里鱼，盖泖荡中所产耳。"（《云间语小录》）

松江所产鲈鱼究竟是四鳃，还是"误为四鳃"？是否荡里鱼之别族？均有待专家及有关人士再考。但不管是否四鳃，松江鲈鱼的名贵则是毋庸置疑的。隋炀帝也云，"金齑玉脍，东南佳味"也。

由一副名联说松江蟹

曾经写过一篇小文《佳对》（收《散步思絮》），其中提及："关于松江，有一副名联：'四腮一尾，独出松江一府；八足二螯，横行天下九州。'上联讲的是四腮鲈鱼，下联讲的是蟹，都是松江名产。"

关于下联，有读者提出异议，说江苏阳澄河的蟹，才是真正的名产。

当今的松江蟹，确实不如真正的阳澄河蟹名闻遐迩。

但联语是古代人撰写的。清初遗民吴履震《五茸志逸》就有类似联语，云："一御史巡按松江，与太守有旧。席间戏言曰：'鲈鱼四腮一尾，独占松江。'太守应云：'螃蟹八尺两螯，横行天下。'"

在古代，蟹确为松江特产、名产。旧有泖湖，泖湖之蟹，大而美，人呼为"泖蟹"。高似孙（字续古，号疏寮，鄞县即今浙江宁波人。孝宗淳熙十一年即1184年进士，有《蟹略》等）有《松江蟹舍赋》，讲述了从捕捉到食用松江蟹的过程，说到露老霜来，日月其徂，正是食蟹的最好时节。傅肱《蟹谱》也有"秀州华亭所出蟹，出于三泖者最佳，生于通波塘者特大"的记载。

唐代唐彦谦有《蟹》诗，云："介甲尽为香玉软，脂膏犹作紫霞坚。"蟹，肉软膏坚，肉白如玉，膏色似霞。他的《蟹》诗云："西风张翰苦思鲈，如斯丰味能知否？"上句用晋松江人张翰因秋风起思鲈辞官归乡之典故，后句中的"斯"即指蟹。想来张翰不会不知蟹亦美味，只是不如松江鲈鱼罢了。后人将松江鲈、蟹并列入联，可谓是提高了蟹的品位。说蟹是松江名产，或许不是过誉之词。

松江蟹至今仍是餐桌上的佳肴。由此想到，松江有关部门可否对松江蟹作进一步的培养与宣传？而今松江市场上的"阳澄湖蟹"，坊间都知，一部分是假冒的，一部分是在阳澄湖里只"做客"了几天，真正或正宗的，其实少之又少。

终生不食蟹

曾在一中篇小说中写过捕蟹的情景——

在一个月明之夜，他们来到一条河边。河岸坡上，搭着一个低矮的草棚。草棚内的坡上，铺着稻草。河中，安置着一排高出水面的竹篱，显然是为着阻挡一切夜间爬游的水生动物。竹篱近坡的一端却开了个缺口，一盏灯悬挂在缺口的水面上。坊间皆知，蟹喜灯光。

新竹与老师俯卧在了稻草上。老师还带来了一件棉大衣，盖在了两人的背上。

她与老师靠得这么近，近得能感受到老师的体温，还有呼出的热气。

他们静静地、耐心地等着。

一阵索索的声音传来，随即，一只大蟹向着灯光爬来，他们几乎屏住了呼吸，等待着，等待着，就在它来到竹篱缺口处时，老师出手了，用大拇指与其余四指，抓住了那只猝不及防的大蟹蟹盖的两侧。

就在这刹那间，新竹看到了，看到了老师出手的及时，敏捷，还有这精准！

这种捕蟹的情景，儿时的我曾亲历过，觉得有趣，因而一直留存在记忆的仓库里。

但最近看到的一份史料（《菽园杂记》），让我在这"有趣"中增添了一丝不安，甚至是残忍。

松江府崞山（即天马山）人沈宗正，每逢深秋常设籪（一种竹编的捕蟹工具）于水以捕蟹。一次，宗正见两只肢体健全的蟹，抬着一只八足皆脱的蟹缓缓地爬行过来，看着他们艰难地越过籪，他不禁感叹曰："这般水生动物，也能如此讲情义而相助！"于是立即命人将籪撤毁，从此以后，终生不再食蟹。

华亭鹤

施蛰存曾说："宇内产鹤之处不一，而独以华亭著。""华亭之鹤，久为高人之真侣，诗家之雅玩。"（《云间语小录》，文汇出版社 2000 年 5 月版）施先生屡次见鹤而非鹤，极为懊丧。我每次叩访施先生时，他都问及白龙潭及华亭鹤，又言及，抗战期间，他与浦君练避地滇南，君练于山中忽见真鹤，归而喟然曰："不谓我华亭人，乃当跋涉万里，始得识此。"施先生怅然。这些内容后来都写在了《云间语小录》中。

正德《松江府志》引《忘怀录》："鹤惟华亭鹤窠村所出为得地，它虽有，凡格也。"《瘗鹤铭》（顾况著）亦谓壬辰岁得之华亭。鹤窠村即下沙，至今多鹤。尝询之士人，实自东海来，驯养久，乃生刍。以足有龟纹者贵。崇祯《松江府志》也引宋沈括语云：（鹤）惟华亭鹤窠村所出最为得地。盖自东海飞集于下沙，驯养久，乃生刍。其体高俊，绿足龟文，翔薄云汉，一举千里，诚羽族之家长，仙人之骐骥也。

刘禹锡有《鹤叹序》，云："友人白乐天，去年罢（吴）郡，挈双鹤刍以归。余相遇于扬子津，闲玩终日，翔舞调态，一符相书，信华亭之尤物也。"

陆机遇害时曾叹曰："华亭鹤唳，岂可复闻乎！"

菰

菰也是旧时松江名产。施蛰存曾在《云间语小录》中曰："后世文家，整齐其语，辄言莼鲈，乃使菰菜一味，摈不入典，此是吴下土宜，千古冤案。余既录莼鲈，岂可更屈此蔬，不为张目？"又曰："此物虽贫民小户，秋间无日不登盘馔，富家以为贱品，雅人视同俗物，又孰知其尝动人千里乡心、与莼鲈等价哉？"（《菰》）由此可见施先生对家乡土产菰的重视。

施先生所言"动人千里乡心"，典出晋张翰故事。崇祯《松江府志》云：翰曾对顾荣说："天下纷纷，祸难未已。夫有四海之名者，求退良难。吾本山林间人，无望于时。""因秋风起，乃思吴中菰菜、莼羹、鲈鱼脍"，于是命驾而归。

菰，即今之茭白。明李时珍《本草纲目》引苏颂曰："春末生白茅如笋，即菰菜也，又谓之茭白，生熟皆可食，甜美。"《汉语大词典》："多年生草本植物。生长在池沼里，地下茎白色，地上茎直立，开紫红色小花。嫩茎的基部经某种菌寄生后膨大，即平时食用的茭白。果实狭圆柱形，名'菰米'。"

丁娘子

"丁娘子"其实非人名而为布名，为明松江东门外双庙桥丁氏所织的布。此"娘子"姓"丁","娘子"不是其名,是江南地区对已婚女子的通称。其名其实已失传。否则朱彝尊诗中不会问"丁娘子,是何人"。所以,"丁娘子"当理解为一位姓丁的已婚女子所织的布。《汉语大词典》(汉语大词典出版社 1990 年 12 月版)"丁娘子"目云:"布名。明朝松江府东门外双庙桥丁氏所织的布。"此布以质地精软著称,布光洁如银,细软似绸,布纹新颖,受人青睐。号"丁娘子",又称"飞花布"。嘉庆《松江府志》引康熙《松江府志》云:丁氏"弹棉花极纯熟,花皆飞起,用以织布,尤为精软,号丁娘子,一名飞花布"。但今人多认之为人名,布则称"丁娘子布"。

朱彝尊有诗,其中云:

> 舍人箧中刚一匹,赠我为衣御冬日。
> 感君恋恋情莫踰,重之不异貂襜褕。
> 携归量幅二尺阔,未数星纴与荃葛。
> 晒却浑如飞瀑悬,看来只讶神云活。
> 为想鸣梭傍碧窗,掺掺女手更无双。
> 浣时应直湔裙水,漂处除非濯锦江。
> 长安城中盛衣马,此物沉思六街寡。
> 裁作轻衫春更宜,期君再醉天坛下。
> 天坛三月踏青时,领边短髾风吹丝。
> 试寻油壁香车路,追逐红裈锦髻儿。

此布受到京师士大夫如此珍爱。

施先生还引娄县令葛厚卿诗:

> 吾松丁娘子,经纬机上新。
> 紫花花如金,白花花如银。
> 抱布献天子,曾为皇家珍。
> 篝灯勤夜织,劳苦难具陈。
> 一人事织作,不能衣百人。

安得一娘子，化为十百身。

诗写布为皇家之所重，织布之艰难。后两句显然由陆游"何方可化身千亿，一树梅花一放翁"(《梅花绝句》)化出。

卷 五

凡寓公贫士，邻里细民，辄周急赡乏。

——《青楼集叙》

夏庭芝与张择《青楼集叙》

《松江人物》收有夏庭芝传略：

夏庭芝（1300—1375），字伯和（一作百和），号雪蓑，别署雪蓑钓隐（或作雪蓑渔隐、雪岩渔隐），松江华亭人。晚年居泗泾之北，筑室为"疑梦斋"。

夏氏为松江巨族，家资丰厚，藏书富盛。夏庭芝平生淡泊功名，风流蕴藉，喜结交文士。曾让杨维桢在家中设帐授课，与曲家张鸣善、朱凯、郏经、钟嗣成等为同道好友。

夏庭芝喜爱戏曲。至正（1341—1368）末，张士诚起事，松江变乱，他隐居林麓间，撰《青楼集》一书，记录杂剧女艺人珠帘秀、李芝芳，南戏女艺人龙楼景、丹墀秀，诸宫调女艺人赵真真、杨玉娥等一百多人的生平、艺术特长和逸事，以及一些戏曲作家、诗人同她们的交往。该书被认为是元代唯一一部专记戏曲艺人的著作。

夏庭芝文章妍丽。今存其小令［中吕·朝天子］《赠王玉英》、［双调·水仙子］《与李奴婢》两首。《与李奴婢》："丽春园先使棘针屯，烟月牌荒将烈焰焚，实心儿辞却莺花阵。谁想香车不甚稳，柳花亭进退无门。夫人是夫人分，奴婢是奴婢身，怎做夫人？"

李奴婢为杂剧艺人，才貌双绝，为人豪迈，"貌艺为最，仗义施仁"（《青楼集》）。

今得张择（字鸣善，祖籍山西平阳，后迁湖南，又寓居扬州，元亡后，任江浙提学，后辞去，居吴江）《青楼集叙》，兹摘选其中有关夏庭芝生平的部分文字，并略加注解，以补《松江人物》。

夏君伯和，文献故家（意为：藏有文物及史料的世族大家）。起宋历元，几二百余年。素富贵而土苴富贵（全句意为，向来富贵，而视富贵如粪草。土苴（zhǎ），泥土和腐草）也。方妙岁（正当最佳年龄，年轻力壮）时，客有挟明雌亭侯之术（明雌亭侯之术，即相术，汉初有妇人许负，善相术，高祖封为"明雌亭侯"）而谓之曰："君神清气峻（气峻，气宇轩昂。峻，高），飘飘然丹霄（丹霄，天空）之鹤。厥一纪（意十二年后，厥，语首助词），东南兵扰，君值其厄（厄，危难），资产荡然。豫损之又损（全句意为：家产富裕时，能懂得谦抑。豫，预先，事先。损之又损，一天比一天减少），其庶几乎（意这大概就可以了）！"伯和揽镜，自叹形色。凡寓公贫士，邻里细民，辄周急赡乏（全句意为，救济急需，赡养贫乏。周，同"赒"，救济）。遍交士大夫之贤者，慕孔北海(153—208，名融，字文举，鲁国人，官至太大夫，为"建安七子"之一，有《孔北海集》)，座客常满，尊酒不空，终日高会开宴，诸伶毕至。以故闻见博有，声誉益彰。无何，张氏据姑苏（至正十六年，1356年，二月，张士诚占据平江即姑苏，又陷湖州、松江、常州），军需征赋百出。昔之肯财豪户，破家剥床（剥床，喻家遭凶运。剥，六十四卦之一），目不堪睹。伯和优游衡茅（衡茅，横门茅屋，意为陋室），教子读书，幅巾筇（qióng，竹名）杖，逍遥乎林麓之间，泊如（淡泊自适的样子）也。追忆曩时诸伶姓氏而集（后名为《青楼集》）焉。

夏庭芝藏书丰富，且爱好抄书。在《封氏闻见录》的跋中，庭芝写到，"予素有藏书之癖，凡亲友见借者，暇日多手抄之"，"今僻居深村，无以为遣，旦夕赖此以自适，亦不负爱书之癖矣"。

《青楼集》集坤角演员117人（其中大部分为杂剧演员），记述了他们的艺术生涯，与《录鬼簿》（钟嗣成著，记载了元代158位作家，471本杂剧）被称为元代戏曲论著的"双璧"。

《南村辍耕录》所记之翠荷秀

夏庭芝《青楼集》还收一个叫翠荷秀的，也是元季（至正间）著名的演员。陶宗仪《南村辍耕录》作"李翠娥"，将其与王巧儿（金玉府总管侧室）、汪怜怜（湖州色艺出众之妓）相提并论。是当时的新松江人。传文如下。

> 姓李氏。杂剧为当时所推。自维扬（扬州）来云间（《说集》作"松江"），石万户（《青泥莲花记》作"石九山"。万户，官名，金初设，为世袭军职，元代相沿）置之别馆（别墅）。石没，李誓不他适，终日却扫（不再打扫门径，意闭门谢客），焚香诵经。石之子云壑（《南村辍耕录》具名"若孙"）万户，孙伯玉（《说集》作"白玉"）万户，岁时往拜之。（《南村辍耕录》："乐籍中相传以为盛事。"）余（夏庭芝）见其年已七旬，鬓发如雪，两手指甲，皆长尺余焉。

夏庭芝《青楼集》所收演员，都为形貌、技艺和气质三者之完美结合者。青楼女子的婚姻，在元代，法令规定"乐人只教嫁乐人"；再就是被官僚等"以侧室置之""纳置别馆"。翠荷秀被石万户"置之别馆"。值得一提的是，她在石亡故后，本可以重返青楼，可不仅不复入乐部，而且誓不他适，洁身自好，守志不渝，诚难能可贵矣。

冯荣力保华亭数万户民众

冯荣，字仲荣，原名居义，乌江（今属安徽）人。杨维桢曾云：荣"自幼机警，读书不事章句，务大义；善属文。见人善，必称道不已；见恶，则嫉之如仇"，"筑草堂青山之麓，日以书史课子；招延宾客，为觞咏之乐"，"乡里称为季世之全人"（《故处士冯君墓志铭》）。

元至正二十七年（1367年）春，荣任华亭知县。

是年初，朱元璋命苟玉珍摄松江府事，又命大将徐达征砖甓城。上海民钱鹤皋坚不奉令，并号于众曰："吾等力不能办，城不完即不免死，曷若求生路以取富贵！"从之三万余人。四月，鹤皋占据松江。府尹苟玉珍被杀，知县冯荣被执，押置狱中。

徐达遣骁骑指挥葛俊带兵镇压，攻占松江城。冯荣被救出。

葛俊怒而欲屠城。所谓屠城，指一个城市如若抵抗，破城之后，必屠杀全城人。清兵南下时，扬州御敌，城破被屠城。共八十余万人被杀，而那些被迫落井投河、闭门焚缢者及被掳者还不在其内。初四日，烈日下尸气传数十里之远。（见王秀楚《扬州十日记》）荣以死力争，曰："反者钱鹤皋耳！余皆良民，纵有从者，皆由迫胁，将军必欲加兵，荣请先死！有邑无民，何以为治？"俊从之。华亭数万户赖以安全。

荣与杨维桢游处甚密。明洪武二年（1369年），荣被擢为新昌州（今属江西）尹。维桢有《送冯侯之新昌州尹序》，其中曰："余曩过田野，见父老四三人聚首，相与言县令冯侯之贤者，或泣，或叹。问其故，则曰：'自侯下车（下车，官员初到任）将二期，民沐其福者，不可枚计。其驭事（驭事，治理政务）

也简，其调役（调役，赋税与徭役）也均，其征赋也仁，其理狱也雪而明。'"
文末，维桢曰："吾尝论吏之良否，为民之戚休，得一良，则一郡喜，失之，
则一郡忧。"

林右记范子俊

近翻阅史料，得林右《野航记》文。林右（1356—?），字公辅，天台
人。洪武十五年荐授中书舍人。陶宗仪与之有诗词往来。宗仪弟梦臣没于道，
就是公辅告知的。时宗仪已居泗泾南村。

《野航记》文中曰：

范子俊，云间人也。厌其居之陋近（近，指近市井或村落），
遂择材于山，求匠于野，作小舟，广几丈，而长加倍之，
中置古今圣贤图书与夫秦汉以下钟鼎彝器，日泛漾沙洲
渚际，逢山翁野子，必呼饮于其间，扣舷而歌，若不可
以事羁者（句意为，不像是因事而旅居于外者，或像不愿因俗事而被束
缚者）。人皆曰："其游方之外乎！（句意为，他是为修行问道
而云游四方的人！）"余自经扬子至松泽，适与之遇，见其
神气内蕴而微充于眉目，于是并舟而进揖（揖，yì，拱手行礼）
其人，曰："子何居而至是乎？"子俊曰："吾居于是，
以是为室，以水为基，以岸曲为藩墙，以鱼鳖为邻戚也。
采芹藻而煮之，挹（yì，用瓢舀取）波澜而饮之。"余叹曰："此
学道之士也哉！吾闻得道之人，常不与人近，渤海之东，
瀛洲之上，是其居也。"

史料中的袁凯

袁凯（生卒年不详），字景文，自号海叟，华亭人。元末为府吏，洪武中，由举人荐授御史。工诗，有盛名。尝在杨维桢座赋《白燕》诗，颇工丽，人呼为"袁白燕"。著有《海叟集》《在野集》。四库馆臣引何景明序谓"明初诗人以凯为冠"。

洪武年间，皇帝审查记录囚犯的罪状后，命袁凯（时为御史）将之送给皇太子复审。太子对不少囚犯予以体恤，减免处罚。袁凯将太子的审查意见报告皇帝。皇帝问道："我与太子谁正确？"袁凯磕头回答道："陛下执法正确，东宫心肠仁慈。"对于袁凯的这一答复，皇帝是如何评价的，志书、史料所述不一。

正德《松江府志》："（上）问：'朕于东宫孰是？'凯顿首曰：'陛下法之正，东宫心之慈。'上大喜，悉从之。后以疾罢归卒。"

崇祯《松江府志》："上问凯：'朕与东宫，孰是？'凯对曰：'陛下法之正，东宫心之慈。'上大喜，从之。后以疾放归。"

《松江人物》以《松江府志》为基础而编撰，在"袁凯"条中就按府志所载，云："皇帝觉得袁凯说得很好，因而十分高兴。"

但这与《明史》及诸志记载相背。

《明史·袁凯传》："……帝问：'朕与太子孰是？'凯顿首言：'陛下法之正，东宫心之慈。'帝以凯老猾持两端，恶之。凯惧，佯狂免，告归。"

明何三畏《云间志略·袁侍御海叟公传》："上以其持两端也，意殊不怿，数数口诵公两言，叱凯退。凯惧不免。遂披发佯狂。"

明李绍文《云间人物志》"袁景文"条中，也有"士恶其持两端，凯遂佯狂，放归"云云，只是改"帝"为"士"。

又，光绪《松江府续志》："太祖以录囚事凯持两端下之狱，凯佯狂。太祖曰：'风疾，当不仁。'命以木锧锧之，凯对上大笑，遂放归。"

吴履震《五茸志逸》中也有"袁凯忤太祖，诡得风疾""袁海叟避祸时，佯狂自辱，令家人以糖拌米潜置篱落间，公匍匐食之（因以骗过使者）"云云，可证《明史》原载。我也曾据这些细节，敷演成《袁凯智斗朱元璋》一文。

（收《松江历代作家作品选注》

《国朝松江诗钞》中的沈楫传

长篇历史小说《夏完淳》出版后，有学生问，小说里夏完淳的老师沈弘济这个人物，是真实的还是虚构的。

历史上实有其人，《松江人物》也有他的传记。

乾隆《娄县志》有其传：

> （沈楫）弱冠补诸生。经明行修。夏允彝命子完淳师事之。中年屏居（屏居，退隐）湖桥角，家日困，乃北游燕、齐，名公卿咸敬礼之。晚归故里，年已耄，日书《千字文》，易钱千文为薪水资。

《国朝松江诗钞》也有其传，且更为详细：

> 沈楫，字弘济，华亭人。明学士度（沈度，1357—1434，工书，为明成祖朱棣所赏识；博涉经史，为文反对浮靡）八世孙。弱冠补诸生。工四六文（四六，文体名，骈文的一种，以四字六字为对偶；形成于南朝，

盛行于唐宋，唐以后，格式定型，也称四六体）及诗词，兼精八法（八法，汉字笔画有点、横、直、钩、斜画向上、撇、右边短撇、捺，谓之八法。多指书法）。游夏瑗公（1596—1645，夏允彝字瑗仲，号瑗公，华亭人。讲求气节，与陈子龙等结几社。施蛰存曾言："当时称文章者，必称两社；称两社者，必称云间；称云间者，必称陈、夏。"）之门，最赏鉴之。夏任长乐（夏允彝崇祯十年即1637年进士，授福建长乐知县。时礼部尚书郑三俊推举天下贤能知县七人，以夏允彝为首），挈之同行，命存古（夏完淳号存古）从游焉。夏殉国变，弘楫亦遭家难，屏居薛山祖墓之间，久而困甚。时其侄孙文烙荃（沈荃，1624—1684，顺治九年即1652年进士，以书法闻名，受到康熙礼遇。沈德潜说："云间有二沈学士，大学士名度，小学士名粲，皆以善书得名，沈荃为小学士后也。"荃卒后被谥"文烙"）方秉宪（秉宪，执掌法令）大梁，迎往任奏疏启，兼总刑钱。又王敬斋宗伯迎楫往，俾佐其少子山西任。遗书其子，有"弘济古君子，所谓人师，非但经师"之目。性刚执，一言忤意，即拂衣归。故取世资甚薄，时或不给，每赖笔墨以续食。一日，将应武林高澹人之邀，顾室中有笺扇百余，不欲使求者失望，乃穷日夜之力尽书之。忽得疾卒。年七十有八。无子。所著诗文稿，则门人方景高收辑之。

《松江人物》补遗

朱 佑

朱佑（？—1479），字民吉，号葵轩，明松江府上海人。景泰元年（1450年）举人，天顺五年（1461年）谒选南昌府同知。归后杜门谢客，植葵万株，辟室其间以自娱。著有《葵轩稿》。"所著诗文典雅和平，得其情性"（夏寅语）。

戴士琳

戴士琳（生卒年不详），字伯玉，明松江府上海人。万历七年（1579年）举人，二十三年进士。授广东曲江知县，卒于任上。著有《剡山堂稿》十二卷，有陈所蕴、陈继儒序，黄体仁跋。内诗五卷，凡二百五十余首；文七卷，凡八十篇，其中有《李翠翘传》，演徐海、李翠翘故事，流传较广。

张泰阶

张泰阶，字爱平，明松江府上海人。万历四十七年（1619年）进士。历官刑部主事、郎中，放湖州知府，转潞安知府，迁河南副使，调浙江参政。家有宝绘楼，藏书画。著有《北征小草》十二卷，收诗六百七十余首，赋两篇，首有陈继儒序及自序。

张重华

张重华，字虞候，号晴阳，明松江府华亭人。万历间诸生，数应乡试不举，于是弃举子业，北入京师，以诗文游于公卿间。数年后还乡，年未及五十而病亡。著有《南北游草续》，收诗八十三首，万世德有序，称其"一时骚坛之上尽拱手让牛耳"。《四库全书总目》收录其《沧沤集》八卷，"提要"云："是编前有张位、姜宝二序。张位序称其有集百卷，先梓八卷；姜宝序称其文言言欲奇，其诗首首欲出尘清新。然大抵拉杂不入格，如称'九峰三泖'曰'九三'"。

陆 楫

陆楫（1515—1552），字思豫，明松江府上海人。陆深之子，国子生。年三十八卒。曾刻《古今说海》，辑录前代至明杂传、笔记小说一百三十五种一百四十二卷。《四库全书》杂家类收录，《总目》"提要"云："所载诸书，虽不及曾造《类说》多今人所未见，亦不及陶宗仪《说郛》

捃拾繁富，巨细兼包，而每书皆削其浮文，尚存始末，则视二书为详赡。参互比较，各有所长。其搜罗之力均之不可没焉。"

朱　曜

朱曜（1462—1530），字叔阳，号玉洲，明松江府华亭人。朱豹父，朱佑子。诸生。早年力学，但九战秋闱不胜，后以朱豹官御史，推封如子官。著有诗文集《朱玉洲集》八卷（内诗二卷，凡八十六首；文六卷，凡五十二篇）。朱彝尊《明诗综》录其诗一首，姚宏绪《松风余韵》录其诗十三首，陈田《明诗纪事》录其诗一首，严昌堉《海藻》录其诗六首。

朱邦宪

朱邦宪（1524—1572），名察卿，字邦宪，以字行；号象冈，又号黄浦，自称醉石居士。朱豹之子。明松江府上海人。年二十为太学生。后屡试不第，于是专攻古文词。与文徵明、王世贞、归有光、陆树声、何良俊等为诗文友。著有《朱邦宪集》（内诗四卷，凡二百五十四首；文十一卷，凡一百五十六篇）。钱谦益《列朝诗集小传》云："邦宪性慷慨，通轻侠，急人之难甚于己。耻为纨绔子弟及儒衣冠，呼卢挟妓，举觥辄数十不醉，意豁如也……好读书称诗，多长者之游，数千里内，信使趾属于道。"

杜士全

杜士全（1563—1645），字完三，明松江府上海人。万历二十三年（1595年）进士，授海盐知县，入为刑科给事中。官至南工部尚书。著有《春星堂稿》五卷，《杜完三诗稿》五卷。严昌堉《海藻》录其诗九首。

沈　龙

沈龙，字友夔，明松江府华亭人。沈泓从弟。崇祯十六年（1643年），与沈泓同榜进士。明亡不仕。著有《雪初堂集》六卷，卷一至卷五收古近体诗二百五十余首，卷六收诗余七十九首。首有陈继儒序，云："友夔为华亭诸生……吾重友夔者，孝悌能诗文，盖才子而兼有道者也。"

王玉峰

王玉峰，明松江府华亭人。著有传奇《焚香记》。毛晋《六十种曲》录此传奇。传奇演宋状元王魁与妓女敫桂英婚变故事，凡四十齣。第一齣有诗云："辞婚守义王俊民，捐生持节敫桂英。施奸取祸金日富，全恩救患种将军。"《松江府志·人物》似未见"王玉峰"条目。

顾昉之

顾昉之（生卒年不详），字彦除，明松江府上海人。顾斗英之子。工书能诗。清康熙刊本《云间二韩诗》附昉之诗《拾香草》一卷，收其诗一百零三首，卷首有曹培廉小引。按，"云间二韩"指莫是龙（字廷韩）、顾斗英（字仲韩）。

周金然

清代松江有两个周金然，一字广居，号广庵，上海人。康熙二十一年进士。此周金然详见《松江人物》。另一周金然，松江府人（具不详），善画（《历代画史汇传附录》）。

张世法

张世法（生卒年不详），字平度，号鹤泉，湖南湘潭人。乾隆二十八年进士。曾任华亭县令。工诗文，著有《瞻麓堂文集》《双樟园诗集》等。

林蕃钟

林蕃钟，字毓奇，号蠡槎，江苏元和（今苏州）人。乾隆三十三年举人。官华亭教谕。工词。对其词，有"含悽古淡""微词可悟"等好评。著有《吹雪词》。

张 汇

张汇（1667—1745），张淇子。张淇，字尔瞻，娄县人。从上海移居松江包家桥。乐善好施，置义田千亩以赡养宗族贫苦者。后因子张集，被追授刑部尚书。淇有四子，张集为长子，张汇为次子。张汇字茹英，号容川，晚号竺西，居秀野桥。圣祖御赐匾额"世泽堂"。增贡生，历官刑部湖广司郎中。承父遗命，置田千亩以赡养宗族。查《娄县志》《松江府志》，均未见有张汇传。张汇妻为王九龄女。张汇子张照。张照官刑部尚书，充任经筵讲官，总理乐部大臣，张汇因子官职得封刑部尚书。（以上内容均据《云间张氏族谱》）

黄振均

黄振均（？—1856），一作震钧，改名宰平，一字仲衡，别字子河，号天河，又称钵池山农，江苏山阳（今淮安）人。道光二十九年拔贡，官奉贤训导。博学，诗词曲文皆能。著有《香草庵诗词集》《比玉楼遗稿》《闺秀诗评》《比玉楼传奇》等多种。

沈永年

沈永年，字青原，号息非，清华亭人。官太医院使。画山水得元人意。年六十七，无疾而终。

林 镐

林镐，字远峰，自号双树生，福建龙岩州人。清国子监生。性豪举，好诗友。虬髯戟张，有磨盾横槊之概。曾寓居上海。其《双树生诗草》，就作于上海。此著经吴锡麒、洪亮吉、孙星衍、王芑孙等修改点定。徐渭序中曰："册中诸诗，出之酒酣耳热，兴会淋漓……独树一帜，可谓特立。"

顾 莲

顾莲(1841－1910)，字香远，号复斋，娄县人。为顾野王之后，道光六年(1826年)进士顾夔之子。莲生十一日丧母，十一岁丧父，由嫂胡氏抚养。早岁力学，光绪六年（1880年）进士。先后官翰林院庶吉士、四川梁山县令。告归后，主讲大观、柘湖书院。著有《素心簃全集》(由莲女婿高燮搜集、刻印、题名)。

陶载良

陶载良（1898－1995），江苏无锡人。1919年毕业于南京高等师范本科。先后在奉天省立第一师范、南开大学附中、上海吴淞公学、浙江上虞春晖中学任教。从春晖中学辞职后，与匡互生等在上海江湾创建立达学园（史称"江湾立达"）。互生病故后，载良接任立达学园主席（相当今之校长），时年仅三十四。1937年8月13日淞吴抗战开始，他与裘梦痕等艰难坚持办学。1940年初，遭汪伪政权通缉，他被迫离校（梦痕代理学园主席），取道香港至重庆，再抵四川，在隆昌县城西南一余姓大院组建上海市私立立达学园四川分校（史称"隆昌立达"）。抗战胜利后，载良回到上海，而江湾立达已于1941年停办，原园址上已改办江湾中字。载良于是在松江包家桥重新建校，挂牌招生，史称"松江立达"。1953年，学园被政府接管，易名"松江县第三中学"，载良仍任校长。在松江三中成立大会上，他动情地说："过去，为了立达，忍辱负重，现在在三中，将鞠躬尽瘁。"

贺 宜

贺宜（1914－1987），原名朱家振，松江县人。出身亭林镇。1966年10月，松江县的枫泾、亭林两镇划归金山县（今上海市金山区）。

《中国作家大辞典》（1999年12月版）：

（贺宜）曾任生生美术公司编辑，上海幼稚师范学校教师。1949后历任上海市团委少年儿童部副部长，《新少年报》

社社长、总编辑,《中国少年报》副总编辑,上海文艺出版社副社长。1934 年开始发表作品。著有童话《小公鸡历险记》,儿童诗集《重要的小事情》,评论集《散论儿童文学》等。

20 世纪 70 年代末,我曾叩访过贺先生的家。印象中,他质朴、真诚。那时我还年轻,他作为长辈,亲切地用自己的经历开导我,为文首先是为人。最后还亲笔留下联系地址。

上海区安西路379弄12号 贺宜

徐亚君

徐亚君(1931—2019),动物学教授。1985 年获安徽省优秀教师称号,1991 年起享受国务院特殊津贴。1998 年,《中国动物志》(蛛形纲球·蛛科卷)将在湖北巴东发现的一种球蛛世界新种命名为"徐氏球蛛"(徐氏,即徐亚君姓氏)。曾任黄山高等专科学校学术委员会副主任。著有《云间动物古今谈》《松江鲈鱼漫思曲》等。

亚君在其名片上手写"我从未忘记我是松江人",虽长期在外地工作,然其热爱家乡之情始终萦绕于怀。退休以后回家乡,常散步至秀野桥上,伫立良久,遐想深远,许多少时往事涌上心头,著成不少短文。

编撰《松江人物》时,亚君尚健在,本着生不立传原则,未入列,兹补遗。

附　录

编著这些书稿，犹如攀登一座座高山，十分艰辛，但一路上风光无限。

——作者手记

《松江人物》序

李君如

今年5月下旬，我接到母校吴春荣老师来函，告我区领导交代的任务《松江人物》已接近完稿，希望我能为此书写一序文。想到年近80高龄的老师还在抱病工作，查资料，做考证，日夜兼程，编撰文稿，为家乡的文化事业和精神文明建设做贡献，我没有任何理由不为养育过我的松江，做一点力所能及的事。

更重要的是，对于区领导提出的编撰一部比较翔实的、能够反映松江优秀文化传统的《松江人物》这一构想，我是非常赞成的。这是弘扬以爱国主义为核心的民族精神和社会主义核心价值观的重要举措。精神不是物质，看不见，摸不着，但是精神可以通过文化传承，也可以通过多种多样文化形式让后人领悟。至于爱国主义也不是那种标语口号式的东西，而是一种非常深沉的爱祖国、爱祖国的人民、爱祖国的山水、爱祖国的历史、爱祖国今天正在从事的伟大事业的情感意识和道德力量，是一种由长期文化积淀而形成的深厚的民族自尊和民族自信。爱国主义作为一种社会意识，包括了一种非常深沉的爱家乡、爱家乡的人民、爱家乡的山水、爱家乡的历史、爱家乡今天美好生活的情感意识和道德力量。我记得小时候，松江教育局编过一本乡土教材，讲的是松江的地理和区划、历史和人物、名胜和特产，对于我们了解松江、热爱松江起了很好的作用。听革命故事听别的地方英雄和烈士的事迹总感到很远，一听松江中国共产党的早期党员侯绍裘、姜兆麟、姜辉麟的事迹，就感到格外亲切，他们当年在我们这些青少年的心灵中产生的震撼，是无法用言语表达的。这些以松江自己的人文资源进行的教育，加深了我们对家乡、对祖国、对社会主义、对党的热爱。今天，在中国与世界的联系越来越紧密，东西方思想文化相互激荡的年代，加上在松江生活和工作的人群中外地人所占的比重越来越大，怎么让当下活跃在松江各个领域的年轻人更好地了解松江，了解松江的历史，形成为中国特色社会主义事业而奋斗的强大精神动力，是我们在弘扬以爱国主义为核心的民族精神时需要高度重视、认真对待的大事。编撰《松江人物》，以松江的历史名人为载体，不仅可以展现松江深厚的文化底蕴，增强我们的文化自信，而且可以让昨天、今天和明天在松江生活工作的人们从中体会到松江人身上所拥有的中华民族优秀文化传统，发扬光大这些优秀的文化传统。

历史名人多，是松江一大文化现象。从小学到中学，每次去醉白池，都要驻足于《松江邦彦画像》石刻，看了一遍又一遍，再看还会有新的体会。松江的名人，有从政的政治家，也有思想家、文学家、书画家、科学家、翻译家等文人，还有工艺家，比如黄道婆，各个方面人才都有。《松江府志》中有许多记载，其他著述中也有不少记录。近年，我参与北京海淀区文化发展战略研究的时候，注意到清朝的"三山五园"就有松江人的贡献。"三山五园"就是清朝的皇家园林畅春园、圆明园、香山静宜园、玉泉山静明园、万寿山清漪园（颐和园）。畅春园是清代在北京西郊修建的第一座大型皇家园林，是康熙皇帝经常休息和办公的地方（圆明园是雍正皇帝、乾隆皇帝经常休息和办公的地方）。参加这座园林建造的是清代初期杰出的造园艺术家张涟、张然父子，在张然之后是叶洮。据史料记载，张涟字南垣，江南华亭人，后迁居嘉兴。在康熙年间就有历史学家为他写过《张翁家传》。他将山水画之"理"和"意"运用于造园艺术，垒石为假山，成为叠石造园名家。明末清初东南一带的著名园林，如松江李逢甲横云山庄、嘉兴吴昌时竹亭湖墅、朱时茂鹤洲草堂、太仓王时敏乐郊园等，多出自张涟之手。他建造畅春园时已有90多岁，康熙皇帝特赐肩舆，准许他坐轿出入御园。施工则都由他的次子张然承担，父亲去世后张然独当一面将园建成。康熙二十六年，畅春园建成后，他辞职南归，两年后去世。他走后的工作由叶洮承担。叶洮是江南青浦人，是清朝大学士明珠自怡园、大学士佟国雄佟氏园的设计和监造者。康熙游览了佟氏园后很高兴，让他到畅春园绘制园图。他南归养老后，皇帝又招他回来，去世在北上途中，康熙闻讯"悯然"，让江宁织造曹寅安排叶洮的丧葬事宜，还赏赐白银抚恤其江南眷属。我花这么多的笔墨介绍这几位松江人可能很少了解的工艺大家，是要说明松江的名人之多、领域之广、贡献之大，是罕见的。松江区领导立项编撰《松江人物》，确实是功在当代、利在千秋的大好事。

编撰《松江人物》不仅要像编词典那样，介绍松江籍的和在松江寓居、工作过的历朝历代有影响的人物，而且又不能像词典那样过于凝练、简约，而要讲好这些松江人的故事。习近平总书记在指示做好外事工作时，要求我们"提升我国软实力，讲好中国故事，做好对外宣传"。因为故事有吸引力、感召力，有亲和力、说服力，有生命力、传播力，对外国人讲好中国故事，可以进一步构建和增强国家软实力，为国内发展营造有利的国际环境。其实，在国内思想政治工作中，特别是对广大青少年群众做教育引导工作的时候，也要学会讲故事。我是搞理论工作的，但我主张理论宣传也要善于讲故事，而不要干巴巴地讲几条原理。道理很简单，人的认识是从感性到理性逐步深化发展的，遵循这个认识规律，就应该从我们所做工作对象的实际出发，从讲大家都能够听得进听得懂的故事开始，从中引出有普遍指导意义的有条理性的结论，这样，大家就能更好地接受党的基本理论。我以为，编撰《松江人物》这样的著作，一有条件讲好松江人的故事，二也要努力讲好松江人的故事。为什么要强调"努力讲好"呢？因为历史上的松江人是历史典籍上记载的松江人，有的记载得比较翔实，有故事可讲，有的本来就那么三言两语，故事性很少，我们又不能随意编造他们的故事（至于历史上记载的是不是早有编造的内容，这需要考证和研究）。所以我们只能做到"努力讲好松江人的故事"。

最后，有一个建议：先编出一部《松江人物》，然后进一步推动有志之士深化研究，包括开掘新的史料，隔几年再修订充实。我们这几年抓马克思主义理论研究和建设工程，编写的大学文科教材，都是这么做的。只有这样，才能磨出传世精品。

预祝《松江人物》成功！

2015 年 7 月 5 日于北京昆玉河畔

（作者为第十一届全国政协常委，中共中央党校原副校长）

松江的优秀文化传统

（《松江人物》代前言）

吴春荣

传承与弘扬中华民族的优秀文化传统，从来没有像今天这样受到切实而广泛地重视。正在为实现"中国梦"而阔步前进的中华民族，越来越认识到，历史是不能割断的，传统、尤其是优秀传统是不能丢弃的；这一传统，是中华民族的珍贵遗产，是历史发展的内在命脉，是开创未来的必要条件。

松江，历史悠久，底蕴深厚。有人统计，松江在明、清两代共出进士457 人，在全国名列前茅，明代的数量甚至跃居全国榜首。明嘉靖二十三年松江府出了五个进士（宋贤、王会、彭应麟、袁福徵、杨允绳）；嘉靖三十五年也出了五个进士（杨道亨、赵灼、杨铨、姚体信、夏时，其中三人是华亭人）；嘉靖四十四年，则出了八个进士（潘允哲、陆树德、张明正、乔懋敬、徐汝翼、陈懿德、王圻、李自华，其中四人是华亭人）。有明一代，仅华亭一县至少出了三个状元（钱福、唐文献、顾凤翔），其中，一人是武状元。还有个张以诚，也是个状元，万历朝的，有些府志说他是青浦人，但他是张弼四世孙，张弼是华亭人；再说，青浦也属于松江府。庞大得惊人的进士群体，是一道人文景观，是松江历史上的一个突出现象，是历史底蕴的有力证明。还有一个现象也许同样是个佐证：在松江历史上，历朝各代都有不少外地的文人雅士来到松江游寓甚至长期定居、占籍以至故老安葬，这一现象，元代更为突出。元代寓居松江大师（如赵孟𬱖、杨维桢、陶宗仪等）之多，使松江令全国瞩目。之所以如此，原因是多方面的，但松江的历史底蕴绝对是一个重要原因。

既然如此，研究松江的历史底蕴、文化传统，就成为一个十分重要的课题。习近平总书记指示我们要"讲清楚中华优秀传统文化是中华民族的突出优势，是我们最深厚的文化软实力"（《把宣传思想工作做得更好》），还说："在5000多年文明发展进程中，中华民族创造了博大精深的灿烂文化，……要系统梳理传统文化资源，让收藏在禁宫里的文物、陈列在广阔大地上的遗产、书写在古籍里的文字都活起来。"（《提高国家文化软实力》）为让"书写在古籍里的文字"活起来作准备，2014年3月，我们承担了松江的一个重点文化建设项目，即整理有关史料，编撰松江历史上的人物传记。这项工作，也为上述课题提供了研究的基础。历史是人创造的，历史人物又是传统的载体。在整理、编撰过程中，我们一直在思考：松江的优秀文化传统究竟具体体现在哪些方面？

在我看来，大致有以下几个方面——

一　以民为贵，视民如天

松江人物中之为官者众多。其中不乏正直、清廉而称职的，他们无论是在松江出生的，还是来松江任职的，都深受儒家"民为贵，社稷次之，君为轻"（孟子）、"君人者，以百姓为天"（管仲）思想的浸淫，有着重民传统。《荀子·王制》引云："水则载舟，水则覆舟。"喻民可拥护君主，也能推翻君主。他们深深地懂得"为民者昌，失民者亡"的道理。三国吴陆逊侄陆凯就曾上疏吴帝孙皓："民者，国之根也。诚宜重其食，爱其命。民安则君安，民乐则君乐。"宋代华亭人殷澄也说过："夫民犹水也。水顺则流，逆则激；民顺则宁，逆则乱。"从另一个侧面反映了重民理念。

陈舜俞，宋华亭人。登进士第后，一时声名赫然。行青苗法时，他不奉令，曾上疏自劾。青苗法为王安石变法改革时推出的一项政策，本意在由农户自愿向官府借贷，加息二分或三分，粮食收获后纳税时归还，以免借贷地主、商人的高利贷。但在地方执行时，"诱以便利，督以威刑"，实"非王道之举"，"况正月放夏料，五月放秋料，而所敛亦在当月。百姓得钱，便出息输纳，实无所利。是使民一取青苗钱，终身以及世世一岁尝两输息钱，乃别为一赋，以弊生民也"。且不论疏见如何，陈舜俞作为地方官，根据本地实际，为民请命，冒丢官之危险，敢于对政府制订的政策提出异议，其为民众考虑的情怀可见一斑。陈舜俞上疏后，果然被贬，居华亭，曾骑白牛往来风泾（今枫泾），自号白牛居士，无有悔意。

为官一任，当造福一方。方岳贡，明代湖广襄阳人。崇祯元年（1628年）出任松江知府。他为官清廉，清操严厉，颇著丰裁，爱民如子。松郡滨海带江，渔盐灌溉，民命寄于水利；然海水清浊甘咸不一，所以沿海皆筑塘以为障。但潮汐直薄塘下，日剥月削，咸潮有冲人之虞。方岳贡一到松郡，即建筑石塘二十里以护之，蜿蜒绵亘，力挽狂澜，濒海是赖，百姓称善。松江府漕运京师数十万石粮食，各粮仓相距五里，他命筑墙保护，名之为"仓城"。他救济灾荒之民，使富裕者出钱，让穷苦者与役而获得经济收入，称之为"救荒助役"，是救济灾荒的"土政策"。又兴办学校，考核人士。在松为官多年，办事公正，以至于怨情渐灭，讼事无多，社会安定，民众口碑甚好。后来受诬被捕，松郡士人、民众纷纷到京城为其诉冤。皇帝复其官职，并嘉奖其操守清正，政绩卓异。

如何对待民众的上访、判断民间的诉讼，是考察一个为官者有无"民为邦本"意识的又一项标志。赵豫，安肃人。曾为兵部员外郎。明宣德五年（1430年），奉命前来松江任知府。刚上任时，深以民风多争斗诉讼为患。争斗诉讼者来到，赵豫往往好言相劝："明日来。"多次以后，民众都为此而发笑，有"松江太守明日来"之歌谣。赵豫如此做法之本意，是让争斗诉讼者过一夜后，原来的气愤渐趋平缓，到第二天再来时，往往容易被劝解。

多次如此劝解，诉讼者就少了。古时衙门，是国家权力的象征，官员则是行使权力的代表，掌握着百姓的生杀大权。在衙门大门沉重、公堂阴森、等级威严的情况下，赵豫能如此对待"上访者""诉讼者"，与那些高高在上的墨官酷吏相比，当是难能可贵的。史书记载，正统年间，赵豫任松江知府已满九年，要考核其政绩，然后调离。民众闻讯，集五千余人叙述理由要他留任，巡按御使将此情报告皇帝，皇帝给他加二级俸禄而顺民众所求，让他留任。赵豫在松江任职十多年，清静如一日；离任时，松江老幼前来攀住他乘坐的车辕不让离去，赵豫留下一只鞋子以作遗爱的标记。后配享于周忱的祠堂。

二 实学售君，经世致用

实学售君，经世致用，向为封建士大夫所追求，所谓"学成文武艺，货与帝王家"。而在封建王朝的统治危机日显时，为克服危机，寻找出路，尤其注重经世致用之学。陆游《喜潭德称归》云："少鄙章句学，所慕在经世。"经世，治理国事；致用，尽其所用。这方面，松江文人尤为注重。

松江人陆贽（一说为嘉兴人）为大唐名相，谥号"宣"，也称"陆宣公"。贞元时，主持进士考，韩愈等八人登第，时称"龙虎榜"，誉为"天下第"，他则成为韩愈等人座师。宋代苏轼等人，也深受其影响。陆贽在位时，重经世致用。其经世之才，相业之隆，有唐近三百年中，实属凤毛麟角。陈子龙曾择其文辑为《陆宣公文集》刊行。陆贽文章，尤其是为唐德宗起草的《奉天改元大赦制》、奏议《均节赋税恤百姓六条》及《论裴延龄奸蠹书》等，都体现了他为国为民、经世致用之理念。被贬后，他在郡十年，闭门避谤，考核药方，撰《集验方》50卷，为世所用。

晚明松江府上海人徐光启，有治国经世之才干，并立志用世。"博究天人，而皆主于实用"（《农政全书·凡例》）。曾与意大利传教士利玛窦一起研究天文、历法、数字、地学、水利等学问，又与其共同翻译了许多近代科学著作，成为中国介绍西方科学的先驱。在科学技术研究方面，他用力最勤、收罗最富的是在农业方面。《农政全书》是他几十年心血的结晶，是一部集中国古代农业科学技术大成的著作。全书凡60卷，50多万字，分农本、田制、农事、水利、农器、树艺、蚕桑、蚕桑广类、种植、收养、制造和荒政十二大项，其中不乏他的独到见解。

以陈子龙、夏允彝为首的云间文学派，同样注重实学和经世。朱东润曾将陈子龙一生分为三个阶段：名士，志士，战士。由于受黄道周影响，陈子龙认清了对国家的责任和国步的艰难，以国事为己任。出任南明王朝兵科给事中后，他决心把自己的一切献给国家，为力挽朱明王朝的覆灭而战斗，直到牺牲。他曾偕徐孚远、宗徽璧网罗明朝名卿巨公之文有涉世务国政者，编成《皇明经世文编》一书。该书凡504卷、补遗4卷，收录了有明一代424位士大夫的文章3145篇。时任松江知府的方岳贡认为："览其规画，足以益才智；听其敷奏，足以壮忠怀；考其始终，足以识时变。"复社领袖张溥也赞叹："伟哉是书！明兴以来未有也。"黄澍称其为"一代之鸿章，千秋之盛业"。许誉卿也云："吾郡诸子，志在用世，参订往哲，备一代经济之书也。"（以上均引自《皇明经世文编·序》）陈子龙与夏允彝等倡立几社，在张溥之后又主持复社，始终注重实学经世。他的这种主张与精神，对清初顾炎武、黄宗羲等经世致用思想也产生了很大的影响。

三　崇尚气节，坚正操守

季羡林曾说："中国历来评骘人物，总是道德文章并提。道德中就包含着气节，也许是其中最重要的成分。"（《陈寅恪的道德文章》）松江历代文人中的相当一部分十分重视气节、操守，把它们看得比仕途、生命更为重要，所谓"宁为玉碎，不为瓦全"。这种情况在异族入侵、改朝换代之际，尤为突出。

清兵入主中原、朱明王朝倾覆之际，松江一批文人奋起勤王。夏允彝是几社的创始人和领袖，文章道德，负士林重望。南都沦陷，中兴无望，他赋诗曰："少受父训，长荷国恩。以身殉国，无愧忠贞。南都继没，犹望中兴；中兴望杳，安忍长存！"遂投池而死。书法家、诗人李待问，官中书舍人。南京失守后，列城望风下。他偕沈犹龙等募壮士守卫松江城。

当松江将失守时，守东门之百户某挽之曰："闻君读烂《四书》，今日将安之？"李待问笑曰："臣死忠，古人常事，第下城与家一诀，稍尽其私。"百户曰："君能如此，我先断头待之泉下。"即拔刀自刎。李待问凭尸而哭，仓猝抵家，少妾挽衣涕泗，众争劝之逃。李待问曰："若一旦苟活，梦寐何以对此老兵？"引绳自尽，气未绝，而追者至，于是遇害。章简曾为罗源知县，南明隆武二年、绍武初年（1646年）八月，守松江城南门，清军破城，章简不屈遇害。其弟章旷犹支持残局，后也壮烈牺牲。陈子龙、夏完淳等皆为死节之士。各地可能都有这样的人士，但松江竟出现这样的群体，则是罕见的。

专权的宦官，向为士大夫所不屑。非但不阿谀奉承权倾朝野的宦官，而且在其淫威下誓死不屈，这是崇尚操守的又一方面的表现。松江不乏这类人士。较为突出者为许誉卿。他官拜吏部给事中。时魏忠贤专权，他上疏痛斥魏忠贤大逆不道："视汉之朋结赵娆，唐之势倾中外，宋之典兵矫诏、谋间两宫何异！"魏忠贤为之大怒。许誉卿又言："内阁本是行政重地，却将初步审议奏疏的大权拱手授之内廷；为内廷掌控之厂卫一旦奉行审问嫌犯的圣旨，就五毒备施。近来又用立枷法，士民遭受酷刑而惨死者不知凡几。又行数十年不行之廷杖，流毒缙绅，岂所以昭君德哉！祖制，宦官不掌兵权，今禁旅日繁，宫内练兵不停，聚虎狼于萧墙之内，逞金革于禁闼之中，不为早除，必贻后患。"许誉卿如此做，自然知其可能产生的后果，果然，他为此而丢官，并被驱逐回家。但他赢得了众臣的推颂，魏忠贤被处死后，复被起用。

清代有两兄弟，都是画家。兄陈枚，娄县人。雍正四年（1726年）以供奉内廷劳，赏内务府掌仪司员外郎衔。弟陈桓，兼能诗，其所作《十破》诗中，《破瓢》一首，尤脍炙人口，人因呼为"破瓢先生"。他又工刻印，驰声印林。还善书，尤章草。当然，他最精绘事。山水规抚倪（瓒）、黄（公望），以天趣胜。就是这么一位多才多艺之人，丧偶后，竟携子栖身湛然庵，忍饥犯寒。但他从不乞贷于人，也不求援于其兄。古有宁饿死而不食嗟来之食者，而他即使日子没法过也不乞、不求。这种在贫穷、窘困之中的操守，即松江人所谓的"硬气"，实为可贵，为此，时人多高之。

四　清廉自律，贫困有守

清廉是一种生命的境界，一种人格的修养，一种精神的磨砺，向为贤者智者所自守，民众所期盼，正直官员所追求和坚守。

松江为官者同样恪守"宽一分则民多受一分赐，贪一文则官不值一文钱"的理念。明代华亭人张悦（字时敏），历仕工、礼、吏三部侍郎，南京右都御史、吏部尚书。他为官以不欺为本。陈继儒说他"性素清约，自小官至重任，终始一节，为缙绅表率者四十余年"。（见崇祯《松江府志》）相传他家的屏风上有一段话昭示来宾："客至留饭，俭约适情；肴随有而设，酒随量而倾；虽新亲不抬饭，大宾不宰牲；匪直戒奢侈而可久，亦将免烦劳以安生。"有人说有些人善于读书而不善于做官，他笑道："这正说明这些人不善于读书。"他曾言："今天的人们与古代圣贤相差甚远；古代圣贤每次办事竭尽公正忠诚之心还犹恐不及，还有什么心思考虑私利！"明华亭人沈霁，在福建海道副使任上时，有士大夫带了银币上门请托，沈霁说："我了解您，您怎么不了解我？"这位士大夫惭愧离去。改任贵州兵备，临行时，当地民间有"沈青天不爱钱，日饮清溪水，夜来不着眠"的歌谣流传。他致仕时，行李萧然，囊中只数卷书。明华亭人叶宗行也一生为官清廉。时按察使周新久闻叶宗行为人，一次乘其外出，暗中到其住室，看到室内只有一包松江银鱼干，为之感叹，临走带了些许鱼干，第二天召叶宗行宴聚。席间，周新拿出鱼干，说"这是你家的东西"；宴后用三品仪仗送他归去，叶宗行推辞。当时人们称他为"钱塘一叶清"。

林则徐终生不置财产，认为：若子孙有能，遗财有何用！若子孙无能，遗财又有何益！在松江历史上，不乏林则徐这样的官吏。他们不仅无有遗财，甚至十分贫困。明代华亭人袁恺（字舜举），进士及第后，历官刑部主事、江西按察佥事、广东按察使、云南左布政使，为官凡三十年，而去世之日，竟家徒四壁。清雍正二年进士、娄县人周吉士，官刑部郎中，兼提牢厅事。视察牢狱时，"冬月被敝裘"；因念母请假归家时，"环堵依然，粥不继"。更有甚者，长史李伯玙之子李清，官工部主事，南京刑部员外郎、郎中，南京兵部郎中，改右丞。死后竟无钱殡葬。还真是："世上穷官谁与比，罢官不见炊烟起。"为官而清廉，已属不易；贫困而有守，尤为难能可贵。

不少为官者不但不贪，而且用自己俸禄为民办事。明永乐年间，任韶州府同知的松江人许进，在任时，就曾捐自己俸禄修建学校，除害兴利。史载，有明开国以来，郡州佐官的政绩以许进为第一。还有一人，历史上更是鲜见。他叫张昕（字宾旸），华亭人。家境较富裕。明仁宗（朱高炽）为监国（君王外出，太子留守，时朱高炽为太子，代理国政）时，曾命其辅佐，官职也不小。他为官期间，竟不受俸禄；致仕后，仍不断救贫恤孤。为官不受禄，致仕恤孤贫，此等官员，罕有其匹。

元代寓居松江的陶宗仪曾云："'潮逢谷水难兴浪，月到云间便不明。'松江古有此语，谷水、云间，皆松江别名也。近代来作官者，始则赫然有声，终则阘茸贪滥，始终廉洁者鲜。两句竟成诗谶。"（见《南村辍耕录》）看来，陶宗仪此云或有例证，但不无偏颇。

五　克习家学，承续门风

中国封建社会，颇重传统教育。松江的士大夫，由于重视家教、家学、家风，又薪火相传，因而积累了深厚的家学文化，形成了不少文化名门世家。

这种文化名门世家，中国历代均有，如东汉的史学世家班氏（班彪、班固、班昭）家族，宋代的文学世家苏氏（苏洵、苏轼、苏辙）家族，清代的朴学世家（王安国、王念孙、王引之）家族等。学术文化与大族盛门密切相关。这是一个重要的历史文化现象。这种现象，不仅反映出一个家族的发展史，而且折射出该地区的文化传统。在松江历史上，这样的家族，这样的历史文化现象，也屡见不鲜。

以明代为例。

父子同为进士：孙衍及其子孙承恩，分别为成化十四年、正德六年进士；冯恩及其子冯时可，分别为嘉靖五年、隆庆五年进士；陈所闻及其子陈子龙，分别为万历四十七年、崇祯十年进士；等等。父子三人同为进士：王会为嘉靖二十三年进士，长子王庭梅、次子王庭柏分别为万历四十一年、万历四十七年进士；等等。

兄弟同为进士：钱溥及其弟钱博，分别为正统四年、正统十年进士；顾中立、顾中孚兄弟同为嘉靖五年进士；包节及其弟包孝，分别为嘉靖十一年、嘉靖十四年进士；陈梦庚及其弟陈嗣立，分别为万历二年、万历二十六年进士；等等。

祖孙同为进士：朱瑄及其孙朱大昭，分别为正统十三年、嘉靖二十六年进士；吴忱及其孙吴哲，分别为天顺元年、弘治十八年进士；唐珣及其从孙唐文献，分别为天顺元年、万历十四年进士，而唐文献侄孙唐昌世又是天启五年进士；曹鼐及其孙曹嗣荣分别为成化二年、嘉靖十四年进士；张缙成及其孙张承宪，分别为成化十七年、嘉靖二十三年进士；李日章及其从孙李凌云，分别为嘉靖二年、万历三十二年进士；袁福徵及其孙袁思明，分别为嘉靖二十三年、万历三十五年进士；宋尧武及其孙宋徵璧，分别为隆庆二年、崇祯十六年进士；徐阶、徐璠、徐元春"三世皆三品上""为人伦之极"（王世贞语），徐元春登第时，徐阶方谢政家居，"遗书戒以毋躁进，毋上人，毋标榜立门户"，徐元春揭诸座右，朝夕讽览，率循惟谨；等等。

更有一门四进士之家：张弼一家，张弼为成化二年进士，长子张弘宜、次子张弘至分别为成化十七年、弘治九年进士；张弼四世孙张以诚，则为万历二十九年状元；杨玮一家，杨玮及其弟杨璨同为正德六年进士，杨璨子杨秉义、杨玮孙杨允绳，分别为正德九年、嘉靖三十二年进士；陆树声一家，陆树声及其弟陆树德、其子陆彦章、陆彦祯，分别为嘉靖二十年、嘉靖四十四年、万历十七年、万历二十三年进士；等等。

不仅有政治世家，松江更不乏文学、书画世家。其中不少人，甚至成为一代大家。

明季夏允彝，好古博学，工属文，为江南名士、复社重要成员、几社创始人。"当时称文章者，必称两社；称两社者，必称云间；称云间者，必推陈、夏。"（施蛰存、马祖熙《陈子龙诗集·前言》）夏允彝著有《四体合传》一卷，《私制策》一卷，《禹贡合注》十卷。临终前，著《幸存录》。其子夏完淳，少年英雄，旷世神童，亦是著名诗人。他被捕后撰写的《南冠草》，充满战斗气息，诗风悲壮激昂，汪辟疆曾评其首篇《别云间》："慷慨激昂，真情流露，不当以字句求之，皆字字血泪也。"白坚在《夏完淳集笺校·前言》中也说："完淳的诗，并非以年少而见称，因殉国而得传，就诗论诗，亦足以睥睨一代，辉耀千秋，屹立于古今爱国诗人之林。"夏允彝还有两个女儿，一为夏淑吉，一为夏惠吉，都是名闻当时的才女。

沈度一家以书法著称于世。沈度为沈易之子，善篆、隶、真、行等书，书风婉丽雍容，为帝所欣赏，日侍便殿，凡金版玉册，必命其书写。沈度之弟沈粲，善正楷与草书，与其兄同在秘书阁办事，人称"大小学士"。沈度之子沈藻，亦善书法，兼承父、叔，真、行、草并佳。明孝宗爱沈度书，访其后代，得其第四代孙沈世隆，沈世隆也以善书承其家学，被授中书舍人职。莫是龙则能诗，工书，尤擅画。挥染时，磊磊落落，郁郁葱葱，神醒气足，而气韵尤别。有《画说》一卷行世。"吾国山水画南北宗派之画分，即始于莫氏。"（潘天寿《中国绘画史》）莫是龙孙莫秉清，承祖善画，其画孤梅铁干，猗兰芬芳，雪淡风高，与俗径庭。莫是龙裔孙莫汝涛，清代人，其画青秀思沉，可称为后来之俊，为华亭写生名家。

一郡之中，这么多家族，其家学世代相传，门风又如此兴盛，实为他地所罕见。

六　侍奉父母，孝感天地

旧时有《二十四孝》一书（未著撰人，或认为是元郭守敬之弟郭守正编），后又有《二十四孝图诗》，宣扬了二十四位尽孝的典型人物。其中"怀橘遗母"的陆绩，即为华亭人。《三国志·吴书·陆绩传》："绩年六岁，于九江见袁术。术出橘，绩怀三枚，去，拜辞堕地，术谓曰：'陆郎作宾客而怀橘乎？'绩跪答曰：'归欲遗母。'术大奇之。"

在松江历史上，类似这样恪尽孝道、恭奉父母者，可以说数不胜数。他们竭力侍奉，让父母晨夕得欢，称之为色养；父母病了，煎奉汤药，必先尝而后进，以免伤害父母；父母故世，在坟墓旁结茅棚而住，不入内室；为官者逢父母去世称遭丁忧，当离职回家守孝三年。

章简之祖父、华亭人章宪文，万历进士。为诸生时，家境贫苦，但他偕同妻子侍奉双亲唯谨。每进食甘旨，不乏山珍海味，但其实家里窘困得瓶内无酒、袋中无粮，自己享用的则是锅釜之余，残羹焦饭。娄县人焦袁熹，人称"南浦先生"。康熙三十五年乡试中举，念祖母、母亲年寿已高，绝意进取。朝廷诏命寻求实学之士，焦袁熹被荐，且奉旨召见，仍坚决推辞。后不得已任山阳教谕，还是乞求回家奉养。母亲患病，他已六十六岁，一如既往地亲自服侍、进奉饮食，连续三四个月毫不懈怠。母亲去世，他勺水不入口达十日，至性纯孝到如此程度。更有甚者，明代华亭人杨允绳因忠谏而被判处死刑，其子杨应祈正当弱冠之年，痛心于父亲的冤屈，穿破衣，喝粥汤，伏地而行，每天到监狱探望父亲。回来即蓬头赤脚，寝席而食，悲号呼天，愿以身代。后又以臂血书疏，书毕，他母亲怕复蹈危机，徒死无益，将疏文烧毁。杨允绳在狱五年，杨应祈五年不入妻室。父亲将被处死，他穿奴仆衣帽，伏行长安街头，绝食而死。为杨允绳所撰的悼文中，有"父死于忠，子死于孝"，一时以为名言。后终获朝廷昭雪、表彰，又造忠孝祠，画父子像，用以祭祀。杨应祈献身于为父鸣不平、替父申冤，其孝行可谓感天动地。

古有孝悌为立身之基之训，以为孝是人伦之始，是伦理道德实践的根本。又有"百善孝为先"之说。马有垂缰之义，犬有湿草之仁，乌鸦反哺，羊羔跪乳，禽兽尚如此，人不孝父母，为天地不容。为之，行孝，可以舍弃一切，包括为官，甚至生命。明代华亭人吴炯，六岁失怙，茅茨数椽，与母形相吊。中举后，追念父亲，沿途涕泗不绝。抵家拜母，母子相向痛哭。万历十七年中进士，但因念及母亲孤单，不为官而回家陪伴母亲，设馆传授经书以供养母亲。明代松江府人徐三重，隆庆丁丑登进士第，曾拜官于比部（刑部），因父亲年寿已高，他托病回家后，坚决不愿为官，朝廷内外推举引荐的文书，每年有数十以上，他始终不予应允。吴炯、徐三重等人的不愿为官，可能还有其他原因，但为尽孝则是主要原因。另，华亭朱瑄，乡试中举后，当进京参加会试。正逢父亲从戍守之所回家，他说："吾以不得侍亲为恨，奈何复远游乎？"竟坚持不去京师参加进士考。郡人汪嵩年，因丧母及祖母，哀痛成痼疾，自知不起，作绝命辞，中有"吾到黄泉无别恨，惟怜夜哭有高堂"之句，令闻者伤感不已。

时代在前进，社会在发展，人们的观念自然也在不断改变。对先贤的这些做法，我们当然可以有自己的分析，不能、不必也不需要全盘照搬。但其"讲孝道，其主要用意在教人懂有'亲'。能亲自能仁，能仁自能爱。这里可以奠定人们做人的基础，养成一种良好而高贵的心情"。（钱穆《中华文化十二讲》）"孝""敬"相连，"孝"为行，"敬"为心，行由心生，对父母师长持有敬爱、感恩之心，尊重、照顾、赡养父母长辈，应是子女晚辈应有的品德与应尽的义务，过去是这样，今天也当如此。

我们曾一度轻视孝道，甚至认为孝道是封建统治者欺骗民众的精神枷锁，是陈腐的思想。但当今学者已形成共识：经过几千年的提倡和传播，孝，已沉淀为中华民族的道德观、文化心理的重要内容。由此而至于"老吾老以及人之老，幼吾幼以及人之幼"，我们民族的道德修养就可以达到一个相当的高度，许多社会矛盾可以由此化解，和谐社会也可以由此实现了。

七　热爱家乡，眷恋故土

松江有一浮雕"十鹿九回头"。《松江府志》称，以做事不全者谓"十鹿九回头"。但民众自有理解。在民众看来，松江是战国四公子之一的春申君黄歇的故乡，仅自建城始，也已有一千二百多年的历史。松江的水土哺育了众多国家级乃至世界级的杰出人才，拥有着诸如陆机《平复帖》《文赋》等许多"中国第一"，松江还曾经是全国棉纺织的中心。松江无疑有着特别的骄傲。"十鹿九回头"，实际上反映了松江人对家乡的眷恋。无论是怎样辽阔的空间，还是怎样悠邈的时间，都不会使这种眷恋淡化或消失。这是一种乡土情结。如果说每个地方的人都有这种情结，那么松江人的这种情结尤为深固而难以化解。

热爱家乡，眷恋故土，是松江的又一个历史文化传统，是贯穿古今的历史文脉。

松江人的热爱家乡，常常表现在钟爱家乡的物产上。月是故乡明，故乡的一切，总是让人魂牵梦萦。松江大米"老来青"，曾让多少海外人士啧啧赞叹！松江还曾有名闻海内的"松江鲈鱼"，古人常以它为松江情怀的凝聚点、松江的象征、松江的骄傲。晋时张翰的《思吴江歌》广为传诵："秋风起兮佳景时，吴江水兮鲈鱼肥。三千里兮家未归，恨难得兮仰天悲。"张翰，崇祯《松江府志》《娄县志》（乾隆年间）都注明是松江人，据《案前志》载，他回乡后居住在"思鲈巷"（今有人考证即今思巷弄）。当初他在洛阳任职，见秋风起，思念家乡的菰菜、莼羹、鲈鱼脍，叹曰："人生贵得适意尔，何能羁宦数千里，以要名爵！"毅然决定还乡。他的回乡，应该说还有其政治原因，但诗中流露出的对家乡的感情是十分真切的。

古代与近现代松江人还常常通过歌咏家乡的自然风光来抒发爱乡之情。北宋景祐年间华亭知县唐询的《华亭十咏》，南宋松江诗人许尚在淳熙年间的《华亭百咏》，分别描写了白龙潭、西林、陆机宅等，南宋另一位松江诗人凌岩，也有《凤凰山》《佘山》《天马山》等诗。天朗气清，惠风和畅，莺飞草长，青树翠蔓，桃红梨白，还有新月如镰、河流若带、夕照炊烟等，在他们的笔下，都美得让人心颤。诗是诗人情怀的反映，胸中若无热情爱意，眼中之景焉能这般美好？许尚的《白龙潭》写道："神物幽潜地，沧沧水接空。不缘尚应祷，谁识有殊功？"不仅写出了水天相接、水天一色的景致，而且借神物白龙，写出了白龙潭护佑松江民众的恩泽。字里行间，满溢着诗人的眷恋之情。

白龙潭为古今人士所钟爱。施蛰存曾说："我小时候在松江，所见之白龙潭就已不过十许亩了。"他曾有《白龙潭》一文，其中写道："旧时为吾邑胜景，每春秋佳日，画舫笙歌，惊莺织燕。端阳则龙舟竞渡，士女阗咽，鼓吹鼎沸，船上岸上，百戏纷呈，耳目不暇款接。"那情景不亚于南京的秦淮河。作者的笔触饱蘸乡情。

关注、眷念家乡的父老乡亲，以拳拳之心造福乡里，是热爱家乡的深刻表现。元代黄道婆，在知命之年，自崖州回到故乡乌泥泾，推广棉花种植，革新棉纺织机具，传授改进了的棉纺织技术，使家乡人民的生活很快富裕起来，影响所及，推动了松江棉纺织业的发展，到明代中叶，松江已成为中国棉纺织业的中心。

在某些特殊的情况下，尤其是生离死别之时，诗人的爱乡文字如血泪所凝，尤为令人感慨。夏完淳被解往南京而告别松江时，有《别云间》一首："三年羁旅客，今日又南冠。无限山河泪，谁言天地宽。已知泉路近，欲别故乡难。毅魄归来日，灵旗空际看。"诗中充满了对故乡的依恋，有力地表达出对国破家亡的满腔悲愤，全诗"字字血泪也"（汪辟疆语）。

从古代到近现代，从二陆、张翰到陈夏师徒，到施蛰存、嵇汝运等，故土之思，故土之爱，可谓一脉相承。这的确是松江的一个优秀传统，是一笔丰厚的文化遗产。

八 巾帼德才，不让须眉

中国漫长的封建社会中男尊女卑的观念，使女子长期处于被压抑、受歧视的地位。她们中的大多数，甚至连名字也未能保存下来。松江也如此。然而"休言女子非英物"（秋瑾语）。"郡中苦节之及格得达于朝者，岁凡数人矣"（嘉庆《松江府志》）。苦节者有之，其他方面的自然也有；达于朝者有之，穷乡僻壤不能告于有司者，更不知凡几。

总观松江女子，她们不但不逊色于男子，而且与男子相比，品行尤为难能可贵。她们前后相因，风化流行，成为一支重要文脉。其行其品，大致有以下几类。

危难关头，挺身而出，忠烈为民。松江不乏安国夫人梁红玉这类人物。晋代陆机侄女陆氏是吴郡太守张茂的妻子。王敦谋反而遣沈充攻城时，陆氏毅然倾尽家资，率领丈夫的部队，亲为先锋，英勇抗敌，击败沈充军。随后，陆氏上书朝廷，为自己丈夫不能预先阻止反叛表示谢罪。朝廷下达诏书，褒奖张茂夫妻忠烈。宋代官至同知枢密院事、被封秦国公之章篯始祖练氏，曾救过一位将军。这位将军后掌兵权于南唐，破城后，获悉练氏还健在，于是派人送上金帛，且授予一面白旗，说："我们要屠城，夫人可将此旗树于门前，屠城士卒就不会侵犯。"练氏退还礼物，说："我与城共存亡，希望将军保全全城百姓。"将军被感动而不再屠城。此等情形，历史上，男子中，也鲜有之。

身处困境，至亲至孝，不改操守。宋代一名詹姓女子，姿貌甚美，平时以女工给年老的父亲添补家用。后遭贼寇侵扰。父亲哭着对她说："我死无所谓，你怎么办？"詹氏让父亲放心。不久贼寇至，要杀她父亲，她说："我父亲贫且老，你意不在金帛，只想得我。放了我父亲，我愿执巾帚以奉君侯，不然父女俱死。"她挥手让父亲赶快离去。贼寇挈詹氏行数里，经过一座桥时，詹氏纵身跃入水中而死。明代女子袁真真，见婆婆持刀入祠想割股疗救重病卧床的公公时，急忙跑上去哭着说："婆婆年老且又多病，不宜这样做。"说罢连忙抢过刀，自割腿肉，和枣子煎汤给公公喝。学士钱溥曾为袁真真立传，说她举刀割腿时，心中只有公婆，一念精诚，可贯通金石，可感动鬼神；御史薛骥赞她的遗像：你的孝行百世流芳，如同九峰壁立，长存于世。

还有一类，由于彰明妇教，潜心研修，以致德艺双馨。这类女子，多出自名门望族。明末章简女儿章有淑、章有湘、章有渭、章有泓，个个都是才女，或擅诗名，或以文章显。章有湘字玉筐，著有《澄心堂集》《望云草》《再生集》《诉天杂记》等；章有渭字玉璜，著有《燕喜楼草》等。施蛰存《云间语小录》收有《闺彦》一文，其中说："余观吾郡女士诗，极有高手。"文中就提及章有湘。清代吴胐，在丈夫遇害后，甘贫守志，以诗、书、画自遣，时称三绝。她尤善绘事，山水、花鸟笔墨生趣，人争宝之。媳李玉燕、孙女曹鉴冰，均能画。一门风雅，均有声于时。三代合编集《三秀》。松江之顾绣，扬名海外。明代顾名世之子顾会海妾缪氏，为顾绣创始人。刺绣人物，气韵生动，字亦有法。顾名世次孙妻韩希孟，自署武陵女史。她的突出贡献在于融画、绣于一炉，即将画理与顾绣秘传有机结合。她所绣之花鸟草虫，生气回动，五色烂发。她的绣作，传世的有沈阳故宫博物馆藏册页八幅、上海博物馆藏册页四幅、北京故宫博物院藏册页八幅，为世所珍。顾名世孙女顾兰玉，二十四岁夫亡，她守节抚孤，为生计，设幔授徒凡三十余年，使顾氏家传特技传布于世。一家三女子，各具成就，各有贡献，为我国手工事业百花园中培植了一朵新的奇葩。

不管是士大夫，还是平民百姓，他们身上体现出的上述文化传统，其实是一种民族精神，是民族的血脉，这种文化传统，其他地区也有，但在松江地区，表现得尤为突出和鲜明。继承与弘扬这种民族精神，延续与债张这一民族血脉，就一个国家而言，将蕴蓄持续发展的后劲而屹立于世界，就一个古老地区而言，将永葆生机而为我中华民族不断增光添彩。

灯火平生

（《散步思絮》序）

侯建萍

苏　轼：非人磨墨墨磨人。
王安石：昏昏灯火话平生。

一

曾几次向吴春荣老师提出采访要求，都遭拒绝。

参加过一位著名作家的创作与作品研讨会。在会上，一位专家在发言中言及这位作家为人低调，说着说着，说到了他，"松江的吴春荣老师，虽硕果累累，也很少让人宣传"。上海作协创联室原负责人在听说松江还有他这么一位老作家时多少有点惊奇。看来，吴老师的拒绝采访，是他为人的一个原则。他牢记着他十分尊敬的前辈作家柯灵说的，一个作家重要的是默默耕耘，不宜多事宣扬。是啊，即便是大山，那么巍峨，你听到它说过什么吗？

前两年，他为自己制订了"减轻负担，放慢节奏，疏淡交往"的十二字"方针"，我对其中的后四字表示不解，他笑了笑，未作任何解释。两年过去了，在我看来，他未能做到这 12 个字。去看望他的人仍然不少；仍然未能辞掉两所学校所聘请的"专家组成员"；仍然在帮助三家单位编辑内刊；仍然接受区有关部门交托的编撰任务。用李君如先生的话说，"年近 80 高龄的老师，还在抱病工作，查资料，做考证，日夜兼程，编写文稿，为家乡的文化事业和精神文明建设做贡献"。（《松江人物·序》）一名他钟爱的学生，在发给他的新年贺信中，曾正告他："您得学会拒绝！"在对我说起这短信时，他说，古人云：拒人不能太过，太过则路艰。说完，无奈地笑了笑。我从他的笑中感到了他难言的苦衷。

他说，从 2016 年开始，得下狠心了。在《在 80 岁路口》一文中，他说他要像简嫃一样，要求掌管命运之神让他在路口旁好好想一想，"当然，我不是想要不要继续走下去。命运赐给我的，我是不能也不应拒绝的。我得坚定地跨过去，走下去。那么，我得想什么呢？我得深味简嫃的话。在我看来，她的这些话，既渗透了老庄思想，又有着儒家的积极入世愿和释家的慈悲情怀……我得在 80 岁后的人生路上，在继续完成《散步思絮》的同时，尽力写好另一本'书'"。他告诉我，这本"书"的主旨是：简单。

完成《在 80 岁路口》初稿后，我获悉，在接待造访者时，他总是处于被动应答；极少参加活动，除了少数几位，不主动与人交往；终于辞去两所学校的"专家组成员"……但愿他能进一步做下去，完成他所谓的主旨为"简单"的这本"书"。

二

在漫长的人生之路上，吴老师一直铭记着几位老师，其中一位就是徐振维。他在多篇文章中写到她。"她有个性，是位不怎么规范的人"。他多次这么说过，语气中充满敬仰。我不认识徐振维老师，自然不了解她怎么个不"规范"，但从他的神情可知，这个"不怎么规范"肯定是个褒义词，有着丰富的含义。

他在长篇小说《初吻人生》中写了一对师生，老师曾这样告诉学生：

"……在身不由己的情况下，要顽强地保留住自己，在缭乱、炫目的色光中，要清醒地找回自己。人可以失落一切，唯独不应该失落自己。"小说中的这位老师说这段话，有着特定的语境及针对性，但从中多少可以了解到吴老师的某种理念。

他在一篇短文中这样写自己："我还有自己的思考，而且，几十年来，尽管世情纷扰，风雨无常，但顽固地保留着自己的个性。"（《垂暮感言》）

尤其是最近几年来，他并不太在乎别人的月旦，认为过于在乎了，会束缚自己的手脚，甚至丧失自我；他信奉歌德说的，走自己的路，任由人评说。

他曾请一篆刻家刻过一方三字印章：我属牛。他的案头放置着一头红木制的牛，这头牛，总是深情而静静地目睹着他阅读与写作。"老牛亦解韶光贵，不待扬鞭自奋蹄"；即使病牛，也能做到"但得众生皆得饱，不辞羸病卧残阳"。但牛有脾气。牛的脾气俗称"牛脾气"。他的脾气还真是牛脾气。他要发起牛脾气来，就毫不顾及对方是学生，是朋友，是领导；是君子，还是小人；也不顾及自己会受到多大的伤害以及别人对自己的看法。

但在我看来，他的"牛脾气"中有可爱甚至可敬的一面。一位中学校长，是几十年中与吴老师始终保持着真诚联系的学生。他写道："他（指吴老师）爱憎分明，对于平民百姓，他的学生及老师，又多慷慨正气，敢于仗义执言，好打抱不平，为此常常得罪某些领导，但他不后悔，依然故我，颇有'侠士之风'。"（《一位有个性的老师》）

某领导也曾经是他的学生，很敬重他的为人，吴老师对其也常怀知遇之感。一次，吴老师又发起脾气来。他劝慰道：对小人不值得动怒。吴老师双目圆睁，搬出了毕淑敏的话：没有愤怒的人生，是一种残缺；我（指毕）愿以我生命的一部分为代价，换取永远珍惜愤怒的权利。这个吴老师！人家这是好言相劝，怕你肝火太旺伤了身体，而且又是特指；人家又不是一般的领导，岂不懂毕淑敏讲的这点道理！你犯得上这样较真吗！

但据我了解，他后来完全认同了清张潮的话："黑与白交，黑能污白，白不能掩黑；香与臭混，臭能胜香，香不能敌臭。此君子小人相攻之大势也。"转而很欣赏这样一句话："人生需要四种人：名师（指路），贵人（相助），亲人（支持），小人（刺激）。"

我想到了林语堂说过的一段话：做文人，要带点丈夫气，说自己胸中的话，不要取媚于世，这样身份自会高。要有点胆量，独抒己见，不随波逐流，就是文人的身份。所言是真知灼见的话，所见是高人一等之理。由此我想，文人也许就该有点脾气。

近几年来，他的"牛脾气"已经改了不少。无论是对身外冷暖，还是背后褒贬，他基本能做到处之淡然。

三

一位有很高文化修养的领导曾经说过一段话："如果说吴春荣同志是一位好老师、好作家，也只说对了一半，他还是一个极认真的人。吴春荣同志无党无派，无宗无教，但他就是认那个真，没有矫揉造作，没有虚情假意，更不会阿谀奉承，敢于直面人生。好是好，差是差，对是对，错是错，脱口而出，从不害怕，几十年如一日，我行我素。'文革'期间，在滚滚'红'流中，他敢于站出来为挨斗的校长、教师说话。在滔滔商海横流时，他仍然埋头书斋，钻研学问，呼唤良知，不为时势所左右。若有人有求于他，只要他能办到的，耗时耗力，在所不辞。编辑教材时一句一逗他都寻根究底，真可谓字斟句酌。上级交办任务，只要他认可的，必全力以赴，高效优质，为常人所不及。吴春荣就是有那种敢于保持思想独立、人格完整的可钦品性。"（五卷本《吴春荣文集·总序》）

这段话，说得很深刻，很到位，从各个方面，真实地说出了吴老师"是一个极认真的人"。从中，我们可以看出，他的"极认真"——

在为人方面，表现为正直、真诚，是非鲜明，不趋奉时势，有独立思想与人格。

在为学方面，表现为态度严谨，研究深入。在与他一起编撰《松江人物》的过程中，更让我深切感受到他那种惨淡经营、钩沉辑逸、爬梳钻勘的一丝不苟的学者品性。

但他的这个"极认真",给他带来的并非都是赞誉。有人说他"偏激",过于尖锐;有人总用为官的一套理念规劝他。总的说,他仍"我行我素"。比如他常说:我是读书人,言外之意是"为什么要用干部的处事原则要求我";外科医生手术时,不见血能切除病灶吗?诸如等等,仍固执地坚守着自己的理念。

在他的晚年,对这"极认真"有所反思。我曾读过他的一篇残稿。其中说:"不是世界上怕就怕'认真'两字吗?可我不知道,我过去的'认真'是对还是错,抑或对中有错、错中有对、对错各半?"对许多事,他似乎也采取"无所谓""不在乎"的态度。说实在的,我还真不理解,他的这种改变,是前进了,还是退步了。

四

吴老师一生与书结缘。他读书,教书,编书,写书,藏书。

他读了一辈子的书。读书成了他的一种生活方式,一种习惯。他曾说:"没有喜欢的书读,尤其晚上,我会觉得无聊,会睡不着觉。"

在他的晚年,他悟到了两点:

1. 读书主要为自己,用前辈的话来说,是求真知,得陶冶,以不断完善自己,尤其是读人文之书,首先是精神之需要,自我修养之需要。"我以为,我的这一觉悟,是我人生的一大收获,可惜为时已晚,所以与'完善'相距甚远"。(十卷本《吴春荣文稿·总编后记》)

2. 终于懂得,读书要有自己的思考。艺术家创作,讲求有"自己的面貌",读书也一样,贵在读出自己,读出自己的理解。用俄国作家屠格涅夫的话说,"重要的是我敢称之为自己的声音的一种东西"。宋朱熹《偶题》:"门外青山翠紫堆,幅巾终日面崔嵬。只看云断成飞雨,不道云从底处来。"对诗中的后两句,有学者理解为:"作者在此时,不禁会心地想到:人们只会看到云腾致雨的现象,却不知云从何处来这个根底,因之悟出个凡事要追求根源的道理。"(《宋诗鉴赏辞典》,上海辞书出版社1987年12月第1版)吴老师认为这段分析里有两个问题要商榷。一是"不道云从底处来"中,"不道"何解？他以为，不道，似非"不知"而是"不见"；二是谁"不道"？他以为，应是诗人自己。为了证实自己的理解，他引用了古代戏文中的多个例句。类似的这种"自己的声音"，在他的著作中，每每可"闻"。

他的整个教学生涯中，大部分时间从事的是中学语文教学。1994年，他被上海市人民政府授予特级教师称号。在几十年的语文教学中，他十分注重教育、教学的研究。"他不是一般的教书匠，而是对中国诗文有深厚造诣和自己研究心得的专家"。（李君如《吴春荣文稿·总序》）

他认为，在基础教育阶段，尤其在小学，除德育，应注重以下四个方面：激发学习兴趣，培养良好习惯，重视积累（就语文教学而言，尤其要求学生重视语言的积累），在诸多能力培养中着重提高两种能力，即质疑能力和想象能力。

有一段时间，语文教坛立论颇多，花样频出。他认为，我们要与时俱进，不断创新；但有些需要坚守，需要一以贯之。他坚持徐振维老师的以下主张：教学语文，要启发学生从语言入手，正确把握课文的思想内容，又要在把握思想内容的基础上，引导学生体会作者语言运用的准确、生动，即所谓因文解道，因道悟文。他进而认为，在这两步中，第二步是尤为重要的，只有走好第二步，才能达到语文教学的目标，体现语文教学的本质特征。

他告诉我，部分中小学或中小学中的部分教师的语文教学，曾一度出现教师在讲台上津津乐道、学生在讲台下昏昏欲睡的状况；后又出现忽视钻研教材而偏重于考虑教法（或所谓的"策略""模式"）的倾向；近又出现在强调学生自主学习时减弱教师有效指导作用的现象。所有这些，让他不安与不解。而粗制滥造的教辅材料源源不断进入学生书包的现象又让他深为忧虑。他深受传统教育思想的影响，认为语文教学质量的提高，关键在充分调动学生的学习积极性与主动性。他担心，学生的学习负担加重了，学习却趋于被动，尽管有教辅材料的代劳，但教师的负担没有减轻，而且，久而久之，可能都不会出习题了。

他是不是成了"杞人"？我不了解教育界的情况，不敢妄加评断；但我获悉，他曾在多所学校、多种场合，或听课评点，或作讲座阐述，从中，我深切感受到了一位老教师对语文教育事业的一往情深。

编撰书稿,是他生平所从事工作中的重要内容。在《草庐磨墨》(上海教育出版社2002年5月第1版)一书的附录中,他开列了21种他所编撰的正式出版的书目(其中四种是与人合编的)。但据我了解,这只是一部分,截至最近,几近百种;还有许多未正式出版的书刊。他还参与几种大型工具书(如《中学语文教师手册》《中学教学全书·语文卷》等)的编撰。由他具体编撰的《中学文言实词手册》,发行量达60多万册,还出过修订本。

他编的第一本书是《毛主席诗词注析汇编》。那是个特殊的年代。学校师生大多数在打"派"仗,一部分在家"逍遥"。老师们的处境与运动开始时相比稍稍宽松了些。他觉得可以做些事了。于是想到了编这本书,只有编读毛主席作品,既可堂而皇之,又能得到方方面面的支持。这本书前后耗时一年多才编成,可惜只印了上百册供校内教师参阅与校际交流,未能正式出版。虽未正式出版,但为他今后的编书奠定了基础。

他编的第二本书是《忠诚党的教育事业》(属文艺通讯类),是上海人民出版社(当时由五家出版社合并而成)特约组编的,于1976年4月出版。1977年春节过后,他又受该社特约,赴江西组编《红日照征程》一书,这是"文革"结束该社最早出版的一本书,后来还出了修订本。1979年他被借调至上海市教育局教学处工作,在协助徐振维老师开展全市中学语文教研之余,受徐老师委托,编了一本《上海市初中补充教材·语文》。该书第一次就印了355000册,后多次重印。接下去,又编了《上海市高中文学作品读本》,也多次重印。

1987年开始,他奉调专职编撰上海市中学语文教材(H版)。他在徐振维主编领导下,倾心倾力,不辞劳苦。教材组几经调整,而他自始至终,前后达10年之久。后阶段由于副主编调离,初中组的工作,尤其是4个年级8册教材的修订,实际上由他负责。

这10年,他几乎没有一个休假日,极少有机会外出旅游,好多个除夕,他甚至还在赶回松江的路上。为校阅,他双目失明过,又曾两次晕倒。他开始患有胃病、高血压等。对这些,他不在乎,也不后悔。唯一让他有点失落而感慨的,是他所喜欢的文学创作无暇顾及。"每天清晨从远郊乘坐头班车赶来市区。多次看到他在僻静的马路上独自疾走。有时，我会遐想联翩，每到新学年开始，莘莘学子捧着那些新书时，会不会想到有多少这样辛勤的教师曾为他们洒下希望的汗珠！只是这个时期，他个人的文学创作明显减少了。"（周嘉俊《小城人的风格》）

1965年6月28日，《文汇报·笔会》用大半版面刊发了他的散文《民兵图》。这是他发表的第一篇文学作品。他出的第一本书是记述中国著名小学语文教育家袁瑢教育生涯的《崇高的岗位》。"我作为该社教育编辑室的特约编辑，刚编写完一部关于江西共产主义劳动大学的书稿。待核完20多万字的清样，我几乎马不停蹄，立即开始了新一轮的采访"。（《想起了对袁瑢的采访》）而今，几十年过去，他已积有累累成果。2012年7月，上海教育出版社出版了《吴春荣文稿》。凡十卷，含《唐人100名句赏析》《初吻人生》《流光碎片》《草庐磨墨》等书稿近20种。其中有几种是与学生合作的。涉及古诗文评注、小说、散文、随笔、报告文学、论文等多种样式。这是他一生创作的结晶；编辑这部文稿，也是他晚年所做的一件大事。

他的这些书稿，一部分是业余时间撰写的；一部分是退休后创作的，"不待扬鞭自奋蹄"，他要在晚年趁脑子、精力尚可时，实现在编教材时无暇实现的夙愿。

宫清三先生有一段关于吴老师散文创作的抒情评述："（他）用一双善于观察的眼睛，捕捉校园中的真、善、美，采撷大自然中的精、气、神。同学之间的一支钢笔，村姑头上的一朵野花，岩峡缝中的一滴水珠，在他笔下，都能化出洋洋洒洒的如流文思，鲜鲜光光的似彩云霞。"（五卷本《吴春荣文集·总序》）

他与竹林老师有着几十年的真诚交往。竹林曾为他的两部长篇小说握笔作序。在序文《大爱无痕》中，她说："这《小镇上的爱》，也是从吴老师血管里流出来的血，没有惊天动地的喧哗，却溢满了浓浓的、真挚的情与爱。我虽然没有做过教师，但我理解并尊崇这种至纯至美的人类之爱。"在《云间柳如是·序》中，她说："平心而论，我阅读长篇是比较挑剔的。尤其是当下的许多长篇，不管它们的名气有多大、被炒得多红火，能让我一口气读完的，实在凤毛麟角。而这部《云间柳如是》，却给了我阅读的愉悦与美感；柳如是这位蕙心兰质、性格正直坚强、追求自主意识的女性形象，在我的心中久久不能拂去。"

他早在 20 世纪就加入了中国作家协会，人事关系一直在松江的，他是新中国成立后松江的第一个国家级作协会员。

在语言风格上，他的散文、随笔、报告文学及小说创作，呈现出质朴、简洁的走向。他践行前辈作家"真诚与朴实，正如水土之于花木，是个根本"的理念。对此，我本人就深有体会。他曾多次用孙犁的话教导我："我写文章从来不选择华丽的词，如果光选择华丽的词，就过犹不及。炉火纯青，就是去掉烟气，只有火。"他说，"质朴也是一种美。"

吴老师家有两间屋子被打通了用来放书。最近，在通往书房的走道中，他又做了个大书橱。我曾经问他共拥有多少书，他告诉我，没有统计过，大概不下万册。

他所藏的书，大致分四类，一是古籍，二是史书，三是中外现代文学名著，四是辞典等工具书。他虽有少量较珍贵的版本，但并不特别注重版本，而是注重书的作者及出版单位。

"文革"中，他所购的千余册书，"大概有二十几本书，怕遭来祸害，来了个'焚尸灭迹'，到乡下作柴火用，烧开了一小锅水；绝大部分被勒令上交；有些古典文学作品，不甘心上交，就捆成两大包，先寄放在一位贫农出身的生产队长家里，后这位队长也受批斗，让我赶紧将书转移，我就在一个深夜，将它们藏到了一学生家的阁楼上，后来被他家的孩子在与小朋友捉迷藏时发现，部分被折成方'豆腐干'玩，部分被一邻居用几根棒头糖换了拿走，终于全'军'覆没。"（《吴春荣文稿·总编后记》）

在 60 岁前，他所购的书，大半是选本。之后，他所购的则基本上是全集类书。年届 80，他仍然在购书；有些古籍已经买不到，他就托人到大图书馆不惜工本复印。

仅此一斑，就可见他对书的钟爱。

五

在"文革"中，吴老师曾研习过古典格律诗词，但他平时很少创作诗词。

在年届80时，有一首七绝《夕阳芳草——80初度述怀》：

> 万里行程将作已，
> 芳菲伴润送西归。
> 一生好景当须记，
> 最是穷年这等陪。

"这等陪"之"芳菲"，当喻指他的学生吧。

在他的整个教育生涯中，学生无数。

他的学生分为两类。一类是，作为教师在学校任教过的学生；另一类是，作为作家在业余与退休后辅导、培训过的文学爱好者，这类或曰弟子。

担任过松江教育局党委书记、松江二中校长的离休干部朱献成曾为他的教育随笔集《草庐磨墨》作序（序题为《教师·编辑·作家》），其中说："作为一位从事教育工作40多年的老教师，我以为，吴春荣同志在以下三个方面作出了贡献。首先，他在松江二中工作期间，在学校党支部的领导下，忠诚党的教育事业。在教育学生的工作中，既严格要求，又亲切关怀，从而帮助学生为今后的成长打下了良好的基础。今中共中央党校副校长李君如同志，当年就是吴春荣同志班上的学生……其次，他在松江县教师进修学校及电大工作期间，曾排除种种干扰，顶住种种压力，组办了一些班，其中包括两个借助高校力量组办的中文本科班，一个是华东师大的中文函授班，一个是上海师大的专升本中文班。两个班毕业人数达160多人。现今许多学校的校长、书记乃至区里各部委办局的许多主要干部，都或毕业于前个班，或毕业于后一个班。当年，他们因此得以有系统学习的机会。第三，他参与教材编写工作，则在更大的范围内为党的教育事业作出了贡献。"朱献成的这段话，对吴老师大半生的工作做了很好的总结。在我看来，他的这些工作可以归结到一点：培养学生，培养人才。

作为一位语文教育工作者，一位业余作家，在他的学生中，除了像李君如这样的高干与学者，自然不乏作家及文学上有一定成就的作者。

在中篇小说集《梦回校园·后记》中，他有这样一段文字："大约在1973年，我被回家探亲的一位军人邀去他家做客。他的家在农村。这位军人是我刚踏上教育工作岗位时的学生，其时正在西藏吉隆边防站工作。傍晚，在他家屋前的场地上，在美丽晚霞的映照下，我听他讲边防地区的风土人情、斗争生活。我被他生动的讲述深深地打动了，决定与他合作一篇小说。我先写第一稿，他提了一些意见，我再写第二稿，前后仅用了两天时间，就把近万字的稿子寄了出去。当时正在《解放日报》文艺副刊部工作的谢泉铭同志看了后很重视……他高兴地告诉我们，他一口气读完了稿子，认为是最近一个时期来收到的稿子中基础最好的一篇，决定不惜版面刊发。他提出了一些建设性意见让我们再改一稿。稿子最后取名为《边防线上》，并很快打出校样。"与学生合作书稿，是吴老师培养学生的一条途径，也是一条行之有效的措施。这名学生后来出版了第一本集子。可惜未能在文学创作的道路上继续走下去。每每忆及，他总为之惋惜不已。

我有幸忝为他的弟子。在一篇随笔中，我曾回忆他对我的辅导：一是推荐文质兼美的作品让我认真阅读。他还鼓励我观察自然与社会，说这也是一种阅读。二是辅导我写作。一度我曾追求语言的华丽而忽视表达的准确性。他引用陆机《文赋》里的话，开导我意要称物、文要逮意。后阶段，他对语言表达提出了简洁、纯净的要求。"语言的质朴、纯净，也是一种境界，更是一种修养。"他如是说。三是让我与他合作书稿（就像那位军人）。我意识到，这不仅是一种实践，更是一种学习的机会。

子曰，为政以德；其实不仅为政，育人也应以德为先。在后期对学生的辅导中，他更重视为文中的为人修养。他常说，德与才，一若树之根，一若树之枝，只有根深，才能叶茂；一若河之源，一若河之流，只有源远，才能流长。

2016 年 9 月

（本文作者为上海作家协会会员、中国散文学会会员）

《散步思絮》后记

一

元曲家卢挚有《折桂令·失题》，其一为："想人生七十犹稀，百岁光阴，先过了三十。七十年间，十岁顽童，十载尫羸（犹言瘦弱、疲病）。五十岁平分昼黑，刚分得一半儿白日，风雨相随，兔走乌飞。仔细沉吟，都不如快活了便宜。"

这首曲，我国台湾地区作家、教授张晓风有译文："号称人生百岁，其实能活到七十也就算古稀了，其余三十年是个虚数啦。更何况这期间有十岁是童年，糊里糊涂，不能算数。后十载呢？又不免老年痴呆。严格来说，中间五十年才是真正的实数；而这五十年，又被黑夜占掉了一半。剩下的二十五年，有时刮风，有时下雨，种种不如意。至于好时光，则飞逝如奔兔，如迅鸟，转眼成空。仔细想想，都不如抓住此刻，快快活活过日子划得来。"

二

2012 年 7 月，上海教育出版社出版了十卷本《吴春荣文稿》。时我已进入奔八之年，韶华早逝，生命卡上的余额已经不多，于是想就此搁笔，学学过那知足常乐、含饴弄孙的生活；"您可以充值啊！"有学生建议。能充值吗？如何充值？我记起了卢挚的意为抓住此刻"不如快活了便宜"的曲，读到了张晓风"'当下'，应该有理由被视为人间最美丽的字眼"的文字，另一名人又提醒"人生可以把握的，只是'当下'"。于是复想，且不管已经超出中间"五十岁"实岁的范围,不管还有多少个"当下",我得抓住这每一个"当下"。西方有句格言:"今天,是此后余生的第一天。"第一天总是令人欣喜的,也总让人满怀希望。趁着还没有痴呆,我得过好这"第一天",做些自己喜欢做、可能做而又能使自己"快活"的事。这算不算一种充值?

三

想不起谁曾说过,人老,或许正是进入了人生的最高阶段:逼近了宇宙、自然和生命的本相,让人坦然通透,无禁忌,无算计,无挂碍,无功利,活得平平淡淡,自自然然,和和气气。我已老,虽也从未算计过人,平生也厌恶势利小人,但还未能达到这样的境界。

可以聊以自慰的是,我一生与书结缘。除中小学,在师院就读时,就啃读过近百种中外名著,工作及退休后,阅读的时间就更多了;为能让学生读懂"语文"二字,在讲台前一站就是几十年,直至一二年前,还在学校里听课、点评、讲授;有十年时间,在徐振维老师带领下,与几位同事一起,为我国的中学语文教材百花园栽种了一种新品种;教、编之余,也"下水"作文;还藏书万卷,至今仍在购藏。在读、教、编、写、藏书过程中,尤其在读写中,我找到了自己的生活方式与乐趣,有了一份精神寄托。既然如此,在今后的每个"当下",当将一以贯之。

四

天道酬勤,当下酬勤。

2014年3月开始,我与仁良诸生,共同承接了松江的一个文化建设项目。历时两年许,我们日夜兼程,终于在今年5月完成校对。这段时间里,我们如在登临一座高山,一路上十分艰辛,却风光无限。书稿最后定名为"松江人物",收3688人,凡1668000字,已由上海古籍出版社于今年8月出版。

因编撰《松江人物》而阅读了一些史料,还成就了《松江优秀的文化传统》《赴宴》等文;因欧阳代娜老师寄赠《草明文集》,与她一度有书信往来，让我备受鼓舞；绍生、琚珩、锡仪、银弟诸君曾先后索序于我，盛情难却，于是勉为其难；这几年来，每天散步时，时有所思所得，回来也偶有所记，这次整理了一下，竟有数十篇。于是，将"当下"上述各类所作，用"散步思絮"组编在了一起，作为另一部书稿付梓。

二〇一六年大暑中，是年八十初度

先生如书

（《散步思絮》代编后记）

江上月

记得当年读书时，老师常提"老吾老以及人之老"的古训来要求大家讲文明、讲礼貌，做一个尊敬长辈的好学生。走出校门后，身边常常有人会说"不听老人言，吃亏在眼前"的道理，至于在浩如烟海的书籍之中，诸如"老骥伏枥，志在千里""老当益壮，宁移白首之心"之类的名言警句，就读得更多了。

也许是耳濡目染的缘故，在我的北漂生涯里，结交的"忘年交"也越来越多，他们当中有历尽沧桑、尝遍甘苦的铁血将军，有博学多知、满腹经纶的专家学者，有童心未泯、青春依旧的不老顽童，有侠骨柔肠、多愁善感的慈祥老者。他们或多或少都曾给予我指点、帮助，使我的人生过早地成熟起来。随着时光的流逝，我越来越感觉到，老人其实就是一部博大精深的书：多少喜怒哀乐、多少悲欢离合、多少踌躇满志、多少孤独寂寞，多少成功喜悦、多少彷徨失落……写遍他们头上的每一根白发，填满他们脸上每一道纵横交错的沟壑。哲人说"世上没有两片一模一样的树叶"，我敢说世上也绝对没有两位人生经历一模一样的老人，倘若把他们的言行举止用有形的文字记录下来，留给我们这个丰富多彩的红尘世界，该是一幅多么精美神奇的人生画卷和一份用财物无法代替的贵重礼物啊！这或许就是我从事文字编辑工作近二十年来的内在动力之一吧。

吴春荣先生就是我所结交的"忘年交"群体中的一分子，按我的分类，先生当属博学多知、满腹经纶的专家学者：中国作家协会会员、上海市作家协会会员；1987年被评为中学高级教师，1994年被上海市人民政府授予特级教师称号；1988—1996年被正式聘为上海市中学语文教材专职编写人员；为1—3届上海市中学教师高级职称评审委员会语文学科评委，1—12届上海市中小学图书评选委员会语文学科评委。1965年开始发表文学作品，先后出版各类书稿数十部，主编各种图书上百种。2012年7月，上海教育出版社出版发行十卷本《吴春荣文稿》。既可传道授业解惑，又愿为人作嫁衣，还能字海里煮熬提炼，这样硕果累累的建树，无疑奠定了他在当代松江这片文化沃土上不可动摇的领军地位，特别是《少年英雄夏完淳》《黄道婆》《云间柳如是》系列长篇小说的出版发行，简直就成了"云间"的一张新名片，让读者得以窥见"云间本是风流地，笔墨撼动红尘客"的庐山真面目。

是真金就得用炉火来煅炼，是书香就得靠文字来熏染，此事来不得半点虚假，古人说得好：板凳要坐十年冷，文章不写一句空。十卷本《吴春荣文稿》出版发行后，先生已步入高龄，行动日趋不便且受病魔之侵害，但几经鏖战，在茶余饭后的散步空隙里，精骛八极，心游万仞，大凡所见所思所感所悟，无不记录在册，一部二十几万字的书稿很快又横空出世，这是我没有想到的。每次我和先生通电话闲聊时，总是力劝先生保重身体，以先生著作等身的成果，晚年纵使不著一字亦尽得风流，何况先生又率弟子数名，焚膏油以继晷，在两年时光里编撰出一部几近二百万字的《松江人物》，就算圣人重生亦当刮目相看，不可轻视矣！

但先生的文字清样稿《散步思絮》还是如期摆在了我的案头，细细读来，闲淡恬冲，无杀伐之气，言简意赅，有华彩之美；信手拈来，即兴演绎，无章法之羁绊，有格调之高雅。正所谓大象无形，大音稀声。其间步之所趋，笔之所触：举凡一草一木，一山一石，一虫一鸟，乃至民间风情，世俗冷暖，文人逸事，都在先生笔下如渔樵闲话，娓娓道来，给人以启迪、深思。真应了朱熹"世事通明皆学问，人情练达即文章"的联中之义，无疑具有较高的审美价值和收藏价值。

先生如书，读之愈深，研之愈久，获之愈多，悟之愈古；先生之书，厚重如山，清澈似水，山高水长，终生难忘。

是为编后记。

2017 年春日于京华

（江上月，江西修水人。作家、编辑，北京市作家协会会员、中华诗词学会会员，中国红色文化研究会监事）

《〈南村诗集〉笺注》序

自称"泗滨老人"的陶宗仪是中国历史上著名的史学家、文学家、诗人。元至正十五年（1355 年），因避战乱，陶宗仪携家带口从海路出发到松江，后迁居至"松城之北、泗水之南"的南村（今泗泾镇南）。元代的南村"水深林茂，南浦环其前"，是一方清静之地。陶宗仪买地结庐、定居南村，自食其力、躬耕陇亩，设馆授徒，集资建造"南村草堂"作为耕读之所。其弟子杜琼依照当时陶宗仪在南村耕读传家的场景，画了一幅《南村别墅图》的长卷（又名《南村十景图》），今收藏于上海博物馆。

陶宗仪是个有心人，加之记忆力极强，闻则记于心头，辍耕闲于林荫之时，便用树叶当纸，记下后贮于瓮中。在泗泾南村前后隐居的几十年中，日积月累，誊写整理，遂成《南村辍耕录》这部大作。其中记载了元代典章制度、艺文逸事、戏曲诗词、民俗民风、农民起义等珍贵的文史资料，现收藏于法国巴黎大学图书馆。习近平总书记曾引用《南村辍耕录》记载的缠足典故，指出领导干部的生活作风和生活情趣不仅关系着本人的品行和形象，更关系到党在群众中的威信和形象，对社会风气的形成，对大众生活情趣的培养，具有"上行下效"的示范功能。

陶宗仪时常与当时华亭名人袁凯、邵亨贞、孙道明等好友或谈经论道、切磋学问、写诗填词，或坐船出游，徜徉于三泖九峰之间，品茶饮酒，逍遥其间，著有《南村诗集》四卷。

文化是一个国家、一个民族的灵魂。十九大报告对中华优秀传统文化的阐述可谓浓墨重彩，习近平总书记高度重视中华优秀传统文化的传承发展，始终从中华民族最深层的精神追求看待优秀传统文化，从国家战略资源的高度继承优秀传统文化，从推动中华民族现代化进程的角度创新发展优秀传统文化，使之成为实现"两个一百年"奋斗目标和中华民族伟大复兴中国梦的根本性力量。今年4月，上海发布《关于全力打响上海"四大品牌"率先推动高质量发展的若干意见》。其中提到打响"上海文化"品牌，要充分利用上海丰富的红色文化、海派文化、江南文化资源。江南文化是上海文化的根源，上海则是江南文化的重要承载地。松江也提出《人文松江建设三年行动计划》，泗泾"文化雅镇"建设作为"人文松江"建设的重要承载区，与"人文松江"建设上下呼应，同频共振。

继今年年初编撰出版《"四水会波"说泗泾》《南村映雪泗泾里》和《闲话漫谈七间村》人文泗泾系列丛书后，松江区委希望泗泾在编撰松江名人著作上再添重磅作品，由此催生了《〈南村诗集〉笺注》。

去年8月，文史专家、上海市特级教师、中国作家协会会员吴春荣出席了泗泾镇举办的人文松江·雅镇泗泾（名人专场）研讨会，现场捐献了珍藏多年的陶宗仪《南村诗集》，为泗泾筹备陶宗仪纪念馆添置重器。吴春荣老师德高望重，对陶宗仪颇有研究。会后我们邀请吴老为《南村诗集》写注释本，他欣然应允。作为"老泗泾"，吴老虽年过八旬，但笺注期间多次往返泗泾，对有关陶宗仪的史料，对《南村诗集》中涉及的泗泾等地的人文史料，广泛搜阅，严谨考证，几经寒暑，与其曾经的学生、文史专家俞仁良先生合作，完成煌煌五十余万字的大作。这也是《南村诗集》的第一本注释本，意义非凡。

泗泾悠久的人文历史，孕育了深厚的传统民俗文化。泗泾的人文底蕴与历史上寓居于此的名人名家也是分不开的。泗泾注重对优秀传统文化的保护发扬，挖掘泗泾本地的历史人文来传承人文精神，编撰出版《〈南村诗集〉笺注》等进行传统文化的熏陶，让泗泾居民有信仰、更自信。

在古镇保护与更新利用的推进过程中，泗泾也将加强对古镇传统文化的保护与创新发展，使其融合于时代的发展，这对促进古镇经济和社会发展具有重要的意义和价值。

"陶宗仪文选"将是一个开放的体系。《〈南村诗集〉笺注》作为"陶宗仪文选"第一卷，将传统文化创新再注入，与时代融合，立足江南文化品牌，根植泗泾优厚文化底蕴，焕发泗泾独有的文化新活力，再现泗泾四水会波文化繁荣盛景。

泗泾镇文化雅镇建设推进工作领导小组

于二○一八年冬恰南村映雪

南村陶宗仪

（《〈南村诗集〉笺注》代前言）

一

在历史的长河里，陶氏一族中，有着不少硕儒大家，在陶宗仪之前，至少有三位。

一是陶侃（259—334）。陶侃字士行，祖先为鄱阳（今江西波阳）人。吴亡，徙家庐江浔阳（今江西九江）。曾拜大将军，剑履上殿，入朝不趋，赞拜不名。

在军四十一年，都督荆江等八州军事，雄毅有权，明悟善决断。被封为长沙郡公。

二是陶渊明（365—427）。陶渊明为陶侃曾孙，字元亮，后更名潜，私谥"靖节"。江州浔阳柴桑（今江西九江）人。其生平事迹，在《晋书》《宋书》《南史》中均有记载，一传而能入三史，为历史上所罕见。渊明诗以痛斥当时社会黑暗和政治腐败的内容，省净冲淡、自然隽永的风格，卓然高标，独树一帜，成为我国文学史上的伟大诗人。

三是陶弘景（452—536，一说456—536）。陶弘景字通明，丹阳秣陵（今江苏江宁）人。博览群书，相传他"一事不知，以为深耻"。好道术，爱山水，南朝梁时隐居山中，梁武帝遇有大事，常前往咨询，时人因称其为"山中宰相"。

明初松江诗人袁凯认为宗仪是陶渊明之后，有诗句"柴桑老孙子，清望独超群"（《怀南村陶先生》）。张璧也视宗仪为渊明、弘景的后人（见《王叔明南村草堂图》所引）。宗仪自己也有诗以陶弘景子孙自居："南村差似浣花村，惭愧山中宰相孙。"（《借韵答牧庵上人谦暨无心野人》）宗仪还仿渊明"栗里"（渊明曾居于此，后因以借指陶渊明）而自称所居南村草堂为"小栗里"（宗仪《书史会要》自序署款为"天台后学九成书于松江之小栗里"）。明代毛晋在《南村辍耕录》跋中，说宗仪"自负为陶氏两公后一人"，这"陶氏两公"，指的自然是陶渊明和陶弘景。按宗仪为人，这"自负"绝非冒认宗族以博清誉。

那么，宗仪是怎么样的一个人？

宗仪，天台黄岩人。《南村辍耕录·隐趣》："余家天台万山中，茅屋可以蔽风雨，石田可以具饘粥。"《明史·文苑》："宗仪少试有司，一不中，即弃去，务古学。"张枢《南村赋序》云："二十有志于科名，执笔当论世事，主者忌之，即拂衣去。"宗仪也曾言自己"年少疏狂"。（卷三《次韵自述》）

诗言志，诗缘情。《南村诗集》中的宗仪，一方面，生性淡泊，厌恶趋竞。宗仪多次却聘。王逢之子王掖《赠南村先生序》云："当至正中，浙帅泰不华辟行人，南台御史丑闾举校官，太尉张士诚开藩中吴，其部将屈以军谘，皆不就。"（按，行人、校官、军谘，皆为官职名）洪武四年（1371年）诏徵天下儒士，六年命有司举人才，皆及宗仪，宗仪皆引疾固辞。他在泗泾南村，长期过着隐居生活。另一方面，他没有放弃致君尧舜的理想，遵道守常，坚持着儒家入世的积极态度。

这种积极的人生态度，大致表现在以下几个方面。一是在大量的关于天气等的描写中，在朝廷实施的一些举措的记述中，透示出他对民生的关注。干旱、酷暑、洪涝、风雪等自然现象，总是牵动着宗仪的心。开凿胭脂河，让宗仪欣喜（卷一《过胭脂河》："老臣挟书朝帝所，拭目奇观喜欲舞"）；治水不力，让宗仪不满（卷四《开沼口号四首》："监官酗酒舞裙红""今年生活理如何"）。褒与贬，都基于民众。关注民生，是儒家以民为贵、视民如天理念的反映。二是虽退隐，但与朝廷名臣、地方大员如宋濂、曹睿（宗仪《书史会要》序作者）等仍有往来。隐居并不排斥与入仕者交往。宗仪的先祖陶弘景不是有"山中宰相"之誉吗？有道是"小隐隐于野，中隐隐于市，大隐隐于朝"。三是虽不入仕，但不仅不反对生徒入仕，而且鼓励他们报效朝廷。卷三《送张宗武》诗有序云，张宗武应聘入京，宗仪偕亲友四五人直送其至苏州才别，正月四日晚解缆，第二日大雪深二尺许，由此一斑，足见宗仪的师生之谊，及对入仕生徒的期许。四是从建文时的一些诗（如卷一、卷三的《己卯人日》，卷三《洪武三十一年闰五月初十日亥时，大行皇帝崩，十六日皇太孙即位，十八日大赦天下，改明年为建文，感而恭赋》，卷二的《濯足》等）中可看出，宗仪虽与朝廷保持着一定的距离，但如有善政，还是多有颂扬的。

二

　　宗仪历元、明两朝。元末，他来到松江，寓居泗泾。

　　他到泗泾的具体时间，史料未有明确记载。

　　徐永明将宗仪一生，以住地的不同分成三个阶段：一是在家乡台州出生成长阶段，二是漂泊杭州、湖州等地的阶段，三是寓居松江的阶段。而从时间上说，在家乡的时间约为 30 年，在杭、湖等地的时间约为 8 年，而寓居松江的时间长达 50 余年（此按宗仪生于元至治二年即 1322 年说）。他认为宗仪于至正十六年（1356 年）前后抵达松江。（见《陶宗仪的故乡情结》，收《陶宗仪研究论文集》，浙江人民出版社 2006 年第 1 版）

　　晏选军也认为"或至迟于是年，宗仪徙居松江南村"，而"是年"指的是至正十六年。所持之据主要是孙作的《南村辍耕录》序文："序作于至正二十六年，既称宗仪家于松南十载，前推十年，为至正十六年。"（晏延军《陶宗仪年谱》，收《陶宗仪集》，浙江古籍出版社 2014 年 4 月第 1 版）就依据而言，有待商酌。查孙作序，确有"家于松南"，但未明具体时间，而"如是者十载"，指的是写作《南村辍耕录》的时间。写作该书的起始年与孙作作序、宗仪迁居南村的时间，是否同时，尚有待进一步考证。

据昌彼得考，《南村辍耕录》所引录之旧事，多见于《说郛》中，"孙作十载说，疑即指纂辑《说郛》之事"（见《〈说郛〉考·上篇源流考》）。

但晏选军从宗仪《曹氏园池行》一诗中找到的时间线索（见《南村文儒——陶宗仪传》，浙江人民出版社 2007 年 8 月第 1 版），我们认为或可作为"至正十六年徙居松江南村"的依据之一。宗仪这次的曹氏园池之行，接待他的是曹炳（"炳也款语从容"）。曹炳是曹园故主曹知白的孙子（"发于乃祖云西翁"）。曹知白，号云西，华亭人。被尊称为"贞素先生"；长于造园，其园池花木甲于东南；卒于至正十五年（1355 年）二月。就是说，宗仪这次再访曹氏园池，是在至正十五年二月后。

《南村辍耕录》中，记松江之事很多，其详叙年月者，最早的写于至正十五年春（如卷七"粥爵"条，卷八"星入月"条，卷廿三"死护文庙"条等），由此也可证宗仪在至正十五年春前后已到松江。

还有一例可证。至正十六年（1356 年）中秋，宗仪曾偕孙华孙访杨谦，题谦所藏之马琬画时，署"南村陶九成"。元张渥绘《杨竹西草堂图卷》上，有宗仪题诗（"溪上人家多种竹，林西清意属诗翁。湘灵鼓瑟风来巽，凤鸟衔图月在东。一室萧闲淇澳似，此君贞节岁寒同。何当径造谈玄处，静日敲茶试小童。"），诗后署"涿郡陶宗仪"，并钤有"陶九成"方印。图卷上有杨维桢、钱惟善、赵櫶等题记，据赵櫶题记，诸人皆于乙未年所题，乙未年，即至正十五年。宗仪题诗，当也于是年。一年前宗仪署"涿郡陶宗仪"，一年后则署"南村陶九成"，由此可见，宗仪以"南村"为号，始于至正十六年，宗仪是年始居南村。

其实，宗仪自己早已明确表示他是何年到松江的，《南村辍耕录·端本堂》条云："至正丙申间，避地云间，每谈朝廷典故，因及此。"至正丙申，正是至正十六年；云间，即松江。据宗仪《南村诗集》及有关史料，宗仪最后一次抵松，先居小蒸（原属松江，今属上海市青浦区），不久，又迁居凤凰山（松江九峰之一）居住，但居住时间同样不长。居小蒸和凤凰山时间，既然都不长，又是在至正十五年二月之后，宗仪最后选择泗泾南村作长期寓居，当在至正十六年。"是岁先生复迁凤凰山之南，泗泾之北，诸生为买地结庐，因

自号曰'南村'。"（昌彼得《陶南村先生年谱初稿》，收《陶宗仪研究论文集》）

三

陶宗仪为何长期寓居泗泾？

从有关史料及宗仪自己的作品看，大致有以下几个原因。

第一，元末各地大乱，兵祸频仍。昌彼得考，"自至正十二年后，……宗仪有迁寓之意"。宗仪在泗泾期间，著有《南村辍耕录》一书。该书由孙作作序。序文中，孙作写道，"余友天台陶君九成，避兵三吴间"。宗仪也曾有"我昔避兵贞溪头"诗句（《曹氏园池行》）。看来，避兵祸，是他迁居的原因。查有关史料，这"兵祸"，主要是指方国珍与元军的争斗。方国珍曾多次降元，被元政权授予官职，又多次叛元，被元军讨伐。而每一次战争，都发生在宗仪的家乡台州及周边地区。

第二，至正元年（1341年），宗仪曾随父亲游松江，娶海道漕运都万户费雄之女松江人费元珍。费雄之祖父费榕，元初被授予武德将军，金牌千户，管理上海市舶，卒后葬松江凤凰山。费雄之父费拱辰，平江（今苏州）运粮万户。费氏三代居松江，根基深厚。而费雄又是赵孟頫的女婿，赵孟頫妻、也就是元珍的外祖母管道昇是松江贞溪人。又，宗仪之父陶煜（字明元，号白云漫士），曾任松江府掾吏，有善政。"创听事后燕堂六楹。君才优良，能使民不知役而事集"（郑元祐《白云漫士陶君墓碣》）。另，宗仪早年曾从钱璧受业；钱璧壬申科进士（壬申为至顺三年即1332年，该年为乡试年，璧似为乡贡进士，即举人），云间人，元末曾任松江府学训导。宗仪对松江有着一种近乎故乡的情结，这是他迁居松江的原因。

第三，宗仪最后选择泗泾寓居，是由于泗泾社会相对较为安定。至正十六年（1356年），松江城被张士诚占领，后苗军又攻占松江城，焚杀掳掠，涂毒万端，火一月不绝，十里之城，悉化瓦砾之区；张士诚复击溃苗军，收复松江城。在近两个月里，松江城遭战争浩劫。泗泾因距松江城三十余里，虽有波及，但破坏不严重。后整个松江一度为张士诚管辖。松江人何良俊在《四友斋丛说》中说，"盖由苏州为张士诚所据。浙西诸郡皆为战场，

陶宗仪与《南村诗集》

■ 吴春荣

刊发于 2019 年 6 月 10 日《文汇读书周报》

而吾郡稍僻，峰泖之间以及海上皆可避兵"。张士诚后降元，松江等地又得以免兵燹战乱。宗仪在《南村辍耕录》中也说，"向予避兵云间泗泾时……无烽燧之虞"。（《真率会》）

第四，宗仪寓居泗泾，还由于泗泾有林泉之胜。泗泾以通波泾、外波泾、洞泾、张泾四水交汇于此而得名。至元季时，由村而成集镇。宗仪曾说："幸居泗水之滨，况地接九山之胜，尽可傍花随柳，庶几游目骋怀。节序骎骎，莫负芒鞋竹杖；杯盘草草，何惭野蔌山肴。"（《南村辍耕录·真率会》）"春时桃花盛开，鸡犬之声相闻，殊有武陵风概。"（《南浦·序》）全节《南村记》也云："登高眺远，则九山之秀与目谋，泗水之清与心谋，林木之蔚茂者与神谋也。"

第五，宗仪之长期寓居泗泾，还有一个十分重要的原因，在这里他很快有了一批文友。

这批文友中，仅为他的南村草堂作记、诗、赋、画的，就有邵亨贞、沈铉（《南村草堂记》），有袁凯、张璧（《南村草堂诗》），有张枢（《南村草堂赋》），有王蒙、倪瓒（《南村图》）等。他们都对他寓居泗泾南村给予了热情的支持、欢迎。

这批文友中，有与宗仪一起移居松江者，如杨维桢、孙作、贝琼、王逢、贡师泰、钱惟善、倪瓒、叶以清等；还有松江本土的，如孙道明、夏庭芝、邵亨贞、袁凯等。终其一生，他们都是大家。其中，杨维桢被宋濂称誉为"文章钜公"，"吴越诸生多归之，殆犹山之宗岱，河之走海，如是者四十多年"（《墓志铭》）；贡师泰官至户部尚书，又以文学知名，与虞集、揭傒斯交往，为元朝"名高一代，文明千古"的显赫人物；贝琼以续修《元史》应召，朱彝尊以为其"足以领袖一时"；袁凯被誉"明初诗人，以凯为冠"；倪瓒工诗，与虞集齐名，尤工书画，画为"元季四大家"之一。文友中之张枢、邵亨贞等，还是宗仪的莫逆之交。

他们或放舟中流，登临峰丘，壶觞对引，吟诗咏章，或即兴泼墨，绘画题跋，相互研讨，谈笑自如。不仅享林薮之美，池台之胜，而且砥砺学问，增进友谊。即使是一晌之清欢，也为百年之佳话。

四

宗仪在南村的几十年中，大致做了四件事。

（一）躬自耕作。

南村在泗泾北。宗仪有《南村后杂赋十首》，其四云："谷口兰宜佩，庭前草不薅。番田栽薯蓣，缚架引葡萄。……卖书买农具，作业岂辞劳。"因为躬自劳作，才得知各种作物该如何处之。谷口之兰宜于佩带，当惜护；庭前之草，虽无甚用处，但农事繁杂，不除也罢，再说，由其生长，益于绿化。薯蓣之根可食，栽种时当勤于锄翻，去除杂草，疏松土壤，以助其存活生长；葡萄用处更多，不能让其匍匐于地而须系绳搭架，让其小花与果实悬于绳架间。从事耕作，需要农具，无钱购买，只能卖书；既事耕作，又焉能免除辛劳？诗集反映了他在南村的农事生活。躬自耕作，既使宗仪在南村得以维持生计，抚养儿孙（袁凯有《望南村二首》，其中就有"但得茅茨容老大，即将耕凿付儿孙"的诗句），又让他熟悉农村，接近农民。在《南村诗集》中，这类关乎农村、农民（由此而关乎天气）的诗，占了相当一部分。

（二）教授生徒。

教授生徒，是宗仪一生从事的一项事业。在定居南村前，他就开始授徒。他与生徒关系融洽。诸生曾为他筑南村草堂（有"秋声馆""被襖所""甕牖""朝光书室"等斋室），为他编《南村辍耕录》。生徒的行为是一面镜子，反映出教师的为人、为学、为业。王祎有《赠南村先生序》，其中提到宗仪"种艺暇，讲授生徒，其志愉愉也"。洪武二十九年（1396年），已是垂垂老者的宗仪，率诸生徒赴礼部应试，二月出发，三月初一抵京，十日受赏，十一日谢恩还。钱谦益关于宗仪的小传在讲到率诸生赴礼部应试时，云"岂其晚年亦曾列官教授耶"，意尚在疑似之间。《明史》本传显然据钱氏而撰，却变为肯定之词，说他是以松江府学教官的身份带领诸生的；他屡辞征聘，坚持不仕，但此事作为一例，被四库馆臣质疑："是又岂东篱采菊之人所为之事，又何必曲相假借，强使与栗里同称乎！"从而认为宗仪不能与二陶（陶渊明、陶弘景）相提并论（见《南村诗集》提要）。而昌彼得据宗仪诗作认为，他此次是以布衣身份赴京的，而且，诸生所参加的考试并非科举考试，而是背读《大诰》。且不管以何种身份，宗仪在《三月率诸生赴礼部考试》中有"诸生背读泻鸣泉"句，透示出了他作为教授的欣喜之情及成就感。

（三）交往文友。

宗仪与文友的交往，大体来说，无非是游览、宴饮、酬唱。明代文徵明说："松江在元季时，鸿儒硕彦，多避地于此……雅游相翼，虽更俶扰，无忘问学唱酬吟讽，不以时废风流，文雅照映一时。"（《寿梅集序》）这其中，自然少不了宗仪。与宗仪关系密切的贝琼也说："游士寓公，咸会于此，相与穷日夜为乐。"（《清江贝先生诗集》）这"寓公"中，自然也有宗仪。宗仪的《南村诗集》中，这方面活动的记述，占了相当篇幅。《正月二十有六日，余与邵青谿、张林泉会胡万山、夏雪蓑、俞山月、高彦武、张宾旸于佘北，逾岭而南访陈孟刚席上，分韵得"船"字》中说："桃源只在人间世，三老相逢莫问年。清昼喜陪多士集，紫霄只恐德星躔。"

《南村辍耕录》中记有一事，同样颇见宗仪与文友们之风致。他们曾在泗泾夏氏清樾堂（昌彼得《陶南村先生年谱初稿》："此夏氏清樾堂不详为何人，疑即夏颐贞，或其族人也。"）上宴饮。"酒半，折正开之荷花，将小金卮置于其中，命歌姬捧以行酒。客就姬取花，左手执枝，右手分开花瓣，以口就饮，其风致又过碧箝远甚。宗仪因名为'解语杯'，坐客咸曰然。"（按，"碧箝"即"碧箝杯"，也作"碧筒杯""碧桐杯"，一种用荷叶制成的饮酒器具）而宗仪所谓之"解语杯"，显然受"解语花"（本指会说话的花）一词启发而拟。五代王仁裕《开元天宝遗事》记："明皇秋八月，太液池有千叶白莲数枝盛开，帝与贵戚宴赏焉。左右皆叹羡，久之，帝指贵妃示于左右曰：'争如我解语花？'"（解语花，后因用以喻美女）

（四）潜心著述。

宗仪先后师事钱璧、张翥（1287—1368）、李孝光（1285—1350）、杜本（1246—1350），转益多师，加上专"务古学，无所不窥"（《明史·文苑》），认真刻苦，从而成为元明之际的著名学者、诗人。

宗仪著述，有《说郛》《南村辍耕录》《书史会要》《四书备遗》《国风尊经》《草莽私乘》《古刻丛钞》《南村诗集》《沧浪棹歌》《游志续编》《金丹密语》等十一种。《国风尊经》《四书备遗》《金丹密语》三书今佚传。所传八书中，《南村辍耕录》《书史会要》，系宗仪在世时，由其友人及地方人士醵资刻于松江，余皆后代翻雕以传。所著书中之大部分完成于南村。兹选部分对后世影响较大的，作简略介绍。

《书史会要》，完成于洪武九年（1376年），有自序及宋濂序。全书九卷，补遗一卷。前八卷辑录上古三皇至元末书家小传，第九卷为书法。明代朱谋垔续编一卷，录宗仪未载之书家。《书史会要》"起自三皇，迄于元季，摭采至为繁富，文笔简当，间加评论，褒贬颇得其平"（余绍宋《书画书目题解》），为我国书史中最重要的著作，"慨然为近以来，士林所未见"。（《书史会要·序》）

《说郛》，完成于至正二十一年（1361年）。全书采摭自汉至宋、元人作六百余种。杨维桢在序文中说，宗仪之书兼有博物、天文、方志、语言、文字、志怪、小说、笑话等内容。其体例，宋濂称如宋代曾慥的《类说》。四库馆臣云："断简残篇，往往而在；佚文琐事，时有征焉。"（《提要》）原本一百卷，后佚三十卷。弘治（1488—1505）中，上海郁文博仍补为一百卷。

郁氏尝赋绝句云："白头林下一耆儒，终岁楼中校《说郛》。目力心思俱竭尽，不知有益后生无？"（吴履震《五茸志逸》）顺治丁亥年姚安陶珽所刊，又增为一百二十卷，称《重校说郛》，但学者认为已非宗仪之旧。近人张宗祥据明钞本校补，复为一百卷，有商务印书馆涵芬楼排印本。

《南村辍耕录》，完成于至正二十六年（1366 年）。前有孙作序。全书杂记元代法令制度及见闻琐事，载江浙事尤详，间附书画文艺考证，以精当著称。书作展示了元末社会生活风貌。华亭彭玮、常熟毛晋（《六十种曲》的编辑家）作跋。孙作有积叶成书之说，前人（明郎瑛、清卢文弨等）认为此说荒诞不经，不足取信，今人（李修生等）也认为带有传说色彩，是夸张之词，我们也认为树叶埋藏数年（最早的有 10 年），又未经过科学处理，而未有损腐，让人难以置信（见《松江人物》，上海古籍出版社 2016 年 5 月第 1 版）。但宗仪在南村的岁月里，在躬自耕作期间，不忘著述，则是事实。而关于"辍耕"一词，可以如孙作说的，劳作时休于树荫，摘叶书之；但书中有些书画文艺，需要考证，又，"书中转引了别人书中的文章……显然没有必要到田边去抄到树叶上"（李修生《陶宗仪及其〈南村辍耕录〉》，作为"名家导读"收文化艺术出版社 1998 年 8 月第 1 版《南村辍耕录》），因此，也可以指在停止耕作的日子里。

《南村诗集》，凡四卷。元末诗歌，内容贫乏，题材狭窄，缺乏感染力。倪瓒的诗，被称与虞集齐名，代表了元末文坛的主导倾向，但就其总体而言，境界不高，风格纤弱。而宗仪的《南村诗集》，可谓别具一格。毛晋将其刻入《元人十种诗》中，可见其质量。

纵览宗仪的诗，至少有两大特点。

其一，格调遒健。这一点，四库馆臣已有评述："格力遒劲，实虞、杨、范、揭之后劲，非元末靡靡之音，其在明初，固屹然一巨手矣！"（《提要》）

其二，冲淡、自然，隽永。毛晋认为如"疏林早秋"。（《南村诗集·跋》）关于这一点，四库馆臣认为"殊不甚似"，但宗仪诗中，确有不少作品，如一些田园诗、题画诗、游览诗及与诗友的唱和诗，有此诗风。这里仅举一例。宗仪《南浦》有序云："会波村在松江城北三十里。其西九山离立，若幽人冠带拱揖状。一水兼九山，南过村外以入于海，而沟塍畎浍隐翳竹树间。春时桃花盛开，鸡犬之声相闻，殊有武陵风概。隐者停云子居焉。一舟曰'水光山色'，时放乎中流，或投竿，或弹琴，或呼酒独酌，或哦咏陶、谢、韦、柳诗，殆将与功名相忘。尝坐余舟中，作茗供。襟抱清旷，不觉度成此曲，主人即谱入中吕调，命洞箫吹之，与童子櫂歌相答，极鸥波缥缈之思云。"序中所流露出的这种散淡、洒脱、超然世外及悠然自得，不正如"疏林早秋"之情状！宗仪多次拒聘，安于南村生活，"艺菊种瓜，每有所会，即歌所自为诗，仰天大笑"。（毛晋）其诗有此"疏林早秋"特点，也是很自然的。

吴春荣

二〇一八年六月于云间

《〈南村诗集〉笺注》后记

二〇一七年七月三十一日，泗泾镇党委召开了一个以泗泾名人为主题的人文研讨会，会上，我以《南村陶宗仪》为题作了个发言。参加这个研讨会并选择这个题目发言，是基于以下几点考虑。

一是在会前，我读到了泗泾镇党委沈雪峰书记的一篇《古镇泗泾赋》。赋是古镇保护与更新利用工程正式启动之际，在午间休息时欣然写下的。我虽未与其谋面，但这篇赋，一下子拉近了与其的距离。于是，在徐利荣老师安排下，我与雪峰书记在广富林一家茶室喝了一次茶。交谈中，我进一步了解到他对文化的尊重，了解到他是一位重视优秀传统文化、对雅镇建设富有情怀的领导干部。

二是我在编撰《松江人物》的过程中，发现陶宗仪一生中的大部分时间生活在泗泾南村。作为元明之际的著名文学家、史学家，陶宗仪无疑是泗泾的一张名片；而在他的交往圈子里，有许多如杨维桢等现在看来是大师级的人物，他们或生活在泗泾，或经常到泗泾，与宗仪一起，为元末明初的泗泾构建了一道无比亮丽的风景线，使泗泾积存了极为深厚的文化底蕴。

三是国内、国际对陶宗仪的研究，虽然取得了不少成果，但似远远不够。《南村诗集》是一部在中国文学史上有着一定影响的著作，以纪昀为总纂官的四库馆臣认为其"格力遒健，实虞、杨、范、揭之后劲，非元末靡靡之音"，认为陶宗仪"在明初，固屹然一巨手矣"，但迄今为止，未见有其注释本。

四是我的家乡属原泗泾地区，我一直想为家乡做点事，想就《南村诗集》做些解读，但由于种种原因，一直未能如愿。而今已年逾八旬，余日不多，再不做，怕难有机会了。

在这个研讨会快结束时，雪峰书记希望我对《南村诗集》做个笺注。会后，又郑重其事地重提了一次，并告知将由负责宣传工作的张晔同志具体对接。我于是承诺立即启动。

我找了过去的学生俞仁良，我与他合作过多部书稿。在《松江人物》编撰者名单中，我将他署在了首位。我与他，亦师亦友，每次合作，都很顺利、愉快。这次，当我提出笺注《南村诗集》时，他推掉了所居住的区里有关部门交付的写作任务，欣然应诺同我再次合作。

仁良也已是奔八之人，仅就目力而言，也远不如前，阅读与写作，都得用放大镜。我在二〇一六年底生了一场大病，至今仍在服药、疗养中。但我们作出过承诺，不敢有丝毫懈怠，不敢马虎，也几乎与编撰《松江人物》一样，焚膏继晷，日夜兼程，终于用了一年多时间，完成了五十多万字的初稿。

在笺注过程中，我们吸取了一些学者的研究成果。在吸取成果时，当然有我们自己的分析与思考。台湾地区研究陶宗仪的学者昌彼得，治学严谨，考证深入，他的著作，后之学者，多有参照。但在其《陶南村先生年谱初稿》中，有两处值得商榷。一是至正十六年（1356 年）中秋，宗仪"曾偕孙华孙访杨瑀，题所藏马琬画"，此处之"杨瑀"，似误。其时，杨瑀还在浙东（由判官改建德路总管）；而杨瑀为避兵祸到松江时，生活无着靠叶以清救助，四年后卒，竟无一余钱，还是由叶以清以礼安葬的。这般境况，是不可能藏有马琬之画的。其实，宗仪此次所访的是杨谦。杨谦为松江张堰富户，别号竹西。其所藏之马琬画，是马琬为杨谦画的。这事，杨维桢的《元故中奉大夫浙东宣慰杨公神道碑》及《松江府志》均有记载。二是宗仪有《南浦》词，其序中有"隐者停云子居焉"，昌彼得认为此"停云子"为夏颐贞，因颐贞曾名其轩为"停云"。这也有待再考。我们以为，此"停云子"为孙道明。道明本为义门夏氏总管（见张雨《乐苦斋记》）。后号"停云子"，曾筑"映雪斋"，藏书数万卷；又造一舟名"水光山色"。与宗仪共泛的，当是舟主人孙道明。嘉庆《松江府志》云：道明"尝与陶宗仪共泛，宗仪制词，道明即谱入调中，倚洞箫吹之，与櫂歌相答，极鸥波缥缈之思"。

《〈南村诗集〉笺注》初稿完成后，我将之呈请泗泾镇有关同志审阅。就在初稿"后记"后，雪峰书记写下了一段感情真挚的文字，热情肯定了我们的"倾情付出"，认为书稿"必将成为泗泾文化雅镇建设的一项重要成果，必将对人文松江建设再添绚烂的一笔"，又一次体现出他对文化的尊重。

在书稿付梓之际，由衷感谢泗泾镇党委、政府将此书稿纳入雅镇建设工程而予以高度重视，张晔同志尽心协调，认真校核书稿；感谢上海教育出版社的积极支持；感谢松江区教育工会专职副主席徐利荣的热情关注。

吴春荣

二〇一八年十一月六日于云间

《松江历代作家作品选注》

（序一）

李君如

我的老师吴春荣，八四高龄，又有一部新著要出版，让人惊喜。他希望我为新著作序，我自然应该从命。更何况，这部新著是他为松江历代作家作品做的选注，是一项基础性的文化建设工程，是一项传承和弘扬中华优秀传统文化的文化建设工程，意义重大。

习近平总书记十分重视继承和弘扬中华优秀传统文化。他说过："一个民族、一个国家，必须知道自己是谁，是从哪里来的，要到哪里去，想明白了、想对了，就要坚定不移朝着目标前进。"他还说过："我们生而为中国人，最根本的是我们有中国人的独特精神世界，有百姓日用而不觉的价值观。"习近平总书记在论述中国特色社会主义这一中国人民的共同理想时，强调不仅要清醒认识中国社会主义实践的客体，认识到中国今天处在并将长期处在社会主义初级阶段，认识到当今世界的时代主题是和平与发展，还要清醒认识中国社会主义实践的主体，认识到我们每一个人，包括我们每一个中国共产党人，都是具有中华民族"文化基因"，即有"中国人的独特精神世界"和"百姓日用而不觉的价值观"的中国人。只有这样从实践的客体和主体两个方面认识中国特色社会主义，才能从根本上增强和坚定对中国特色社会主义的自信。这也就是习近平总书记为什么在强调要增强和坚定对中国特色社会主义的"道路自信、理论自信、制度自信"这三个自信后，还要加上"文化自信"的重要原因和意义所在。我们大家都应该认真学习和深刻领会习近平总书记的这一重要思想，做好"文化自信"这篇大文章，进一步从文化上增强和坚定对中国特色社会主义的自信。

吴老师做松江历代作家作品选注这项工作的本意，我体会，他就是要让今天的松江人，包括土生土长的松江人和新松江人，更包括松江的中小学生，更好地了解松江，了解松江的历史文化，继承和弘扬中华优秀传统文化。大家可能已经注意到，吴老师在书的扉页特地引用了习近平总书记2019 年 11 月在上海考察时的重要讲话。习近平总书记讲得很清楚："文化是城市的灵魂。城市历史文化遗存是前人智慧的积淀，是城市的内涵、品质、特色的重要标志。"我想，吴老师出版这部新著，就是要贯彻习近平总书记的这一重要思想，让人们记住历史、记住乡愁，坚定文化自信，增强家国情怀。我非常赞赏吴老师这种可贵的文化追求。事实上，他这几年为黄道婆、夏完淳、柳如是等所写的传记，他领衔编撰的《松江人物》《〈南村诗集〉笺注》等，都是为实现这一文化追求而做的工作。

松江，是一个物华天宝、人杰地灵，具有深厚文化底蕴的地方。吴老师历时 3 年编撰的近 200 万字的《松江人物》中，收入的名人达 4000 多人。而且，松江文化有自己的特点。民间曾有"上有天堂，下有苏杭，中间有云间松江"之说，"苏"为吴文化兴盛地，"杭"有越文化特征，松江本属吴地，因连接"苏""杭"两地而有吴越两地文化的特点。这在《松江人物》所收录的人物经历及其文化背景中，可以看得很清楚。吴老师曾作笺注的《南村诗集》作者——元末明初文学家、史学家陶宗仪，就是生于越地台州居于吴地松江的大学者，他交往的朋友都是吴越两地的诗书画家。有的学者曾经说过，由于地理环境的差异，吴文化多一些典雅、精巧和柔美，安于守成；越文化多一些通俗、朴野和阳刚，敢于拓展。同时，吴越又都有水乡文化、稻作文化的根基，具有包容、精细、实在的文化共性。吴文化和越文化在"吴越春秋"的历史激荡中相互融合，成为吴越文化。松江由于具有连接吴越两地的独特区位优势，又是吴越两地文人墨客相聚之地，这里的文化可以说是吴越两地文化最早的融合之地。在中华民族长期的历史演变中，吴越文化已经成为中华文化的重要组成部分。松江历代作家的作品，皆有吴越文化的特点。或者说，这些作品为我们研究吴越文化提供了重要的素材。正是在这个意义上，我认为吴老师为松江历代作家作品做的选注，也是一项基础性的文化建设工程。

我也十分荣幸，在松江从江苏划为上海管辖之时，随父母从上海市区到松江县，当时正读四年级，就读于九曲弄小学。自那时起，我也就成为"松江人"（按我的祖籍应是"宁波人"）。尤其是，我的初中和高中生涯是在著名的松江二中度过的，我插队落户也在松江城东公社。我在上海师范大学学习后，先被分配在新桥公社华新学校从教，后调入松江县委党校，一直到1982年考入上海社会科学院。前前后后，我在松江生活了二十余年，成家在松江，立业在松江，对松江有一份特殊的情感。因此，我和许多朋友一样，十分感谢吴老师为松江所做的文化建设工作，喜欢吴老师的新著《松江历代作家作品选注》。

向吴老师致敬！这是我和许多读者共同的心愿。

二〇二〇年七月
（作者为第十一届全国政协常委、中共中央党校原副校长）

《松江历代作家作品选注》
（序二）

"观古今于须臾，抚四海于一瞬。"西晋陆机一句磅礴感慨，叩响了松江历久弥新的人文之声，也开启了本书的文化之旅。本书收录了从西晋陆机开始一直到清末，历代松江的名家名作。这 1600 多年间，多少故人临山观云，窗台斜倚，写下的关于松江的故事或散诸各处，或被时间淹没。今天这本《松江历代作家作品选注》便是沧海拾珠，串联时光汇集成一部属于我们松江的文化自信故事。

习近平总书记强调，要系统梳理传统文化资源，让收藏在禁宫里的文物、陈列在广阔大地上的遗产、书写在古籍里的文字都活起来。传承发展中华优秀传统文化不是为了把它当作古董摆设，也不能食古不化，而是要发扬光大，推动其全方位融入国民教育、道德建设。读完这本书，再去一次二陆草堂，再欣赏一遍陆机的《平复帖》，能填补文字的平面，为你立体呈现当年的景象；你能想象赵孟頫、管道昇这对神仙眷侣，在这九峰三泖间吟诗作画，探讨书法；你会发现，曾经朗朗上口的"明日复明日，明日何其多"，竟出自明代状元、松江诗人钱福。好像历史扑面而来，这些故人与我们看过同一片山月，饮过同一江河水。带着这本书，仿佛带着一个腹有诗书气自华的"导游"，时而叹古，时而颂今，穿越恍惚间，松江就鲜活了。

汉字，是有魔力的。从秦始皇统一文字开始，即便不一样的民俗风貌，也能通过文字产生共鸣。截至 2019 年末，松江区常住人口 177.19 万人，其中户籍常住人口 70.88 万人，外来常住人口 106.31 万人。多少异乡客经过这里，留在这里，让松江成为自己的第二故乡，为松江的蓬勃发展添砖加瓦。如同千百年前的那些"新松江人"：飘然一舟，随缘度世而来的船子和尚；屡召不赴，遨游山水留恋于此的杨维桢；躲避战乱，躬耕隐居于泗泾南村的陶宗仪……这片热土，不应该只有风景宜人的印象，它深厚的文化底蕴更应被世人知晓，"华亭""云间"这些松江拥有过的名字，每每想起都是极美的词。那么，外乡人为何要到松江？为何作长期寓居甚至故老松江？答案在哪里？或许就在这本《松江历代作家作品选注》里。

让"新松江人"了解松江，这个"新"不仅指那些初到松江的人，更指"新一代松江人"。文化自信承于古而又当强于今。在文化自信的内容结构中，基于优秀传统而生成的自信具有基础性，基于当下创造而得以强化的自信亦具核心意义，青年一代肩负着文化传承、文化创新的责任。希望这本书能浸润这代青年的成长，让他们在历代作品中寻找眼前的九峰三泖、四水会波、方塔醉白……让景致成为课本的衍生阅读，让他们在古犹今在的感叹中，体会古人"十鹿九回头"的思乡之情。

快速阅读的时代，人们不再贪恋纸页墨字散发的香味。吴春荣老先生是土生土长的松江人，对家乡的无限热爱，让他在大病缠身之时，内心仍迸发出迫切留住家乡文化的热情。他是中学语文特级教师和上海市中学语文教材的编写者，对文学和孩子深深的爱，让他不厌其烦广为搜罗名家名作，批注更是透着他深厚的文学功力和对未来的使命担当。他在老病相侵的体况下呕心沥血完成此稿。他又是中国作家协会的老会员，除详述这些松江名人的生平，注析他们的代表作品，还添了十几篇附文，从侧面丰满了人物形象，就像画中画、书中书，让这些名人不只有平平仄仄的诗词，更有生动的故事穿梭在松江的山水间。

云间群星璀璨。包括松江在内的江南文化，是中华优秀传统文化的组成部分。中华优秀传统文化，是中华民族强大文化自信的底气所在，是中华民族创造文化新辉煌的宝贵滋养。把优秀传统"传下去"，让优秀传统"活起来"，"今人不见古时月，今月曾经照古人"。故事可以传诵，诗歌可以传唱，时光它仅仅是时光罢了。

松江区推进人文松江建设工作领导小组办公室

二〇二〇年十月二十六日

《松江历代作家作品选注》前言

一

习近平总书记十分重视我国的优秀传统文化，"不忘历史才能开创未来，善于继承才能善于创新""中华优秀传统文化是中华民族的文化根脉"。在总书记的讲话、文章中，曾引用不少松江先贤的经典名句，其中有陆机的"笼天地于形内，挫万物于笔端"（《习近平在文艺工作座谈会上的讲话》），陆机的"观古今于须臾，抚四海于一瞬"（《习近平在中国文联十大、中国作协九大开幕式上的讲话》），陆景的"诛一恶而众恶惧"（《习近平在第十八届中央纪律检查委员会第五次全体会议上的讲话》），陆贽的"知其事而不度其时则败"（《习近平在中共十八届五中全会第二次全体会议上的讲话》），葛洪的"志合者，不以山海为远"（《努力构建携手共进的命运共同体——习近平在中国—拉美和加勒比国家领导人会晤上的主旨讲话》）等。习近平总书记在《生活情趣非小事》中，用陶宗仪《缠足》的记载阐释："领导干部的生活作风和生活情趣，不仅关系着本人的品行和形象，更关系到党在群众中的威信和形象，对社会风气的形成、对大众生活情趣的培养，具有'上行下效'的示范功能。"在《人才对发展经济的作用不可估量》中，习近平总书记还讲过一个关于周处的故事，意在说明："人孰无过，朝闻夕改，就是好人，这就是所谓'浪子回头金不换'。"在讲这个故事时，习近平总书记提到了陆云，说周处接受了"当时著名学者陆云的教诲"。松江作为一个地区，其先贤的作品与故事能得到总书记的重视，被多次引用，说明松江文化底蕴十分丰厚。

北京大学教授陈平原曾说："对一个民族来说，有悠久的历史可供追忆，是一种幸福。尤其对于精神世界的丰富性而言，触摸历史，是很重要的一环。"（《读书的"风景"》）对一个民族是如此，对一个地区其实也是如此。作为一个松江人，我为我的故土丰厚的文化底蕴感到自豪；而在"触摸"其优秀的传统文化获得滋养的同时，也感到了一种责任，即为传承与发展优秀传统文化做些力所能及的事。

二

关于地方历代作家的作品集，历来受到府、县及士子的重视。就松江而言，据我所知，先有姚宏绪的《松风余韵》。宏绪字起陶，号听岩，娄县人。

康熙三十年（1691年）进士。《明史》纂修官。该书凡五十一卷，收上自魏晋，下迄明代的松郡诗作。后有姜兆翀的《国朝松江诗钞》。兆翀字孺山，华亭人。乾隆三十五年（1770年）恩科分试中举。晚年专注本郡文献。该书凡六十四卷，收自清顺治及嘉庆初年诗作。又有严昌堉的《海藻》，编选"上海人之诗以成书"，"命名《海藻》，以存一邑风雅之遗"。（《海藻凡例》）凡二十卷，以十册装订，起始篇为唐陆贽之《禁中春松》。

上述三种，仅为作品汇编，就其作品样式言，都是诗歌。诗歌只是文学之一部分。而每一种，或迄于明代，或限于清代，或始于唐代，都未能独立反映松江古典文学之始终。而且，所选宏富浩繁，无标点，无注释，又是繁体字直排，今天的读者阅读，甚为艰难。如果能精选自晋至清历朝各代的代表作家的代表作，既有诗词曲赋，又有散文小说，辑成一册，并加以注释与简析，绝非毫无价值，对今天正重视学习古诗文的中小学生来说，更是需要的。

大概在20世纪末，我受松江区委宣传部委托，曾主编过《松江历代诗人诗词选析》。该书由程十发题书名，施蛰存题、张联芳书"黄歇遗风"于插页，又有罗洪作序，上海教育出版社出版。选析者中，有孙潜、王尚德等老一辈松江社会贤达，以及时任松江区委宣传部部长、区委常委张汝皋等。该书在当时产生过较大影响，即便在近一二年，在编区域乡土读物及许多学校的校本读物时也都有参照。但由于种种原因，该书中有些错误（如唐询《华亭十咏》小序的标点及对选作的解读，陶宗仪《南浦》词的一些注析等），作为主编，出版前未能认真研读，严加考校，我是有责任的，也深感内疚。为此，一直想重注一本，以作弥补。这也是在耄耋之年，在老病相侵的体况下，坚持选注本书稿的一个原因。

三

在《松江文学史略》中，我曾写过："纵观整个松江文学，可谓源远流长，绵绵不断，其间有三个时期，繁荣、辉煌的程度，令全国瞩目。这三个时期，一是西晋，一是元代，一是明末，尤其是明末，有'天下文章在云间'之誉。"

西晋陆机，"在初唐以前，被视为一流的大作家，地位十分崇高"，是一位"为我们民族的文学语言做出重要贡献的作家"（杨明《陆机集校笺》）。他与弟陆云及张翰等的诗赋，在当时的中国文坛璀璨夺目，影响深远，成为中国文学的重要部分。

元代寓居松江的学者诗家，如赵孟頫、杨维桢、陶宗仪等，一方面受松江优秀传统文化的影响，一方面又引领着松江的文风。杨维桢为元末"文章钜公"，"吴越诸生多归之，殆犹山之宗岱，河之走海，如是者四十余年乃终"（《墓志铭》）。被称为"明初诗人之冠"的袁凯等，皆执弟子礼以待维桢。维桢等这一时期的创作成就，使松江文学成为中国文学史上一道亮丽的风景。

明季，陈子龙、夏完淳等志士坚贞不屈的风骨与操守，使他们的作品充满爱国主义精神，格调高昂，从而再次受到全国重视。施蛰存、马祖熙曾言："复社主将张溥卒后，陈子龙实际上是两社共戴的领袖。当时称文章者，必称两社；称两社者，必称云间；称云间者，必推陈、夏。而陈子龙的诗文，尤其著称于当时。"（《陈子龙诗集·前言》）

综上所述，可见松江文学在中国文学史上的地位。作为一个地区，能有如此地位，是松江的骄傲。

四

嘉庆《松江府志》云，清《四库全书·提要》中，我松江撰述之可见者，凡三百五十余家。崇祯《松江府志》云，志立"艺文"，多有玉石鱼龙之混。本书收松江历代（隋代阙如）作家60余人。这些作家大致有以下几种类型。

（一）朝廷重臣。陆贽曾受到唐德宗器重，在艰难时世中，朝中参谋决断之事，大多出于贽，被视为"内相"。贞元八年（792年），负责贡举，擢韩愈等登第，时称"龙虎榜"。李纲为南宋赵构丞相。《宋史·李纲列传》云其"负天下之望，以一身用舍为社稷生民安危"。王鸿绪先后为户部尚书、工部尚书，《明史》总裁官。张照官至刑部尚书，总理乐部大臣。唐文献出身状元，生前官礼部侍郎，卒后追赠礼部尚书。

（二）各级地方要员。其中，王立中为明代第一任松江知府。张弼由兵部员外郎出任南安（今属江西省）知府。卫宗武曾任尚书郎，出知常州。祖冲之、唐询曾分别为娄县令、华亭县令。

（三）各类学者、小说家、诗（词）人、书画家、戏曲家。如学者祖冲之、陶宗仪等，小说家宋懋澄等，诗人杨维桢、邵亨贞、贝琼、王逢、袁凯、陈子龙、夏完淳等，剧、曲家钱子云、夏庭芝、施绍莘等，书画家倪瓒、陈继儒等，许多人身兼数长。

（四）释家。如船子和尚。中华人民共和国成立以来，仅发现两部唐代词集，一部为《云谣集杂曲子》（是词史现存最早的一部词选本，原写本藏于法国巴黎国立图书馆和英国伦敦大英博物馆。今流传本为罗振玉、朱祖谋所钞录考订，收词30首，大多为民间创作）。另一部即为船子和尚的《拨棹歌》，收39首，"属辞寄意，脱然迥出尘网之外，篇篇可观，决非庸常学道辈所能乱真者"（吕益柔《拨棹歌跋》）。两部唐代词集，均有重大的文学与学术价值。

（五）贤媛。施蛰存言："余观吾郡女子诗，极有高手。"（《云间语小录》，文汇出版社2000年5月第1版）本书收管道昇、陆娟、范壶贞、章有湘与章有渭姐妹、夏淑吉、袁寒篁、王清霞、金淑、钱云姑等22人。明、清两代居多。这类女子，富有才干，饶有胆识，体现了女性文学的价值。书中所收华亭女子张玉珍的《看蚕》，写了她的蚕事活动，反映了古代女子生活的一个方面，开拓了女子古典诗词题材的领域。

五

本书收作品100多篇，有诗、词、曲、赋以及各类文（包括书信）。

这些作品，大多是中国文学史上的名篇。如李纲的《病牛》、赵孟頫的《岳鄂王墓》、陆娟的《代父送人之新安》等，几乎分别为所有的宋诗选本、元诗选本、明诗选本所收；姚晋道的《青玉案》被误列苏轼词集，与苏轼的词相比，毫不逊色；陶宗仪的《妻贤致贵》，被冯梦龙改编为白话小说《白玉娘忍苦成夫》，又，《分鞋记》《易鞋记》《程鹏举》《生死恨》等多种剧种演此故事，可见其影响；陶宗仪的《黄道婆》及王逢的《黄道婆祠》，不仅具有文学价值，而且记载了元纺织技术、机具革新家黄道婆的事迹，有史料价值，弥足珍贵；陆机的《文赋》，则是中国文学批评史上第一篇完整而系统的文学理论作品。

这些作品，就其文学价值而言，大致有以下几个方面。

（一）揭露了社会现实，是我国批判现实主义作品库的重要组成部分。

唐陆龟蒙的许多作品，对政治弊端的讽刺尖锐、有力。他的代表作《新沙》，写渔民对海边新形成的小沙洲刚进行开垦耕种，连每日活动于海上

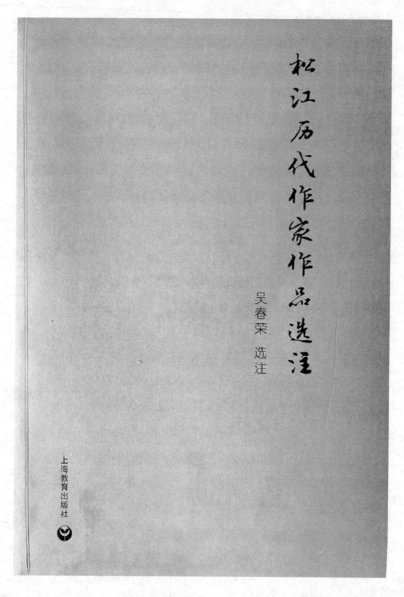

松江历代作家作品选注

吴春荣 选注

上海教育出版社

的海鸥都未来得及发现，官府就来征收租税，揭露、讽刺了官府剥削的无孔不入，笔锋犀利。明张弼，一提及他，人们首先想到的是他的书法，称誉他为"大明草圣"，其实他的诗作成就也很高。他的《养马行》，写的是一个个例。一人家本来就饥寒交迫，日子难挨，还要替官府养马；而为赔偿马的死亡，不得不卖掉住房，卖掉儿女。通过这个个例，诗人有力揭露了当时社会现实的黑暗。张弼的另一首《假髻曲》，从另一个角度揭露了"假作真时真亦假"的社会现实，讽刺了权贵不辨真假、不识美丑的现象。元钱子云的《般涉调·哨遍·看钱奴》，对社会上那些善于经营又品质鄙下者的刻画，可谓酣畅淋漓、入木三分，今天读来，仍具现实意义。

（二）反映了人民的悲惨命运及反抗精神，作品富有人民性。

在漫长的中国封建社会中，除了各级官府对人民大众的层层盘剥，灾荒不断，兵祸不止，朝廷又不关心民生，致百姓痛失家园，颠沛流离。崇祯十年（1637年），两畿大旱，山东一带又有严重蝗灾。陈子龙的《小车行》就以此为背景，写了饥民流离于道的情状。"青青者榆疗吾饥，愿得乐土共哺糜。"可哪里还有"乐土"？"叩门无人"，所到之处，人都逃荒去了，只得"踯躅空巷泪如雨"。诗如一组连环画，一幅接一幅，勾画出了灾民的悲惨画面。沈德潜曾评此诗曰："写流人情事，恐郑监门亦不能绘。"（《明诗别裁集》）

明宋懋澄的《负情侬传》是一篇文言小说，写了一名沦落青楼的女子的遭遇。这位名为十娘的女子向往自由，追求爱情，但为商人孙富、官宦子弟李甲所欺骗。当获知真相，十娘幡然醒悟。在她奋起与孙富、李甲的卑鄙交易抗争中，在怒沉百宝箱而毅然投江自尽时，作者完成了对十娘的刻画。此小说后由冯梦龙改编成白话小说《杜十娘怒沉百宝箱》，影响所及，几乎家喻户晓。反映这类社会最底层女子命运的，还有元夏庭芝的《水仙子·与李奴婢》。这位女子是一艺人，妆旦色，貌艺为最，且仗义施仁。她想脱离青楼，结束卖笑生涯，可离开了狼窝，又无奈进了权贵之家而复被抛弃。同样反映了女子的命运及可能的抗争。但在那样一个社会里，弱女子除了被欺凌与遗弃，除了像十娘那样自尽，又能有什么结果呢？

（三）歌颂了士大夫的民族气节与爱国情怀。

明末夏完淳被誉为旷世神童、伟大诗人、少年英雄。虽抗清屡遭失败，但他明知不可为而为之，坚持斗争。被捕后有《南冠草》传世，其中首篇《别云间》被收入中学语文教材而被几代中学生传诵。诗充满对故乡的无限眷恋，对国破家亡的满腔悲愤。在特定的历史时期，家国相连。"毅魄归来日，灵旗空际看"，诗人不仅视死如归，而且死后还要继续抗清，充分体现出诗人的民族气节及凛然风骨。全诗"慷慨激昂,真情流露,不当以字句求之,皆字字血泪也"(汪辟疆语)。元末画坛四大家之一的倪瓒,借郑所南所画之兰,寄托了同样的亡国之痛。

夏完淳老师陈子龙,也是中国文学史上的著名人物。朱东润认为,他的一生可分为三个阶段:名士,志士,战士。他的《辽事杂诗》,感时论世,忧时托志,充满忧国忧民的爱国主义精神。其七"卢龙"一首,可视为"诗史"。诗真实描写了满洲贵族"十载三逢胡骑来"的侵略行径,极言国之危殆,表现了他的焦虑愤激,希望"出群才"即有识之士能为国出力,挽回危局,拯救国家。

(四)赞美松江地区的自然风光,抒发对家乡的热爱之情。

松江的三泖九峰,使松江成为一方胜境,历代文人都有吟咏。就诗而言,先后有唐陆龟蒙的《奉和袭美吴中书事寄汉南裴尚书》,宋华亭县令唐询的《华亭十咏》,华亭人许尚的《华亭百咏》(留存的只有八十五首),另一华亭人凌岩的《九峰诗》等。

《奉和袭美吴中书事寄汉南裴尚书》,从多方面写自然风光。三泖湖水冬暖夏凉,鱼肥而多,常见有人捕获;草木繁茂鲜嫩,禽兽栖息其中,也时见有人智猎野鸡;寺在山上,山入云间,如云之所藏,远远望去,寺庙与悬幡清楚、分明;晚上,月照江楼,有人凭栏吹箫,其声悠扬。在写景中兼写人事活动,而人事活动也是"风景"的组成部分。曹时中的《小赤壁》,写了九峰中的小赤壁的撑日之高、神凿险峻、剥落古老,文人雅士的题咏,又使它声名更大,成为一方名胜。

松江的山水诗,尤以宋代为著,并有以下四个特点。

一是写观望之美。如许尚的《湖桥》:"潋滟湖光好,荷风六月凉。倚栏吟不倦,鱼鸟亦相忘。"六月的小西湖,水波荡漾,荷花映日,凉风习习。观赏这般湖光,诗人不由得吟诵起来。是吟诵苏轼的"水光潋滟晴方好",还是咏诵杨万里的"接天莲叶无穷碧,映日荷花别样红"?抑或是诗人自己的创作?诗人没有明说而给读者留下想象空间。这首诗不仅以鱼鸟"相忘"衬诗人之兴,也反映了人与自然、与鱼鸟相处之和谐。

二是记昔人之不朽。如唐询的《顾亭林》："平林标大道，曾是野王居。旧里风烟变，荒原草树疏。湖波空上下，里闬已丘墟。往事将谁语，凄凉六代余。"时移代异，野王的故居已成荒地。同时的王安石也曾有诗曰："自古贤圣人，邑国皆丘墟。"（《次韵唐彦猷华亭十咏·顾亭林》）故居不在，但顾野王（他的《玉篇》被认为是继许慎《说文解字》后的又一部重要字典，也是我国现存最早的楷书字典）是不朽的。

三是含胜地古迹之蕴。如许尚的《白龙潭》："神物幽潜地，沧沧水接空。不缘尝应祷，谁识有殊功！"诗所写的其实是一个传说，但潭是实有的，其时其景，甚至可与苏州虎丘、南京秦淮河媲美。曾有文人雅士云，虎丘泛舟以珠翠炫目胜，秦淮河泛舟以丝竹盈耳胜，而华亭白龙潭以枫叶荻花之秋景胜。诗甚至说，不是由于曾祈祷而有应验，谁又能认识它有如此特异神功！

四是抒发了钟爱之情。诗人们在写景、记古迹时，每每融情其中。凌岩也有《佘山》诗："三峰高远翠光浓，右列仙宫左梵宫。月落轩空人不见，野花山鸟自春风。"九峰之三的佘山上，庙宇僧舍，犹若仙宫梵殿。时值晚上，月落室空，出游之僧未见回归，而看到了野花、山鸟在春风中自由自在地开放、鸣唱。诗如一幅春夜山景图，蕴含着诗人的深沉之爱。

松江有碑刻"十鹿九回头"，府志云，以做事不全者谓之，但坊间皆以为是指客居他乡者对家乡的眷恋。无论是多么广阔的空间，还是多么悠邈的时间，都不会使这种眷恋淡化或消失。这是一种乡土情结。反映这方面内容的代表作，就是张翰的《思吴江歌》诗："秋风起兮佳景时，吴江水兮鲈鱼肥。三千里兮家未归，恨难得兮仰天悲。"张翰之渴望回乡，有政治方面的因素，但他对家乡的热爱与思念肯定是重要因素。中国文学史上，许多人曾提到这首诗及诗人思鲈的事。唐唐彦谦有"西风张翰苦思鲈，如斯丰味能知否"，宋辛弃疾也有"秋晚莼鲈江上，夜深儿女灯前"，还有反用张翰弃官归返的诗句"休说鲈鱼堪脍，尽西风，季鹰归未"，后人常以张翰思鲈典故喻思乡之情。

（五）记述了出家人的生活，透视出士子的禅学情怀。

所选作家中既有释家，他们的作品自多记述自己的生活。唐船子和尚

古典文学中，有松江最美的风景

文 吴春荣

松江历史胜久，是标准太。

《松江历代作家作品选注》
吴春荣 选注
上海教育出版社

叶帝 摄

绝非毫无价值

天下文章在云间

60 余人 100 多名篇

松江山水诗以宋为著

率性疏野，唯好山水，乐情自遣。来华亭后，常泛一小舟，接四方往来之客；意所适，则维舟烟渚，咏歌道妙。"《拨棹歌》一集，只有'千尺丝纶直下垂'一首，足以起药山之宗。"（《船子和尚拨棹歌》）按，惟俨别号药山，是禅宗南宗创始人慧能的第四代法孙。清释宗渭《横塘夜泊》，对所泊之横塘，或认为在今苏州市西南近郊处（商务印书馆《元明清诗歌鉴赏辞典》），我则以为在松江府境内（横泖南至楼下张管山前为横塘，详见诗注）。诗表现出诗人超凡脱俗、读悟自然之境界。不啻出家人的作品才有这种禅学情怀。元赵孟頫虽曾历仕五朝，而他的《渔夫词》，如唐张志和诗，反映出他内心厌恶趋竞，向往与鸥鹭为伴生活的情愫。他的《后庭花》："清溪一叶舟，芙蓉两岸秋。采菱谁家女，歌声起暮鸥。乱云愁，满头风雨，戴荷叶归去休。"写的虽是一采菱女，但折射出他俯仰从容、散淡随意的情致。古代官吏及士子等的这类寄情山水之作，从一个侧面反映出其对社会黑暗、官场争斗的不满情绪。

吴春荣

二〇一九年九月二十二日

《松江历代作家作品选注》后记

一

选注松江历代代表作家的代表作品，是我的一个夙愿。

随着改革开放的不断深入，约两倍于松江本土人口的外省市人涌入松江，这一百多万新松江人及其子女中的绝大部分，对松江的历史文化，尤其是松江优秀的传统文化，缺乏基本的了解。即便是本土的松江人，尤其是青少年，由于种种原因，对松江的传统文化也知之不深，以至于如"松江是沪上之巅""松江是浦江之源（首）"等，以讹传讹，几乎家喻户晓。这与松江政治经济社会的快速发展，与松江文化教育事业的稳步推进，远远不相适应。历史是不能忘却的，传统是不能割断的。优秀的传统文化，是一种民族精神的反映。而阅读本地区的古典作品，就是与松江的先贤对话，就是为了从一个方面了解松江是从哪里来的；先贤的作品，反映了他们的智慧、胆识、品格、情怀与思想，阅读他们的作品，不仅可以陶冶情操，丰富学养，也是为了在新时代更好地传承与弘扬松江的民族精神。

二

奔八之年，已初步拟定篇目，并着手注析了几篇，可由于三部书稿，不得不中断。

二〇一三年秋，松江区文化广播电视管理局拟启动一项文化建设的基础性项目，即编撰《松江人物》，由时任中共松江区委宣传部副部长、松江区文化广播电视管理局党委书记、局长顾静华担任主编，由尹军副局长与出版社联系出版事务及审读书稿部分内容，由我具体负责编撰。编撰历时三年（用当时一位领导同志的话，我在其间过了八十岁生日），完成初稿时，收四千多人，近二百万字。

紧接着，中国文史出版社拟出版我的《散步思絮》。该书稿中的绝大部分文字，是我每日户外散步就所见所闻所思所感随手写下的，现在要正式出版了，多少得做些整理，稍加润色，就像带我的孙女外出，得让她理个发，换身新的或至少是干净的衣服，还得关照几句，以免被笑话"吴春荣的孙女邋里邋遢，没有教养"。这一来又花去一年多时间（其间我还生了一场大病）。

想重启旧稿时，泗泾镇党委、政府希望笺注寓居南村几十年之久的陶宗仪的《南村诗集》，约请之诚让我感动；我的家乡原属泗泾地区，为家乡做点事也是我的一个心愿。我于是与曾经的学生俞仁良合作。该书已于2019年4月由上海教育出版社出版。

而今，终于可以集中精力，继续选注松江历代代表作家的代表作品了。

三

松江元置府（至元十四年，1277年）。本书稿所收作家，元置府后，以府境为限，置府前，也以该地区为限。但重点收华亭县、娄县的。松江物华天宝，人杰地灵，底蕴丰厚，历代均会有些来松寓居者（他们中有些还终老松江，如杨维桢、陶宗仪等），本书稿也酌量选收，但以历朝《松江府志》所收为限，只有明清之际的柳如是例外，柳如是曾寓居松江三年，其创作深受云间士子影响，而在其作品中也自称为云间人。还有若干为松江人而府志漏收的。

本书稿与一般的古诗文注释本有三点不同。

首先，作者介绍尽可能详细，尤其是著名作家。之所以这样做，一是因为历史人物是历史文化的载体，二是有助于理解作品。以赵孟𫖯为例。他是宋太祖儿子赵德芳之后，入元后，曾历仕世祖、成宗、武宗、仁宗及英宗五朝。他一方面被赵氏宗族视为逆子。据传，其族兄赵孟坚只准他从后门入，又对他冷嘲热讽，他走后竟洗其坐具。另一方面，在某些蒙古贵族看来，他是贰臣，由于受到恩宠，又招致人怨，因而在宦海中风波不断。在中国历史上，尤其在朝代鼎革之际而由异族（其实是我国少数民族）主政，一些入仕新朝者，或被视为贰臣，或被认为丧失气节。这是史实。只有了解了这些情况，才能了解他们内心的矛盾，当然也才能完整地了解赵孟𫖯其人，才能真正理解他的《岳鄂王墓》诗。他叹惜岳飞的屈死，对南宋君臣在国破家亡之际苟安享乐而致赵宋王朝覆亡极为悲愤。从这一悲愤中，我们看到他虽仕元，却仍怀有故国之思。

其次，添了十多篇附文。其中有论文，主要是两篇。一是《中国文学理论宝库中的璀璨明珠》，一是《松江文学史略》。读者如有兴趣阅读，或许可对《文赋》有较深入的理解，可对松江文学自晋至民国作一鸟瞰。其他所附之文，主要是历史散文，它们依次为《大风折木》《野渡横舟》《咏华亭》《南村辍耕录》《袁凯智斗朱元璋》《赴宴》《弥留佘山》《子龙跨塘》《东门血书》《痛詈洪承畴》《考验》《哭祭父亲》《雅聚》，凡十三篇。它们以画面的形式刻画了一些历史人物。基本内容有史料依据，但做了些艺术处理。之所以附录于书稿中，不仅因为描写的都是所选的作家，与所选作品有关，更是为让读者换一下阅读口味，或可作为融古诗文笺注与文学创作为一体的一种尝试。其中如《赴宴》《子龙跨塘》《雅聚》等刊发后，读者还是较感兴趣的。诚如前述，陶宗仪的《妻贤致贵》、宋懋澄的《负情侬传》曾被冯梦龙分别改编为白话小说《白玉娘忍苦成夫》及《杜十娘怒沉百宝箱》，兹摘冯梦龙小说中的部分文字，作为陶、宋两文相关语句的注释，供读者比较阅读，以加深对原文的理解，这也可以说是一种附录。

最后，女子作品约占书稿三分之一。在封建社会的男尊女卑理念影响下，女子，即便是才女，往往被忽视，受歧视。但"休言女子非英物，夜夜龙泉壁上鸣"。（秋瑾《鹧鸪天·祖国沉沦感不禁》）明清时期，松江经济发达，对女子开始重视。民国时期，徐珂曾编《历代女子白话诗选》，由商务印书馆发行，书中收有不少松江女子的诗作。中华人民共和国成立后，胡文楷的《历代妇女著作考》由上海古籍出版社出版，洋洋八十余万字，也录有大量松江女子的著作，足见松江女子的作品已越来越受到重视。明清两代，松江女子的作品不仅有相当数量，而且质量也绝不在男子之下。如清代女子王清霞《浪淘沙》词，句句是景，而且浑然一体，文采斐然。所录的有些作品，是从我收藏的民国时期出版物中选取的，历朝《松江府志》未见编录，一般的选注本中也很难找到。

四

大概在 20 世纪末 21 世纪初，曾受约为上海教育出版社出版的上海市中学语文教材所编收的"每周一诗"先后做过注析，后辑为《诗海初航》，在"写在前面"中，曾写过这样一段话：

在开始撰写简析时，我曾问过前来问疑与要求辅导的中学生（他们大多是我过去学生的子女）有什么要求，他们几乎一致地说，希望首先对诗句做些意译，千万不要架空了做什么"鉴赏"。他们说，我们连这些古诗句的意思还没有读懂时，你的"鉴赏"再深刻，再有水平，我们也难理解。

本书稿的一个读者群，是松江的中小学生，得考虑他们的需求，所以我一如既往地先疏通诗意、文意。我知道，古典作品，尤其是古诗词，是讲究格律、注重境界的，而一经意译，可能索然无味，境界不再。但我仍坚持一点，先得让我们的中小学生读懂。而对一些难词、难句，或古人也有争议的，或一般的书稿绕过的，我也决不持回避的态度，做出我的解读，以供他们阅读时参考，以抛砖引玉，并就教于方家。

五

在注释过程中，参阅了历朝《松江府志》、钱谦益《列朝诗集小传》、朱彝尊《明诗综》、吴履震《五茸志逸》、徐珂《历代女子白话诗选》、胡文楷《历代妇女著作考》、中华书局《中国文学家大辞典》各朝卷、施蛰存《云间语小录》等；参阅了部分选注本，吸收了如张怀瑾、张少康等大家的研究成果。

书稿蒙松江区委书记、区委宣传部部长高度重视；得到松江区发改委主任的热情关注；得到泗泾镇党委书记以及宣传委员的有力支持，他们为书稿的问世，尽心尽力，克服了种种困难，规范、有序、有效地做了大量工作；松江教育学院现任院长对我这个退休教师的尊重与关心，同样是我选注时克服困难的一份动力；松江区教育工会专职副主席徐利荣也做了不少具体工作。

李君如校长、松江区推进人文松江建设工作领导小组办公室亲笔为书稿作序。上海教育出版社为书稿的出版严谨审校。

一本书稿，受到这么多领导垂顾，除了感激，还有点惶恐，还有……些许感慨。在书稿付梓之际，谨向以上同志及有关部门表示由衷的敬意与谢忱。

吴春荣

二〇一九年九月二十六日

二〇二〇年六月一日补第五部分

书，不仅仅是书（代后记）

唐玄奘在没有飞机、高铁等现代交通工具的情况下，穿越西域，历尽艰险，通过手抄，取得经书；无独有偶，欧洲中古学者，横穿英吉利海峡，翻越阿尔卑斯山，为的是意大利修道院的一卷珍本。（见《别想摆脱书》，［法］让—菲利浦·德·托纳克编，吴雅凌译，广西师范大学出版社出版）

由此可见，书曾无比稀有、珍贵及获取的艰难。

特殊年代里的事

走上工作岗位后，我节衣缩食，从有限的工资中挤出部分买了些书，累计上千册。可在二十世纪那个特殊时期，其中的一部分怕惹来麻烦，前往乡下老家，一本本地塞进了灶膛，由燃烧着的书页蹿起的熊熊火焰，烧开了一小锅水。其中有一本五四时期私刻的毛边书，只印了二十册，汇集了几十首情歌。此书是从一旧书摊上购买的。摊主从我的表情与举动中读出了我的喜好，抬了价，让我花了半个月的工资。犹记得当时心痛地认为烧的不是书，而是我的心。还有一部分所谓有"毒"的作品被勒令上交。其中有一部《红楼梦》，实在不舍，就找当时的头，说这部书是毛主席肯定过的，头说有文件吗，我说没有，头又问，是革命作家写的吗，我据实说当然不是。头就挥挥手说"上交"。

这些情况，不经历那个年代的人，是很难理解的。

从那时起，我发誓不再买书。

在十月的阳光下

听说新华书店前开始排起了长长的队伍。我骑自行车上班时特地拐弯过去，在队伍对面的路侧刹住车，看了一会儿，还是蹬动车轮，离去了。

第二天、第三天，我仍去书店对面路侧停车观看，依然见有长长的队伍。第三天还发现有人抱了十多本书，像抱了个丢失而刚找到的孩子，脸上洋溢着满足、愉悦甚至是幸福。

这天晚上，我有点撑不住了，很晚才睡着。

我想起了一个细节。一次，我与几位同事在某家聚餐。已酒过三巡（当年我还能喝一点红酒），突然来了位主人的战友。主人知道他好酒，于是添了副碗筷杯，让其坐下。他说已吃过晚饭，主人考虑到聚餐已近尾声，也就不再勉强，沏了杯茶，让他去隔壁一间休息一会，可他总在桌边转悠，就是不想离去。于是复请他坐下，他这才不再客气，刚坐下，就喝干了递给他的小半杯白酒，好像喝的是可口的饮料。

第四天是星期日。再去书店对面路侧时，我就成了那名转业军人，站了很久也不想离去。正想锁好车过马路时，有一人拿了两本书来到我面前，问我要不要他刚买来的这两本书。我一看，是《汤显祖戏曲集》（上、下），上海古籍出版社刚出版的，还散发着油墨香。我刚欲问为何要转让给我，他就先说了，你看外面队伍排得好好的，书店里却简直是抢购，我好不容易抢到这一套，可我翻了翻，一窍不通。你好像是松江二中的老师，你肯定看得懂，肯定需要。此时的我，曾经的誓言早就被抛到了九霄云外，连连说"我要我要"。为了酬谢他早起排队，我转身从店里买了瓶麦乳精连同书款一起给了他。

从此，我就一发而不能收。

重启购书之旅

出版事业的再度繁荣，为我重启的购书之旅提供了便利。我的购书大致经历三个阶段。

第一阶段，重点购四类书。一是有助于语文教学的书，如工具书。我咬咬牙，购买了《汉语大词典》（汉语大词典出版社出版，厚厚的十二大本），后又购买了《汉语大字典》（湖北辞书出版社、四川辞书出版社联合出版，又是厚厚的八大本）。这类工具书约五六种。还有老一辈教育家的教育、教学论著。二是古典文学读本，从《诗经》开始，直到清代各个历史时期的各类代表作家的代表作品。三是史书，包括二十四史及《清史稿》，《资治通鉴》及《续资治通鉴》，还有白寿彝总主编编的《中国通史》，凡十二大卷二十二册。四是中国现代及外国文学名著，从《鲁迅全集》开始，没数过，不下百种。购买这四类书，好比构建一座大厦，持续了几十年，几乎耗尽了每个月的大半工资。但让我感到欣慰的是，这些书，逐步地丰富了我的学养，有利于我的教学。

第二阶段，由于著书的需要，发现过去所购的作品多为选本。有时为了查阅校核而遍寻不得，于是开始购买全集，如《全唐诗》《全宋词》《全宋诗》《全元诗》，朱彝尊的《明诗综》《清名家词》（10册）等。钱谦益的《列朝诗集小传》是本很有价值的书，不少史书的编撰者多有参照，但只有作者小传而无作品，我于是购买了《钱牧斋全集》（八册），翻阅了目录，发现未收此书。但我不后悔。我也需要他的全集。有些经典，常常购取多家的注释本以作比较阅读。如《论语》就有四种（杨伯峻的、南怀瑾的、李泽厚的，于丹的书曾一度被炒得红火，于是也买了一本她解读的《论语》）。

第三阶段，由于奉命编撰《松江人物》，笺注陶宗仪的《南村诗集》及选注松江历代作家作品，购书的重点转移到了有关松江的史籍，包括志乘与各种笔记小说。这段时间，我购买了上海古籍出版社的《历代笔记小说大观》（从汉魏六朝到清代，全套共十九大册）。购买了从《唐诗纪事》到《清诗纪事》共十九册。其中，陈田的《明诗纪事》，上海古籍出版社出版，共六册；钱仲联主编的《清诗纪事（影印本）》，厚厚的四大册，一万六千多页。购买了《中国文学家大辞典》历朝卷，由于明代卷当时尚未出版，我通过关系，从台湾地区高价购得《孤本明代人物小传》十二大册。与此同时，尽力钩沉辑佚，多方搜罗关于松江的史料，重点是古代松江人的著作与写古代松江的著作。

爱书人的衷肠

中外历史上有过爱美人胜过爱江山的皇帝，也发生过爱书甚于爱妻妾的事。

美国罗森巴哈《猎书人的假日》（商务印书馆，2020年9月第1版，顾真译）内有一篇题为"婚姻的十五种乐趣"的文章。其中写到"我"喜欢而至于沉迷于书之事，曾深爱自己的妻子在忍无可忍的情况下对"我"冷嘲热讽，彼此的矛盾日趋激化，终于有一天一拍两散，也曾深爱她的"我"在拿到离婚协议书时，也说"我终于自由了"。

还有一件与罗森巴哈有点类似但似做得更为过分的事。我华亭人朱吉士发现某人家有一部宋版《后汉书》，爱得发痴，竟将自己十分宠爱的美婢换得了该书，美婢不得已题诗于壁："无端割爱出深闺，犹胜前人换马时（用后魏曹彰将爱妾换马典）。他日相逢莫惆怅，春风吹尽道旁枝。"无奈离去。吉士见诗，郁郁而死。

好在我对书还不至于痴迷到如此的程度，家人也不怎么反对，所以没有出现罗森巴哈和朱吉士的悲剧。

西班牙伊莲内·巴列霍说："阅读是聆听用文字谱写的音乐，它既亲密又陌生。阅读有时是跟亡者对话，从而更感觉到自己活着。阅读是身不动心已远的旅行，是日常生活里的奇迹。"（《书籍秘史》，李静译，湖南文艺出版社出版）尽管现在人们赋予阅读众多的含义，但书籍依然是阅读的基本内容。有这么几年，我总是在与亡者（先贤）对话，我谓之共品香茗，在倾听他们的教诲、体味其甘甜的同时，我常常忘记了我的年龄，忘了我有病缠身，觉得应该也可以再做些事。

书籍永存

如今，"网络提供了一种人类无法抗拒的便利，在弹指之间接近无穷的阅读可能。"（《别想摆脱书》）书籍（甚至一切纸质品）是否会逐步消亡？"书籍就像轮子，代表想象秩序中的某种完美，无法超越。人类社会发明了轮子，轮子从此就周而复始，没完没了。"（《别想摆脱书》）书籍将永远存在，而且其价值将随历史车轮的前进而不断提高。

罗森巴哈说：让他经手的每一本书都有了温度，有了表情，有了生命。感受到他的自信，你也会不由自主地相信，自己手里的书就是比别家的好。我还体验、感受不到这些，但我爱我购买的每一本书，尤其是我曾读过或用过的书，哪怕被我翻阅得书脊凹进，右边突出，纸页发黄发脆，甚至纸页散落的书，我仍视之为珍宝，因为它们曾陪伴我度过多少个日日夜夜，因为在那些纸页上留下了我的手迹，我的感悟，甚至留存着一个老者无法控制住的泪水……

晚年的罗森巴哈，朋辈凋零。1943年夏，他收到一位叫凯恩的死讯及他小女儿罗丝引用的一首诗：

> 因为书籍不仅是书籍，
> 它们是生活，
> 是过去时代的核心——
> 是人们的工作、生与死的原因，
> 是他们生命的本质与精髓。

用《猎书人的假日》的译者的话来说，此诗"可视作一位爱书人抄给另一位爱书人的衷肠"。我能感悟到的是，诗反映了一位爱书人的生活、理念与情怀。

著名学者及作家陈歆耕先生、资深编辑及作家刘一君先生为拙稿作序，谨在此一并表示谢忱。

二〇二二年八月六日

图书在版编目（ＣＩＰ）数据

共品香著：与历史碎片对话 / 吴春荣编著．-- 北京：
中国文史出版社,2023.4
ISBN 978-7-5205-4046-9

Ⅰ.①共… Ⅱ.①吴… Ⅲ.①随笔－作品集－中国－
当代 Ⅳ.① I267.1

中国国家版本馆 CIP 数据核字（2023）第 055236 号

责任编辑：全秋生

出版发行：中国文史出版社
地　　址：北京市海淀区西八里庄路 69 号　　邮编：100142
电　　话：010 － 81136602　81136603　81136606（发行部）
传　　真：010 － 81136655
印　　装：北京温林源印刷有限公司
经　　销：全国新华书店
开　　本：787 毫米 ×1092 毫米　1/16
印　　张：20.25
字　　数：320 千字
版　　次：2023 年 4 月北京第 1 版
印　　次：2023 年 4 月第 1 次印刷
定　　价：68.00 元